— Bon, nous allons lire une liste d'expressions, déclara Dana, une des productrices de l'émission pilote. Tu dis la première chose qui te passe par la tête.

— D'accord, répondit Jane en se raidissant légèrement.

— Aventures d'une nuit.

— Euh… plutôt nul, répliqua Jane en se frottant le nez.

— Chaussures.

— Amour.

— Los Angeles.

— Vaste.

— Amitié.

— Qui dure longtemps.

— Amour.

— Rare.

Dana nota quelque chose dans son carnet.

— Et pour finir… Pourquoi es-tu venue vivre à Los Angeles ?

Jane réfléchit pendant un instant.

— Pour sortir de ma routine.

Dana la regarda d'un air perplexe.

— Depuis que je suis née, je mène une vie sécuritaire, monotone… confortable, expliqua Jane. Je suis venue à Los Angeles pour sortir de ma zone de confort.

Dana acquiesça d'un signe de tête presque imperceptible.

— Très bien. Nous avons terminé. Nous resterons en contact, d'accord ?

— C'est fini ? lança Jane, surprise.

— Tu peux partir. Tu t'en es bien sortie.

Tout en se dirigeant vers la salle d'attente, elle se fit la réflexion suivante : si le fait d'être filmée par une caméra et étudiée par deux personnes la rendait nerveuse, comment pourrait-elle s'habituer à participer à une émission de téléréalité ?

D1104104

Les plaisirs d'Hollywood

Les plaisirs d'Hollywood

Lauren Conrad

Traduit de l'anglais par
Dominique Chichera

Copyright © 2009 Lauren Conrad
Titre original anglais : L.A. Candy
Copyright © 2013 Éditions AdA Inc. pour la traduction française
Cette publication est publiée en accord avec HarperCollins Publishers.
Tous droits réservés. Aucune partie de ce livre ne peut être reproduite sous quelque forme que ce soit sans la permission écrite de l'éditeur, sauf dans le cas d'une critique littéraire.

Éditeur : François Doucet
Traduction : Dominique Chichera
Révision linguistique : Féminin pluriel
Correction d'épreuves : Katherine Lacombe, Carine Paradis
Conception de la couverture : Mathieu C. Dandurand
Photo de la couverture : © Thinkstock
Mise en pages : Sébastien Michaud
ISBN papier 978-2-89733-166-5
ISBN PDF numérique 978-2-89733-167-2
ISBN ePub 978-2-89733-168-9
Première impression : 2013
Dépôt légal : 2013
Bibliothèque et Archives nationales du Québec
Bibliothèque Nationale du Canada

Éditions AdA Inc.
1385, boul. Lionel-Boulet
Varennes, Québec, Canada, J3X 1P7
Téléphone : 450-929-0296
Télécopieur : 450-929-0220
www.ada-inc.com
info@ada-inc.com

Diffusion

Canada :	Éditions AdA Inc.
France :	D.G. Diffusion Z.I. des Bogues 31750 Escalquens — France Téléphone : 05.61.00.09.99
Suisse :	Transat — 23.42.77.40
Belgique :	D.G. Diffusion — 05.61.00.09.99

Imprimé au Canada

Participation de la SODEC. SODEC
Nous reconnaissons l'aide financière du gouvernement du Canada par l'entremise du Fonds du livre du Canada (FLC) pour nos activités d'édition.
Gouvernement du Québec — Programme de crédit d'impôt pour l'édition de livres — Gestion SODEC.

Catalogage avant publication de Bibliothèque et Archives nationales du Québec et Bibliothèque et Archives Canada

Conrad, Lauren

[L.A. Candy. Français]
Les plaisirs d'Hollywood
(Les plaisirs d'Hollywood ; 1)
Traduction de : L.A. Candy.
Pour les jeunes de 16 ans et plus.
ISBN 978-2-89733-166-5

I. Chichera, Dominique. II. Titre. III. Titre : L.A. Candy. Français.

PZ23.C66Pl 2013 j813'.6 C2013-940956-4

À maman et papa,
qui m'ont toujours apporté leur soutien.
Je vous aime.

GOSSIP

VOTRE RÉFÉRENCE N° 1 POUR TOUTES LES RUMEURS QU'IL CONVIENT DE RÉPANDRE.

Quelle starlette d'une émission de téléréalité va connaître un réveil difficile ? Elle est peut-être la vedette de l'émission la plus branchée de PopTV, mais les rumeurs vont bon train en ce qui concerne son comportement hors caméra. La toute nouvelle coqueluche de Los Angeles aurait-elle l'art de s'attirer les ennuis ? Eh bien, elle ne semble pas capable de garder ses secrets bien longtemps à l'abri des curieux. Des caméras suivent le moindre de ses mouvements… même quand celles de PopTV sont au repos.

Bienvenue à Hollywood !

Quelques mois plus tôt…

1

AVANT TOUTE CHOSE, TOUJOURS REGARDER SUR LE SOL DE LA GARDE-ROBE

Jane Roberts s'appuya contre sa commode et étudia l'effet que produisait sa nuisette en soie blanche contre sa peau bronzée. Ses boucles blondes cascadaient doucement sur ses épaules, alors qu'elle prétendait ne pas être intéressée par le garçon qui se trouvait dans son lit.

— Viens ici… Ou dois-je venir te chercher ?

Jane sourit malicieusement en baissant les yeux, puis leva son visage vers lui et ancra son regard dans ses yeux brun chocolat.

Elle revint se glisser dans les draps de soie blancs et se lova contre lui.

— Janie, tu es la fille la plus étonnante que j'aie jamais rencontrée. Je t'aime tellement, c'est fou, dit-il en plongeant ses yeux dans les siens.

— Vraiment, Caleb ?

Jane sourit et s'approcha de lui…

… et se réveilla pour constater qu'elle était couchée près d'un garçon plutôt étrange et couvert de sueur. Un garçon étrange, en sueur et *à moitié nu*, qui sentait l'eau de Cologne bon marché, les aisselles et la marijuana.

Encore endormi, il roula vers elle.

— Cassandra ?

Jane remonta le drap (qui n'était pas en soie) sur elle, ce qui n'était pas vraiment nécessaire, puisqu'elle portait son vieux pyjama Gap bleu poudre préféré qui couvrait... bon, tout.

— T'es qui, toi ?

Le gars sursauta devant le niveau sonore de sa voix. Il frotta ses yeux injectés de sang et la regarda fixement.

— Tes cheveux étaient, euh, noirs ou bruns, la nuit dernière, dit-il d'un air confus. Et ils étaient très longs. Ils n'arrêtaient pas de me chatouiller les joues quand nous...

— Bon, ça suffit, l'interrompit Jane.

Alors.

C'était un des amis de Scarlett, ou plus exactement, une des conquêtes de Scarlett. La meilleure amie de Jane (et depuis la semaine précédente, sa colocataire), Scarlett Harp, était bien connue pour donner délibérément aux hommes un prénom erroné — ou un numéro de téléphone erroné, ou les deux — pour ne pas être obligée de les revoir. Si elle se rendait compte, le lendemain matin, qu'elle aimait vraiment le gars et qu'elle avait envie de le revoir, elle lui disait qu'elle avait été trop soûle la nuit précédente pour lui donner ses vraies coordonnées — *vraiment désolée* !

Mais c'était rarement le cas. Quand la relation durait un peu trop longtemps, Scarlett avait des « problèmes d'engagement » (selon Jane) et des « standards élevés » (selon Scarlett).

En tout état de cause, que foutait ce gars dans mon lit ?

– *Cassandra* est dans la chambre voisine, l'informa Jane d'un ton sec.

Le gars sourit d'un air gêné.

– Oh ! Désolé, chérie. Je me suis levé pour aller pisser, et…

– Je ne veux pas entendre les détails, l'interrompit Jane en lui donnant une légère poussée. Bye !

Elle se détourna pendant qu'il sortait du lit, mais pas avant d'avoir lancé un regard furtif sur le redoutable serpent tatoué qui ondulait le long de son dos.

Jane sauta hors du lit et claqua la porte derrière lui. Il fallait qu'elle prenne une douche, *immédiatement*. Qui sait combien de temps il avait passé dans son lit et à quel point il l'avait pollué avec sa lotion Old Spice et sa transpiration masculine ?

Dans l'aquarium, qui était posé sur sa table de nuit, son poisson rouge, Penny, frétillait dans l'eau en agitant sa queue d'un air excité.

– Déjeuner dans deux secondes, Pen, promit Jane.

Elle espérait qu'il lui restait de la nourriture pour poissons. Les poissons rouges pouvaient-ils manger des céréales ou peut-être des miettes de muffin anglais ? Qu'y avait-il dans la nourriture pour poissons, de toute façon ? Et plus important, où était la nourriture pour poissons ?

Commençons par le commencement. La douche. Ses yeux scrutèrent le sol pour trouver son peignoir. Elle se dirigea vers sa garde-robe en écartant une ou deux boîtes en carton qu'elle n'avait pas encore déballées. Elles portaient l'inscription « CHAMBRE DE JANE » qu'elle avait écrite avec un crayon à paupières parce qu'elle n'avait pas trouvé de feutre au moment où elle avait emballé ses affaires, chez elle à Santa Barbara.

Scarlett et elle étaient arrivées à Los Angeles moins de sept jours auparavant, et elle avait encore beaucoup de choses à faire pour s'installer. En fait, elle vivait dans ce que son père appelait des « conditions spartiates » et elle ouvrait les boîtes au dernier moment, quand elle avait besoin de quelque chose, comme son bikini bleu préféré ou son mélangeur pour faire des smoothies fraise-banane.

Tous les jours, elle se jurait de finir de déballer les boîtes bientôt. Peut-être le lendemain. Ou peut-être le mois suivant. Un de ces jours.

La procrastination de Jane était un trait de sa personnalité auquel sa nouvelle colocataire était habituée. Peu de choses échappaient à la connaissance des deux amies. Jane avait rencontré Scarlett 14 ans plus tôt, à l'école maternelle. À cette époque, Jane aimait fouiller dans les coffres à costumes et vêtir ses camarades de classe de boas en plumes, d'écharpes en soie, de capes en velours et de colliers de perles en plastique. Puis, elle organisait des séances de thé, au cours desquelles elle faisait semblant de verser du thé dans de minuscules tasses à thé en plastique. Mais à cinq ans, Scarlett ne voulait pas participer à ces séances, car elle disait que c'était des « jeux superficiels pour des gens superficiels ». Jane ne savait absolument pas ce que le mot « superficiel » pouvait bien signifier, mais Scarlett l'avait intriguée avec sa personnalité rebelle et son vocabulaire très recherché.

Depuis cette époque, elles étaient les meilleures amies du monde. Scarlett était toujours la bonne vieille Scarlett : une rebelle, qui avait mérité des notes exceptionnelles à son examen d'aptitude SAT et qui n'hésitait jamais à dire ce qui lui passait par la tête. Et malgré le fait qu'elle refusait de brosser ses cheveux ou de porter quelque chose de plus sophistiqué que des jeans, elle était magnifique.

Et Jane était toujours la bonne vieille Jane : elle avait toujours envie de déguiser les gens et d'organiser des fêtes. En fait, c'était la raison pour laquelle elle était venue vivre à Los Angeles, après avoir fait le tour de l'Europe en sac à dos après l'école secondaire avec Scar : pour intégrer la compagnie Événements Fiona Chen, qui s'était spécialisée dans l'organisation des mariages et des fêtes des célébrités. Puisque Scarlett commençait son premier semestre à l'« Université des enfants gâtés », mieux connue sous le nom d'« Université de Californie du Sud » ou « U.S.C. », elles avaient trouvé un appartement à partager à Hollywood.

Ce n'était pas le plus beau des appartements. Ni le plus grand. Ni le plus calme — la fenêtre de la chambre de Jane se trouvait à environ six mètres de l'entrée de l'autoroute 101. C'était peut-être un bienfait en réalité, car une cloison très mince séparait sa chambre de celle de Scarlett, qui avait, euh, ses histoires avec les garçons. Ainsi, le grondement de la circulation couvrait tous les bruits indésirables.

Elle n'avait peut-être pas fini de déballer les boîtes, mais elle avait déjà des idées pour décorer leur nouvelle modeste demeure. Avec une couche de peinture (elle envisageait du turquoise, du mandarine, du crème), quelques plantes (une broméli a, un cactus, un ficus avec de minuscules lumières de Noël) et quelques accessoires de décoration dénichés chez Target (des coussins en soie, des jetés en velours, des copies de lampes anciennes), ce serait un palace. (L'optimisme était un autre trait de la personnalité de Jane.)

Dans sa tête, Jane était sans cesse en train de planifier, d'imaginer et de mijoter, la créativité toujours en éveil. Même à cet instant, debout devant la porte de son garde-robe, elle était distraite par un article de magazine qu'elle avait découpé et collé – une photo d'un ancien éventail violet avec de minuscules perles de verre. Elle feuilletait sans cesse *Elle, Vogue, Dwell* et d'autres magazines pour s'en inspirer en se demandant ce qui conviendrait pour une réception après la cérémonie des Oscar ou un mariage sur une plage ou une fête d'anniversaire en tenue de soirée. (Beaucoup de ses amis ne vivaient que pour faire la fête, où que Jane se trouve pour organiser les fêtes.) Elle avait couvert ses murs beiges, ou cappuccino (ou étaient-ils seulement sales ?), avec des coupures de presse illustrées de magnifiques emplacements et d'événements à venir, d'arrangements floraux, de centres de table raffinés ou de beaux objets choisis au hasard.

Jane trouva son peignoir bleu sur le sol de la garde-robe, juste à côté de la nourriture pour poissons.

« Avant toute chose, toujours regarder sur le sol du garde-robe », se dit-elle.

Elle était très excitée à l'idée du stage qu'elle allait entreprendre. Elle était très excitée d'être à Los Angeles, tout court. Elle était pressée de commencer son nouveau travail, de fréquenter de nouveaux garçons, de vivre de nouvelles aventures, de vivre sa nouvelle vie. Scarlett et elle allaient tellement bien s'amuser !

La vie de Jane avait toujours (bon, presque toujours) été agréable, prévisible. Elle ne savait pas vraiment quand ou comment, mais tout cela allait bientôt changer. S'installer à Los Angeles, laisser tomber le collège pour le stage chez Fiona Chen... tout cela était destiné à faire changer les choses, à faire de la place pour quelque chose de nouveau et d'extraordinaire dans sa vie.

Les joyeuses rêveries de Jane furent interrompues par un rot sonore, puis par le bruit de la chasse d'eau. Un moment plus tard, on cogna à la porte.

– Cassandra ? susurra une voix masculine.

– La porte suivante ! cria Jane en retour.

Hum. Sa nouvelle vie extraordinaire allait devoir attendre qu'elles aient établi certaines règles de vie commune. Comme... Scarlett n'était pas autorisée à amener chez elles des garçons trop stupides ou trop soûls pour retrouver le chemin de sa chambre.

À bien y penser, Jane allait peut-être tout simplement investir dans un verrou pour la porte de sa chambre.

2

TU N'ES PAS UNE **VRAIE** GARCE

Scarlett versa du café noir dans sa tasse préférée, sur laquelle il était inscrit *Cogito, ergo sum*, sa citation préférée de son philosophe préféré, René Descartes. C'était en latin, et cela signifiait «Je pense, donc je suis», mais elle aimait dire à ceux qui prenaient la peine de le lui demander que c'était du swahili et que ça signifiait «je suis superficielle, mais vous êtes laid», bien qu'elle se considérait comme tout le contraire de superficielle et qu'elle pensait que la beauté — ou du moins ce qui passait pour de la beauté dans la Californie du Sud — était grandement surfaite.

Scarlett savait qu'elle avait un sens de l'humour très étrange. À cause de cela, les gens se méfiaient d'elle. Mais elle s'en accommodait fort bien.

Le soleil du milieu de la matinée filtrait à travers les fenêtres crasseuses et éclairait les murs de la cuisine couleur d'urine. À l'extérieur, les feuilles des palmiers se balançaient contre la toile de fond noir et blanc de l'affiche de la semaine du panneau d'affichage : une adolescente s'exhibant en string. Des bruits montaient de la rue : des klaxons de voitures, du rap provenant d'un autre appartement, le gars de l'épicerie d'en bas qui lançait des jurons en espagnol (Scarlett parlait passablement quatre langues, incluant l'espagnol, et reconnut « *mierda* » et « *caray* »).

Les ventilateurs de fenêtre tournaient sans bruit, aspirant l'air épais sans réellement rafraîchir quoi que ce soit. Le thermomètre blanc fissuré avec le bonhomme sourire affichait 33 °Celsius.

Sirotant son café de torréfaction française de chez Coffee Bean and Tea Leaf, Scarlett entrevit son reflet dans le miroir provenant d'une vente de garage que Jane avait accroché près du réfrigérateur pour que « la pièce paraisse plus grande. » (Pourtant, qui voudrait faire en sorte qu'une pièce couleur d'urine paraisse plus grande ?) Vêtue seulement d'un débardeur noir délavé et d'un caleçon pour homme American Apparel, Scarlett pensa aux nombreuses fois où des garçons lui avaient dit qu'elle était très sexy dans cet ensemble particulier. Mais son apparence n'était pas une qualité dont elle se souciait beaucoup. En fait, son charme l'empêchait souvent d'obtenir ce qu'elle voulait réellement. Elle attirait la jalousie des autres filles qui, par conséquent, la repoussaient (au mieux) ou agissaient comme des garces psychotiques en pleine période de syndrome prémenstruel, tout droit sorties de l'enfer (au pire). Les garçons étaient incapables de voir plus loin que ses super longs cheveux noirs ondulés, son teint olive et ses yeux verts perçants pour s'intéresser à son cerveau, qu'elle s'efforçait de cultiver et dont elle était très fière. Cela rendait les rencontres beaucoup plus faciles, mais les amitiés avec les garçons pratiquement impossibles. Sa belle apparence incitait ses parents — maman était psy, *eurk*, et papa était chirurgien esthétique, *double eurk* — à lui faire fréquemment la morale d'un air protecteur au sujet des pratiques *sexuelles* à risque à l'adolescence, comme si seules les jolies filles tombaient enceintes ou contractaient des MTS.

Scarlett avait lu dans un livre que Descartes était connu pour avoir fait l'amour une seule fois dans sa vie. Pauvre Descartes ! Monsieur « Je pense, donc je suis » aurait peut-être dû passer un peu plus de temps à penser au sexe. Scarlett croyait passionnément à une vie axée sur l'esprit *et* le corps — c'est-à-dire être intelligente et avoir des relations sexuelles aussi souvent que possible. C'était une vie équilibrée, à son avis. Même si parfois, ce principe conduisait à des erreurs, comme celle qu'elle avait ramenée dans sa chambre la nuit précédente.

— Bonjour.

Scarlett leva les yeux. Jane se tenait dans l'embrasure de la porte en réprimant un bâillement. Elle portait la robe bleue qui la faisait ressembler à une fillette de 10 ans, et ses longs cheveux blonds étaient humides. Un résidu de crème hydratante blanche tachait son nez parsemé de taches de rousseur, et elle sentait le shampoing aux fraises. Elle était, comme toujours, une adorable petite chose. Elle ressemblait à la petite voisine et en avait l'apparence innocente. Cet air d'innocence incitait certaines personnes (comme Scarlett) à la protéger farouchement, et les autres individus (comme tous les salopards du monde) à essayer d'en profiter.

Scarlett sourit.

— Hé. Tu veux déjeuner ? Ou est-ce déjà l'heure du dîner ?

— Hum. Que reste-t-il ? demanda Jane.

Scarlett ouvrit le réfrigérateur. La moitié d'un citron à l'air louche, un yogourt au lait de soja à la pêche dont la date de péremption tombait la veille et une boîte de pizza contenant quelques pointes datant de quelques nuits auparavant.

— Hum. Nous ferions mieux de sortir, suggéra Scarlett en plissant le nez devant le contenu du réfrigérateur.

Jane la rejoignit. Avec une taille de 1 mètre 62, elle mesurait 10 centimètres de moins que Scarlett.

— Mais... Je ne voudrais pas t'empêcher d'être avec ton nouvel étalon, la taquina-t-elle.

Scarlett éclata de rire.

— J'ai eu le plaisir de le rencontrer ce matin, ajouta Jane. Dans mon lit.

— Pardon ?

— Il s'est faufilé dans ma chambre par erreur. Je ne sais pas, Scar. Il ne correspondait pas à tes standards habituels.

Jane sourit.

Scarlett lui rendit son sourire.

— Ouais, alors, que puis-je dire ? Je l'ai rencontré il y a deux nuits dans ce magasin de livres usagés, au coin de la rue. Il était dans le rayon de la littérature, où il lisait James Joyce. J'ai cru qu'il pouvait être intéressant et quand il m'a demandé de sortir avec lui, j'ai accepté.

Puis, elle ajouta :

— De toute façon, il est parti. Et c'est comme ça, tu le sais, que j'aime mes hommes.

Jane fouilla dans le réfrigérateur, ouvrit la boîte de pizza et en prit une pointe. Elle s'appuya contre le comptoir et en prit une bouchée.

— Un beau jour, tu vas tomber amoureuse d'un gars et tu ne sauras plus quoi faire de ta peau.

Scarlett prit une autre gorgée de café en réfléchissant. L'amour... qui avait besoin d'amour ? Aussi longtemps qu'elle avait ses livres et ses amis, et une relation occasionnelle, elle était entièrement satisfaite. Les vraies relations — du genre de celles qui étaient censées durer, mais cessaient rapidement — engendraient plus de problèmes qu'elles n'en valaient la peine.

Alors, allait-elle être comme sa mère, qui enseignait à ses patients à entrer en contact avec leurs sentiments, mais qui ne disait jamais « je t'aime » à son propre mari ? Ou comme son père, qui portait les femmes aux nues, mais n'avait jamais dit à son épouse qu'elle était belle ? Et puis, après tout, la vie était bien trop courte pour la passer avec un seul et unique gars. L'univers *tout entier* en était rempli.

— Tu veux faire quelque chose aujourd'hui ? lui demanda Jane en lui offrant de la pizza.

Scarlett en prit une bouchée. Elle semblait encore assez fraîche.

— Bien sûr. Quoi, par exemple ?

— C'est samedi. Nous devrions aller nous amuser. Nous sommes à Los Angeles et nous n'avons pas fait grand-chose depuis que nous sommes arrivées.

Jane marqua une pause et regarda fixement la fenêtre.

— Nous pourrions aller faire les magasins sur Melrose ? Et ce soir, nous pourrions aller au restaurant et ensuite dans une boîte de nuit ?

Scarlett haussa les sourcils d'un air sceptique.

— À la façon dont tu dis ça, on dirait que tu connais les clubs où il faut aller à Los Angeles.

— Je suis sûre que nous pourrons trouver.

Jane jeta la croûte de pizza dans l'évier vide en haussant les épaules. Puis, elle plissa les yeux en regardant Scarlett.

— Mais tu dois me promettre une chose, dit-elle très sérieusement.

— Quoi ?

Jane sourit.

— De ne pas ramasser des gars avec des tatouages de serpent ou aspergés d'une quantité repoussante de lotion Old Spice.

— Y a-t-il une quantité d'Old Spice qui ne soit pas repoussante ? rétorqua Scarlett d'un ton sec. Au moins, moi, j'ai une vie sentimentale. Contrairement à quelqu'un dans cette pièce qui n'est pas sortie avec un garçon depuis…

Scarlett s'interrompit brusquement.

Le sourire de Jane s'estompa. Ses yeux bleus s'agrandirent sous l'effet de la douleur. Scarlett était mortifiée.

« Sombre idiote, s'admonesta-t-elle. Ferme-la. »

Jane était tombée amoureuse une fois dans sa vie, de Caleb, son ami de l'école secondaire. Caleb, qui était parti l'année précédente pour un collège dans un autre état, avait rompu avec Jane quelques mois auparavant. Ils avaient essayé de vivre une relation à distance, mais cette relation consistant seulement en conversations téléphoniques, messages électroniques et visites occasionnelles ne lui avait pas suffi. Il avait fini par y mettre un terme, disant que cela ne fonctionnait pas et qu'il ne voulait pas gâcher quelque chose qui avait déjà été beau. En réalité, Scarlett pensait que c'était sa façon de dire « je ne peux pas continuer à te tromper sans que tu finisses par l'apprendre », mais elle ne le dirait jamais à Jane. Jane avait été dévastée et elle n'était pas sortie avec un autre garçon depuis lors.

— Désolée, Janie, souffla Scarlett.

À part Caleb, elle était la seule à l'appeler ainsi. Elle s'approcha et prit Jane dans ses bras.

— Je suis vraiment désolée. Je suis une vraie garce.

— Tu n'es pas une *vraie* garce, répliqua Jane en esquissant un sourire.

— Sérieusement, je suis désolée. C'était boiteux. Et si je payais les boissons ce soir, dans n'importe quel endroit étonnant que tu vas nous faire découvrir, pour me faire pardonner ?

— C'est sûr que tu vas payer, lui répondit Jane.

Jane se mit à feuilleter un magazine. Scarlett s'aperçut que le magazine était à l'envers, même si Jane ne semblait pas l'avoir remarqué. Jane arrivait souvent à se calmer quand elle était excédée, contrairement à Scarlett, qui n'avait pas de problème pour dire ce qui lui passait par la tête, et *à voix haute*. Elle souhaitait, et ce n'était pas la première fois, que Jane puisse vite oublier Caleb. Il avait peut-être été Monsieur Parfait au début, mais il avait fini par lui briser le cœur. Il n'était pas assez bien pour Jane — et de loin.

Bien sûr, la meilleure façon d'oublier un garçon était d'en rencontrer un autre. Jane aurait peut-être plus de chance à Los Angeles, peut-être même ce soir-là ? Il devait y avoir des milliers d'adorables garçons disponibles dans une ville aussi vaste, n'est-ce pas ?

3

ALLONS DÉPENSER UN PEU D'ARGENT

Melrose Avenue était bordée de chaque côté par de petites boutiques stylées portant le nom de Too Cute ! ainsi que Wasterland et Red Balls. Jane aimait les façades aux couleurs voyantes : une devanture rose fluorescent jouxtant une autre devanture lime et violet, suivie par une boutique avec une vitrine toute noire constellée de sphères argentées de toutes tailles. Une boutique affichait une peinture murale de deux caniches qui s'embrassaient. Une autre possédait une vitrine présentant des mannequins maquillés de style gothique et serrés dans des camisoles de force.

Jane sortit son téléphone de son sac Hobo et commença à prendre des photos. On ne sait jamais d'où peut venir l'inspiration.

– Qu'est-ce que tu fais ? Tu nous fais passer pour des touristes, se plaignit Scarlett en ajustant ses Ray Bans noires.

– Calme-toi, Scarlett. Tu peux marcher devant moi, si ça t'embarrasse. Hé, n'est-ce pas Jared Walsh qui traverse la rue ? Oh, mon Dieu !

– Maintenant, tu nous fais vraiment passer pour des touristes, grogna Scarlett.

Jane connaissait sa meilleure amie bien mieux que ça. Scarlett pouvait faire comme si elle n'était pas impressionnée par les célébrités, mais derrière ses lunettes de soleil, elle observait Jared et ressentait le petit coup au cœur que procurait la vision d'une célébrité figurant sur la liste A. En personne, il était plus petit qu'il ne paraissait. Elles aperçurent l'acteur alors qu'il entrait précipitamment dans une Jaguar noire stationnée. Jane avait lu récemment un article qui lui était consacré dans le magazine *Gossip*. Elle se demanda si c'était vrai qu'il consommait de la coke et qu'il trompait sa femme enceinte (les jumeaux étaient attendus d'un jour à l'autre maintenant) avec un mannequin de 17 ans.

Le ciel du mois d'août était d'un bleu éclatant et sans nuage, et l'air tremblait sous l'effet de la chaleur. Jane était pressée de faire les magasins avant d'essayer un des restaurants branchés qu'elle avait trouvé en ligne. Cela pourrait adoucir l'humeur qu'elle avait depuis ce matin-là. Jane repensait sans cesse à ses rêves au sujet de Caleb... et voilà que Scarlett mentionnait son nom. Jane n'avait pas beaucoup pensé à lui récemment. Elle détestait qu'on l'y fasse penser.

– Hé, tu es toujours là, Jane? lança Scarlett, interrompant la petite séance d'apitoiement sur elle-même de Jane.

– Hein? Oh. Je me demandais simplement par quel magasin nous devrions commencer.

Scarlett jeta un coup d'œil aux alentours.

– Je ne sais pas. Il y a la boutique S&M, là-bas, avec les colliers de chien et les fouets. Ou celle qui vend les robes découpées au niveau des seins. Ou…

Jane leva les yeux au ciel.

– Arrête, Scar. Je suis sérieuse.

– Je suis sérieuse, moi aussi. Je veux juste une paire de jeans, répliqua Scarlett.

– Parce que tu n'en as pas assez ? Il serait peut-être temps que tu diversifies tes choix vestimentaires, ma chérie.

Mais à l'instant même où Jane faisait cette réflexion, un garçon à l'allure débraillée les croisa, s'arrêta sur le trottoir et jeta un regard appréciateur sur le postérieur couvert de denim de Scarlett. Il était environ la cinquantième personne à le faire ce jour-là. Scarlett recevait toujours beaucoup d'attention partout où elle allait, sans qu'elle n'ait rien à faire.

Jane et Scarlett poursuivirent leur chemin. C'était un samedi après-midi, et Melrose Avenue était envahie par les passants. Jane aimait regarder les gens et elle dévisageait tous ceux qu'elle croisait. Il y avait des couples qui se tenaient la main (des garçons avec des filles, des garçons avec des garçons, des filles avec des filles), des adolescents, des jeunes dans la vingtaine, des badauds d'âge moyen portant des ceintures cache-billets et des chaussures de sport blanches flambant neuves, et de jolies Japonaises voyageant en groupe. Il y avait des douzaines de jeunes femmes qui affichaient toutes le même look. Jane commençait à comprendre qu'elle observait un des clichés de Los Angeles : cheveux blonds décolorés, lèvres pulpeuses, bronzage artificiel, gros seins siliconés. On avait l'impression d'être au pays des clones blonds.

Jane remarqua aussi quelques sans-abri. Un des hommes avait une pancarte attachée à une boîte à chaussures vide Marc Jacobs où l'on pouvait lire « ÉCRIRAIT SCÉNARIO POUR MANGER ». Jane observa d'un air rêveur le chiot berger allemand de l'homme — il était couché à ses pieds et la regardait avec de grands yeux tristes — et, répondant à une impulsion, elle laissa tomber un billet froissé de cinq dollars dans la boîte à chaussures. Elle espérait qu'elles ne rencontreraient pas d'autres sans-abri avec des chiots, sinon elle serait rapidement à court d'argent.

— Ce chiot du sans-abri, murmura Jane à son amie. J'aimerais que nous puissions l'adopter.

Scarlett fronça les sourcils.

— Cet *homme* est sans-abri. Veux-tu l'adopter, lui aussi ?

Jane hocha la tête en soupirant. Elle avait déjà désiré avoir un chiot (sa mère était allergique, ce qui, en grandissant, signifiait « pas de chien ») et elle avait dû se contenter de hamsters, cochons d'Inde et poissons rouges. Chez elle, elle avait fait du bénévolat au refuge local pour animaux durant les fins de semaine. Elle aurait aimé pouvoir les sauver tous.

Jane sentit le bras de Scarlett autour de ses épaules. Scarlett savait toujours quand elle pensait aux animaux.

— Viens, ma chérie. Allons dépenser de l'argent.

— Hum.

Scarlett l'entraîna loin du chiot, et après quelque temps, les façades des boutiques perdirent leur style pop art et devinrent moins voyantes, minimalistes. Jane désigna une élégante façade blanche de l'autre côté de la rue.

— Celle-ci semble jolie. Tu veux voir à l'intérieur ?

— Bien sûr, acquiesça Scarlett.

Elles traversèrent Melrose Avenue en passant devant une Ferrari jaune et deux motos Harley Davidson qui s'étaient arrêtées à un feu rouge. Les deux motards se firent remarquer en leur criant quelque chose qui ressemblait à une invitation à faire des choses obscènes à l'arrière de leurs engins. Scarlett saisit le coude de Jane, et elles se précipitèrent dans la boutique en riant et en faisant semblant de s'étouffer.

L'intérieur du magasin était aussi blanc que l'extérieur. Du papier de riz japonais blanc couvrait les murs, et le sol était en marbre blanc, brut et non ciré. Une douzaine d'ensembles blancs étaient présentés sur des portants blancs. Près du comptoir moderne blanc se tenaient une vendeuse – vêtue de blanc, quoi d'autre ? – et un seul client : un homme plutôt petit (environ 1 mètre 60) avec des cheveux noirs coupés en brosse et des traits d'Asiatique, vêtu d'un jean serré, d'un t-shirt noir sans manches et de chaussures de sport rouges.

– Elle a besoin de cette robe ce soir, expliquait le client à la vendeuse d'une voix forte et théâtrale. Si elle ne l'a pas ce soir… eh bien, vous savez.

Puis, il porta une main à son cou, qu'il fit glisser d'un geste violent comme s'il tenait un couteau.

– Bien sûr, répondit la vendeuse d'un air contrit. Je vais communiquer avec notre autre magasin pour savoir s'ils ont le même modèle dans la bonne taille. Il lui faut un quatre, c'est bien ça ?

Le gars poussa un cri.

– Un quatre ? Seigneur ! Qu'elle ne vous entende jamais, au grand jamais, dire ça. Elle porte du deux. Écrivez-le… deux, deux, deux !

Jane prit un air détaché, comme si elle n'écoutait pas aux portes.

Scarlett se pencha vers Jane.

— Pouvons-nous foutre le camp d'ici ? murmura-t-elle. Cet endroit est un peu trop *blanc* à mon goût.

Jane sourit.

— Je sais ce que tu veux dire. Attends une seconde. Je veux voir cette camisole, là-bas.

Elle se dirigea vers un présentoir situé près du comptoir, sur lequel était posée la magnifique camisole blanche. Elle était proposée dans une étoffe très légère, qui semblait d'une douceur exceptionnelle, comme des ailes d'ange. Jane s'approcha pour la toucher.

— Ne touchez pas à ça, je vous prie !

Jane sursauta devant le ton sec de la vendeuse.

— Pardon ?

— Je vous ai demandé de ne pas y toucher, répéta la jeune femme en plissant les yeux.

Jane sentit une chaleur envahir ses joues.

— Désolée, je cherchais simplement l'étiquette, marmonna-t-elle.

La vendeuse haussa les sourcils.

— Elle coûte 1200 $.

Jane tressaillit — pas seulement à cause de la rudesse de la vendeuse, mais également à cause du prix annoncé : 1200 $? Pour une camisole ? Jane se mit à tripoter une mèche de cheveux et à l'enrouler autour de son index. C'était un tic nerveux qu'elle avait depuis qu'elle était petite.

« Belle attitude pour quelqu'un qui travaille dans le commerce de détail », pensa Jane.

Scarlett ouvrit la bouche pour dire quelque chose – probablement une phrase commençant par les mots « écoute, petite garce ! » –, mais Jane se retourna vivement en secouant la tête pour la faire taire.

Le gars au t-shirt noir lança un regard furieux à la vendeuse. Puis, il se tourna vers Jane et posa une main sur son bras.

– Vous ne voulez rien porter de ce qui se vend ici, ma chère, murmura-t-il. C'est beaucoup trop cher, surfait, et – il leva la voix d'un cran – la vendeuse doit apprendre les bonnes manières, si elle veut garder son emploi. Autrement, comment fera-t-elle pour payer ses traitements de Botox, sa Lexus de location, qu'elle prétend posséder, et ses fausses chaussures Louboutin ?

La vendeuse prit un air choqué.

– Je vous ai entendu ! s'écria-t-elle. Et vous pouvez oublier cette robe pour votre patronne. Vous pourrez lui dire que…

– … que les vêtements qui sont vendus ici sont presque aussi ordinaires que la vendeuse et qu'elle devrait faire profiter un autre magasin de sa clientèle ? l'interrompit l'homme en lui souriant. Considérez que c'est chose faite. Bonne journée !

Alors que Jane et Scarlett essayaient de ne pas éclater de rire, il se tourna vers elles et leur dit :

– Venez, les filles ! Allons dans la boutique qui se trouve de l'autre côté de la rue. C'est beaucoup mieux qu'ici.

– Cela vous irait certainement très bien, dit Diego à Jane.

Il tenait une minirobe en soie turquoise. Des rangées de minuscules perles dorées rehaussaient le décolleté profond (mais pas trop).

— Et pour vous, ajouta-t-il en se tournant vers Scarlett, eh bien, pourquoi ne parlerions-nous pas de ce chemisier violet ? Peu de personnes peuvent se permettre de porter cette couleur, mais ce serait terrible sur vous.

Le gars au t-shirt noir — il s'était présenté sous le nom de Diego — avait accompagné Jane et Scarlett dans une boutique plutôt petite, mais branchée, appelée Madison, où les vêtements étaient originaux, fabuleux et magnifiques (et ils étaient proposés en d'autres coloris que le blanc). Jane remarqua le rayon des vêtements tendance et classiques, et tout ce qui existe entre les deux.

— Comment connaissez-vous autant de choses sur la mode, Diego ? lui demanda Jane tout en fouillant dans un présentoir.

— Appelez-moi D, insista-t-il. Tout le monde m'appelle D. En ce qui concerne la mode... eh bien, je connais un peu de tout, mademoiselle Jane. Y compris le fait que vous êtes une vraie blonde, ce qui fait de vous une espèce en voie de disparition à Los Angeles.

Scarlett tâtait du bout des doigts un chemisier noir en soie qui était présenté sur un mannequin.

— Alors, Diego... D... que faisiez-vous là-bas, tout à l'heure ? De l'autre côté de la rue ? Pour qui étiez-vous venu acheter une robe ?

D agita les mains dans les airs.

— Oh, ce n'est pas vraiment important. La patronne voulait une robe. Elle m'a envoyé pour en chercher une, car elle ne voulait pas le faire. Fin de l'histoire. Et au sujet de vous deux ? Attendez, attendez, laissez-moi deviner ! *Vous* – il scruta Scarlett de la tête aux pieds – êtes venue à Los Angeles pour être mannequin. Alors, je peux vous assurer que Ford et tous les autres vont s'arracher les yeux pour être le premier à vous faire signer un contrat. Je suis sûr que vous avez vu les concurrentes. Pas beaucoup de filles exotiques comme vous. Juste une marée de blondes sous-alimentées. Quant à vous, ajouta-t-il en se tournant vers Jane, vous espérez être la prochaine Drew ou Reese, n'est-ce pas ? Vous représentez les filles de rêve de Californie, et il n'y a pas la moindre trace de silicone ou d'acrylique dans tout votre corps.

Jane et Scarlett échangèrent un regard et éclatèrent de rire.

– Nous sommes arrivées à Los Angeles la semaine dernière, expliqua Jane à D. Scarlett est inscrite à l'U.S.C., et moi, je vais suivre un stage chez une organisatrice d'événements.

D écarquilla les yeux.

– Oh ! Vous faites vraiment quelque chose ! Bien, c'est bon pour vous ! Alors, vous êtes nouvelles à Los Angeles ? Aimez-vous cela ?

– Nous sommes encore en train de nous installer, répliqua Jane. Connaissez-vous de bons endroits pour sortir ? Nous sommes un peu perdues. J'ai entendu dire qu'il y avait un club sur Las Palmas. J'ai oublié son nom. Mon cousin y allait l'année dernière et …

– L'année dernière ? Bon, alors, vous ne pouvez pas y aller, l'interrompit D. Dans la plupart des cas, la durée de vie des clubs à Los Angeles est de six mois maximum. Celui-là a dû changer plusieurs fois de propriétaires et de vocations depuis et doit maintenant être une boutique Ed Hardy.

— La durée de vie d'un club ? souffla Scar d'un air sceptique. La dernière fois que j'ai vérifié, la vodka n'expirait pas après six mois.

— Peut-être, mais à Los Angeles, ce n'est pas le cas pour les clubs. Ils sont branchés jusqu'à ce qu'ils ne le soient plus, vous voyez ? Je suis sûr que l'endroit a été fabuleux pendant les deux premiers mois, mais la plupart des endroits se démodent plus vite que les ensembles Juicy. Quand ils ouvrent, vous vous battez pour réserver une table. Puis, quelques mois plus tard, vous ne voudriez pas y être vu pour tout l'or du monde. Ils continuent à ouvrir le club aussi longtemps qu'il y a des clients. Puis, ils repeignent les murs, changent la décoration intérieure et le rebaptisent.

Il ajouta avec un sourire méchant :

— Bon, d'accord, certains ont peut-être duré plus longtemps que les mariages de Jared Walsh.

— Nous avions envie de sortir, ce soir, dit Jane. Des suggestions ?

— Hum… je ne sors pas vraiment pendant les fins de semaine. C'est un peu extrême. Encore que… Hyde vient juste d'avoir un nouveau propriétaire. Cela pourrait être amusant.

Les commentaires de D furent interrompus par un bourdonnement sonore et insistant.

— Oh, merde, marmonna-t-il en fouillant dans la poche de sa chemise pour trouver son Blackberry.

Il jeta un coup d'œil à l'écran.

– Oh, double merde. C'est la patronne. Je ferais mieux de me barrer, mes chéries, sinon elle va servir mes parties intimes sur le plateau de sushis, ce soir à son souper.

Jane laissa échapper un ricanement. D était un des hommes les plus amusants qu'elle avait rencontrés. Il était nerveux et impertinent, mais d'une façon amicale.

– Bon, très bien, ce fut un plaisir de vous rencontrer, lui dit-elle.

Elle était sur le point de demander à D de lui donner son numéro de téléphone, mais il était déjà sur le chemin de la sortie en tripotant les boutons.

– Occupe-toi bien de mes amies, d'accord, Sabrina ? lança-t-il à une des vendeuses en levant son Blackberry à son oreille. Bonjour, Véronica. Oui, oui, je suis vraiment désolé. Elle a dit quoi ?

Et il disparut.

4

COMMENT SAIS-TU QUE C'EST SA PETITE AMIE ?

– Pourquoi pas ici ? demanda Scarlett à Jane.

Les deux filles s'arrêtèrent devant un bar à l'air malfamé sur le boulevard Cahuenga Nord, pas très loin de leur appartement. L'enseigne bleue en néon affichait Big Wangs. À travers les fenêtres, Scarlett pouvait voir deux tables de billard et une scène minuscule, servant probablement au karaoké. Des tables en bois abîmées et des petits tabourets bleus en cuir étaient installés contre les murs. Aux quatre coins, un grand écran de télévision pendait du plafond. L'endroit semblait bien fréquenté, avec la foule du samedi soir de jeunes dans la vingtaine, dispersés sur le trottoir pour fumer une cigarette.

Jane étudia l'enseigne.

– Big Wangs ? Ça semble classique.

Scarlett éclata de rire.

– Allez, Janie. Rigole un peu. Il y a des garçons sympathiques ici.

Elle posa les mains sur les épaules de Jane et la secoua avec espièglerie.

– Vivez un peu, mademoiselle.

– Ouais, d'accord.

– Et ils ne demandent probablement pas de pièce d'identité, ici.

Non pas que Scarlett s'inquiète pour cela, mais elle savait que Jane s'en souciait.

Scarlett saisit la main de Jane et l'attira. Elles se frayèrent un chemin dans la foule et cherchèrent une table libre.

– Tu as raison. Il y a de beaux hommes ici, déclara Jane.

– Ouais, tu peux me faire confiance, répliqua Scarlett en regardant autour d'elle. Je ne vois pas de table disponible. On peut aller au bar ?

Jane examina attentivement la salle.

– Oui, je crois que nous n'avons pas d'autres choix.

– Je ne sais pas s'il s'agit d'un des endroits fabuleux que tu imaginais, mais si je me souviens bien, tu n'as jamais été du genre à refuser un Dirty Shirley, lança Scarlett à Jane d'un ton affectueux. Veux-tu que j'en commande deux ?

– Oh, tu me connais tellement bien, plaisanta Jane.

Elles se dirigèrent vers le bar et se faufilèrent dans un espace vide. Le barman, un homme costaud, avec les cheveux très courts et un t-shirt noir portant l'inscription « LA TAILLE A UNE GRANDE IMPORTANCE » sur le devant, les regarda en souriant.

– Que puis-je vous servir, jolies demoiselles ? dit-il.

– Deux Dirty Shirley, s'il vous plaît.

Scarlett lui rendit son sourire et se pencha sur le bar pour prendre une cerise. Il était plutôt mignon. Elle avait toujours été attirée par les barmans, d'abord parce qu'ils étaient à l'aise en société, habitués qu'ils étaient à parler à tant de personnes chaque jour et, plus important, parce qu'ils savaient préparer les cocktails. Et plus important de tout, ils avaient le pouvoir de ne pas faire de vérification d'identité.

– Pour vous, tout ce que vous voulez, susurra le barman.

Il prit deux verres en plastique, puis adressa un signe de tête à quelqu'un.

– Un autre pour toi, Braden ?

Scarlett suivit le regard du barman. Un jeune homme était penché sur le bar à sa gauche : très grand, mince, des cheveux blonds sales et ébouriffés, des yeux noisette derrière des lunettes à monture noire, avec une barbe de la longueur requise pour être sexy. Vêtu d'un Levi's délavé et un t-shirt gris à l'aspect soyeux, troué au niveau de l'épaule, il finissait une Guinness en lisant une sorte de manuscrit.

« Hum, oublie le barman », pensa Scarlett.

Scarlett se tourna vers le jeune homme.

– Tu apportes toujours de la lecture, quand tu viens dans un bar sportif ?

Elle dut élever la voix pour être entendue à cause d'un groupe bruyant de filles derrière eux.

Le gars la regarda fixement.

– Comment pouvais-je prévoir que j'allais rencontrer quelqu'un d'aussi joli et charmant que toi pour me tenir compagnie ?

Scarlett rougit. Très peu de gens osaient lui répondre.

– Touché.

Il resta figé pendant une seconde pour les analyser, Jane et elle, puis il tendit la main.

— Braden.

Scarlett la serra fortement.

— Je m'appelle Scarlett.

Le barman fit glisser deux grands verres en plastique vers les filles.

— Ça fera 14$, dit-il à Scarlett, qui s'empara de son sac à main.

— Excuse-moi, mais je ne crois pas que ton argent a de la valeur ici. Les boissons sont pour moi, s'écria Braden en sortant son portefeuille.

— En fait, je vais payer, commença à dire Scarlett avant de laisser tomber.

Comment pourrait-elle expliquer à cet étranger, Braden, qu'elle avait promis à Jane de lui offrir un verre ? Qu'elle s'était conduite comme une sombre crétine ce matin-là et qu'elle avait énervé Jane en lui parlant de son ex, Caleb ? Elle pourrait s'acquitter de sa promesse n'importe quand. De plus, d'une façon ou d'une autre, Jane n'avait pas à payer.

Oh, oui — Jane ! Jane se tenait près d'elle au bar et jouait avec une paille pliée.

— Voici mon amie Jane, dit Scarlett à Braden.

Jane se pencha devant Scarlett et serra la main de Braden.

— Au cas où tu ne l'aurais pas remarqué, je suis l'amie la moins séduisante sur la droite, dit Jane avec un petit geste de la main.

Scarlett eut mentalement un mouvement de recul. Pourquoi Jane se comportait-elle toujours ainsi ? Scarlett l'aimait beaucoup, mais elle devrait arrêter de se déprécier.

Elle se rabaissait souvent. Tout le monde se rendait compte que Jane était très jolie, sauf, malheureusement, Jane elle-même.

Braden sourit.

— Je t'avais remarquée. Et je pense que tu ne te mets pas en valeur.

C'était à présent au tour de Jane de rougir. Ce gars était vraiment bon.

Tandis que Braden payait les boissons, Jane se pencha vers Scarlett.

— D'accord, alors je suppose que je vais devoir jouer une fois de plus le chaperon, murmura-t-elle.

— Oh, je t'en prie…

— J'ai manqué quelque chose ? l'interrompit Braden en rangeant son portefeuille dans sa poche.

Scarlett se tourna vers Jane.

— Jane se demandait si tu venais souvent ici.

Jane sourit d'un air gêné.

— Ah, oui. Fréquente-tu régulièrement le Big Wangs, Braden ?

Braden éclata de rire.

Scarlett alla récupérer la cerise qui se trouvait au fond de son verre et observa Jane, qui enroulait une mèche de cheveux autour de son index. Waouh, Jane était-elle en train de flirter ? C'était plutôt maladroit — avait-elle vraiment dit « fréquentes-tu Big Wangs ? » —, mais c'était du flirt. Cela faisait bien trop longtemps que Jane ne s'était pas intéressée à un homme, et il était grand temps qu'un homme lui porte une attention de qualité. À présent, Scarlett n'avait plus qu'à s'effacer sans le faire trop ostensiblement, comme le ferait une sorte d'entremetteuse/proxénète. Elle ne voyait pas d'inconvénient à laisser Braden à Jane. Il y avait de nombreuses autres possibilités à cet endroit, ce soir-là.

— Big Wangs ? Ouais, je travaille de temps en temps près d'ici et j'aime marcher jusqu'ici pour rencontrer des amis.

— Tu travailles dans le coin ? demanda Scarlett en lançant un regard sur le manuscrit qu'il avait glissé dans sa poche arrière. Un écrivain crève-la-faim ?

Braden gloussa.

— Bien essayé. Acteur crève-la-faim. J'ai décroché une audition très importante qui aura lieu la semaine prochaine.

— Quel genre d'audition ? demanda Jane.

— C'est un pilote pour une science-fiction. Ça serait génial d'en faire partie. J'aime la science-fiction. J'étais un de ces fans de Star Trek au secondaire — vous savez, le genre que les filles comme vous évitaient probablement comme la peste ?

— Ce n'est pas que les vous évitions, c'est plutôt que nous étions intimidées par notre mauvais accent Klingon, plaisanta Jane.

« Vas-y, Jane ! » l'encouragea mentalement Scarlett.

— Alors, nous t'avons déjà vu quelque part ? demanda-t-elle à Braden.

Elle se pencha en arrière lorsqu'un client s'interposa entre elle et Jane pour prendre un verre que lui tendait le barman.

Braden secoua la tête.

— Je viens tout juste de signer avec un agent, il y a environ six mois. J'ai fait de la figuration pour une dramatique de la chaîne Sundance Channel qui n'a jamais été diffusée. Et une pièce de théâtre dont vous n'avez jamais entendu parler, et dont vous n'entendrez jamais parler, parce qu'elle a été abandonnée après deux représentations. Mon agent essaie de me persuader d'accepter des rôles dans des publicités. Mais je ne me vois vraiment pas vendre du sirop pour la toux ou de l'assurance-vie, vous savez ? Je suis un de ces acteurs « pleins de principes » qui s'en tient à des rôles mal payés, mais de qualité. Mon agent est prêt à me tuer. Je crois que je lui ai fait gagner à peu près 12$ de commission.

— Tu ferais peut-être mieux de me laisser payer ces boissons, après tout, proposa Scarlett.

— La prochaine fois. Au fait, je crois que je deviens comme ces gens qui commencent chacune de leurs phrases par « mon agent ». Désolé.

— Pardonné, l'assura Jane.

— Mais que faites-*vous* toutes les deux à Los Angeles ? dit Braden. Et vous avez ma permission pour utiliser les mots « mon agent ». Je vous promets que je ne partirai pas.

— Scar et moi, nous n'avons pas d'agent, dit Jane avant de lui faire un résumé de leur vie à Los Angeles.

Braden hocha la tête.

— Une organisatrice d'événements, hein ? Super. Et U.S.C., c'est génial.

Il prit une gorgée de sa Guinness rafraîchie.

— Santa Barbara est un de mes endroits préférés au monde. Mon ami a une maison sur la plage, là-bas. C'est magnifique.

— As-tu grandi en Californie ? lui demanda Scarlett.

— Ouais. À Pacific Palisades. J'y suis né et j'y ai grandi. J'ai songé à aller vivre à New York après mes études secondaires. J'irai peut-être un jour.

— Scar et moi sommes allées à New York lors d'un voyage scolaire au cours de la dernière année du secondaire, dit Jane. Tu te souviens, Scar ? Nous avons été séparées du groupe et nous nous sommes retrouvées à Times Square.

Scarlett sourit.

— Nous n'avons pas été séparées, Janie. Cette garce, Jenn Nussbaum, nous avait offert de porter nos sacs à dos pendant que nous allions aux toilettes chez Toys « R » Us, puis elle est partie en nous laissant là, sans nos téléphones cellulaires et nos portefeuilles. Elle voulait se venger de nous… bon, de *moi* en vérité… pour un incident impliquant son petit ami, Doug, à sa fête d'anniversaire. En tout cas, nous étions bloquées à Times Square sans nos téléphones et avec environ trois dollars en poche pour souper.

— Nous avons partagé un bretzel, se souvint Jane. J'avais tellement faim ! C'était la meilleure chose que j'avais mangée ! Et c'était Dave, et non Doug, sale garce.

— Peu importe. Nous avons fait des allers et retours dans l'ascenseur du Marriott Marquis une bonne centaine de fois, poursuivit Scarlett.

— C'était tellement drôle, murmura Jane.

Dans la lumière tamisée du bar, Scarlett pouvait voir le sourire qui éclairait le visage de Jane, comme si elle était perdue dans les souvenirs heureux qu'elle avait rapportés de sa visite de New York, ou simplement absorbée par le moment précis où elle jouissait de l'attention que lui portait un nouveau garçon.

– New York est vraiment incroyable. Il faudra que nous y retournions, ajouta Jane.

– Eh bien, si je finis par y habiter, vous pourrez venir me rendre visite, lança Braden. Je ne vous abandonnerai pas à Times Square.

Scarlett écouta la longue pause lourde de sens tandis que les mots de Braden restaient suspendus dans l'air, crépitant et mijotant entre Jane et lui.

« C'est peut-être le bon moment pour dire que je dois aller aux toilettes », se dit-elle.

Elle s'éloigna du bar et allait s'excuser quand elle vit une fille rousse qui s'avançait vers eux. La fille était petite, bien faite, jolie. Elle portait une robe bain-de-soleil à fleurs et des sandales. Son regard était fixé sur... *eux* : Jane, Braden et elle. Ou plus spécifiquement, Braden, qui ne la voyait pas s'approcher parce qu'il était occupé à parler à Jane de chiots ou d'autres choses.

– Hé, toi, dit la fille en posant la main sur l'épaule de Braden. Désolée, je suis en retard.

Braden leva brusquement les yeux.

– Oh ! Salut !

Il embrassa la fille sur la joue. Elle recula légèrement et s'avança pour un autre baiser... sur les lèvres.

Braden interrompit le baiser d'un air nerveux.

– Hé, vous autres ! Euh, je vous présente...

– Willow, dit-elle en adressant un sourire à Scarlett et Jane.

Scarlett s'approcha instinctivement de Jane, qui tirait sur la mèche de cheveux enroulée autour de son index. Les bonnes ondes qui accompagnaient sa pensée

« je-suis-dans-un-bar-et-je-viens-juste-de-rencontrer-un-gars-terrible » s'étaient totalement évanouies.

— Je m'appelle Scarlett, et voici Jane, répondit aussitôt Scarlett. Nous étions sur le point d'aller dans une soirée, mentit-elle. Voulez-vous venir avec nous, tous les deux ?

En bon acteur qui se respecte, Braden connaissait bien son texte.

— En fait, il est plutôt tard. J'ai cette audition la semaine prochaine et je dois me lever tôt pour répéter. Peut-être la prochaine fois ?

— Bien sûr, lança Scarlett d'un ton joyeux. Ce fut un plaisir de te rencontrer, Willow. Au revoir !

— Au revoir ! répondit Willow en se penchant sur Braden d'un air possessif.

— Au revoir, dit Jane en faisant un signe de la main.

Scarlett remarqua qu'elle évitait de croiser le regard de Braden. Elle glissa le bras sous celui de Jane, et elles sortirent toutes les deux du bar bondé. À l'extérieur, l'air était chaud et velouté, et la ville étincelait sous le ciel obscur. Un gars et une fille se pelotaient sous un réverbère.

Jane observa le couple pendant un instant d'un air nostalgique, puis elle se tourna vers Scarlett.

— Qu'est-ce que ça veut dire ? demanda-t-elle.

Scarlett roula les yeux.

— Je voulais te protéger. Tu voulais vraiment traîner avec ce gars et sa copine ?

— Comment sais-tu que c'est sa petite amie ? rétorqua Jane. Il a dit qu'il aimait rencontrer des amis là-bas. C'est peut-être juste une amie, ajouta-t-elle en observant ses ongles.

Scarlett hocha la tête.

— Bon, très bien. C'est peut-être sa petite amie, concéda Jane. Il a quand même l'air d'être sympathique. Après tout, ce n'est pas comme si nous connaissions beaucoup de monde à Los Angeles. Nous pourrions être amies avec lui.

Elle jeta un coup d'œil vers la porte par-dessus son épaule.

— Nous devrions peut-être y retourner et lui demander son numéro…

Scarlett saisit Jane par les épaules, lui fit faire demi-tour et la poussa doucement dans la direction opposée.

— Nous le rencontrerons une autre fois, j'en suis certaine. Apparemment, il est souvent dans le coin. Et j'ai promis de t'offrir un verre. Pourquoi ne chercherions-nous pas un autre bar ?

Jane jeta un autre coup d'œil par-dessus son épaule.

— Qu'as-tu dit ?

Elle n'avait pas écouté un seul mot.

— Un autre bar, insista fermement Scarlett. Par ici.

5

QUITTER QUELQU'UN VAUT TOUJOURS MIEUX QU'ÊTRE QUITTÉ

– Maman, je dois y aller ! Je t'aime, mais je suis très en retard ! Au revoir ! s'écria Jane en fermant son téléphone d'un coup sec.

Elle baissa les yeux sur l'horloge de son tableau de bord alors qu'elle pénétrait dans le parc de stationnement : 9 h 05. C'était son premier jour à son nouveau travail, et elle était déjà en retard de cinq minutes.

Elle capta son reflet dans le rétroviseur et se rendit compte que ses cheveux étaient… bon, décoiffés serait une bonne façon de dire les choses. Le matin était tellement ensoleillé et doux qu'elle avait baissé les vitres de sa Jetta et avait roulé à une vitesse légèrement supérieure à la limite pour compenser le fait que son réveil n'avait pas sonné. Et maintenant, ses cheveux étaient tout ébouriffés.

Jane fouilla dans son énorme sac en cuir orange et renversa son contenu sur le siège du passager : un portefeuille, deux tubes de rouge à lèvres, un stylo, un carnet à croquis, un agenda, une barre protéinée, une bouteille d'eau, un magazine roulé *Women's Wear Daily* (mieux connu sous l'appellation WWD), une pomme, un autre stylo, des pastilles à la menthe, un tube de détachant, un crayon pour les yeux, un autre stylo et deux talons de billets de cinéma.

Ah, ah, elle était là, sa pince à cheveux préférée, en écaille de tortue turquoise. Elle enroula prestement ses cheveux en chignon, les attacha avec la pince et regarda de nouveau son reflet. Parfait.

Après avoir tout remis dans son sac, Jane sortit rapidement de la voiture, faillit oublier de la verrouiller et se précipita dans l'immeuble. À l'intérieur du hall d'entrée moderne, elle s'identifia auprès du garde de sécurité et se dirigea vers le cinquième étage.

En arrivant chez Événements Fiona Chen, elle eut l'impression d'entrer dans un spa branché. L'aire de réception avait des murs dorés foncés, un éclairage doux et un jardin zen miniature avec une cascade d'eau. Une musique nouvel âge s'écoulait des haut-parleurs invisibles. L'air avait une odeur propre et réconfortante de lavande.

Derrière un long comptoir doré, une petite réceptionniste blonde parlait doucement dans un casque. Derrière un arrangement bien fourni d'arums noirs et de feuilles de bambou, elle regarda Jane avec insistance et murmura :

— Puis-je vous aider ?

Jane fit un signe de la main.

— Euh ! Bonjour ! Je suis Jane Roberts. Je suis la nouvelle stagiaire, répondit-elle d'une voix qui lui parut trop forte.

— Je vais prévenir Fiona que vous êtes ici. Si vous voulez bien vous asseoir.

Jane commença à la remercier, mais fut interrompue par le chant d'oiseaux exotiques. Non, ce n'était pas des oiseaux : c'était le téléphone de la réceptionniste. Jane n'avait jamais entendu une sonnerie comme celle-ci.

– Bonjour, Événements Fiona Chen, Naomi à l'appareil, murmura la réceptionniste.

Jane remarqua un canapé en cuir brun et s'assit. Elle leva la main pour attraper une mèche de cheveux, puis se souvient qu'elle les avait relevés en chignon. Elle tambourina des doigts sur le canapé et tapota des pieds.

« Calme-toi, se dit-elle. Détends-toi. Prends de grandes inspirations en suivant le rythme de la cascade d'eau. »

Elle avait cependant une bonne raison d'être nerveuse. Après tout, c'était son premier vrai travail. Les seuls autres emplois qu'elle avait eus étaient les petits boulots habituels des étudiants : gardienne d'enfants, maître-nageuse, serveuse. Elle avait même travaillé derrière le comptoir d'un restaurant de la chaîne El Pollo Loco – « Le poulet fou » –, même si la seule chose folle à cet endroit était son patron, Dwayne, qui portait une photo de sa perruche morte dans un médaillon autour de son cou et hurlait sans cesse. Jane avait démissionné après deux semaines.

Et c'était la première fois qu'elle rencontrait Fiona Chen en chair et en os. Son entrevue d'embauche au mois de juin s'était déroulée au téléphone, car Fiona était trop occupée pour la recevoir en personne.

Jane savait qu'elle avait de la chance d'avoir obtenu ce stage, même si elle n'était pas beaucoup payée et si elle devait compter sur ses économies et sur l'aide de ses parents pour s'en sortir. Elle le devait à sa mère, qui avait arrangé l'entrevue, car Fiona et elle avaient été membres de la même association d'étudiantes quand elles étaient à Berkeley.

— Jane ?

Jane leva la tête d'un geste brusque. Dans l'encadrement de la porte se tenait une femme d'une beauté voyante, vêtue de noir des pieds à la tête et les cheveux noirs retenus dans une queue-de-cheval serrée. Le seul maquillage qu'elle portait était un trait noir bien net sur les yeux qui s'étirait sur les tempes.

— Fiona Chen, lança la femme d'un ton brusque. Veuillez entrer.

Jane remarqua qu'elle ne souriait pas.

— Merci, je suis ravie de vous rencontrer, répondit Jane, qui lui tendit la main en sautant sur ses pieds.

Fiona la serra pendant un bref instant. Ses mains étaient froides. Elle se tourna vers la réceptionniste.

— Naomi. Ne me passez aucun appel pendant les 10 prochaines minutes, sauf si c'est la fille qui pose pour notre anniversaire, le 12 septembre. Elle vit en ce moment une sorte de crise existentielle au sujet de la robe de sa belle-fille, et je dois intervenir personnellement. Aussi, téléphonez à nos fournisseurs habituels et voyez qui peut nous louer 4 tentes en soie blanche de 60 par 60 pour le mariage de samedi. Oui, j'ai bien dit samedi. Notre future mariée a décidé de changer de lieu à la dernière minute. Voyez aussi si vous pouvez trouver une centaine de ballons bleu clair pour la réception-cadeaux pour bébé de samedi. Autre chose, reportez le rendez-vous pour mon facial à l'oxygène de 18 h à 19 h. Oh, et appelez Anthony à Sublime Stems et demandez-lui de remplacer ces arums noirs. On dirait qu'ils sont morts. Je vous en prie.

— Oui, Fiona, murmura Naomi en prenant des notes à toute vitesse.

Fiona se retourna et franchit le pas de la porte.

« Suis-je censée la suivre ? se demanda Jane. Je pense que je suis censée la suivre. »

Elle saisit son sac et se précipita pour la rattraper.

Jane suivit Fiona à travers un dédale de couloirs. Il y avait d'autres murs dorés foncés et encore de la musique nouvel âge et toujours une odeur de lavande. Elles croisèrent une demi-douzaine de personnes que Jane prit pour des employées (l'une d'entre elles faisait défiler les smokings pendus sur un portant, une autre inspectait des rouleaux de tissu rose pâle, les autres étaient occupées à leur bureau), mais Fiona ne la présenta à aucune d'elles.

Jane n'en était pas très sûre, mais elle eut l'impression que quelques personnes lui lançaient un regard rempli de pitié.

Elles se retrouvèrent dans un magnifique bureau d'angle avec des fenêtres s'étendant du sol au plafond qui donnaient sur le centre-ville de Los Angeles. Là, pas de murs dorés foncés, pas de musique nouvel âge et pas de senteur de lavande, mais un élégant bureau argenté (avec une pile de papiers parfaitement alignés), quelques fauteuils des années 1950 (ils rappelèrent à Jane les anciens cafés-restaurants qui ont marqué une époque... ce qui lui fit penser qu'elle avait oublié de déjeuner) et une étagère chargée de livres portant des titres tels que *Votre fête à votre façon !* et *Des réceptions inoubliables*.

Fiona s'assit derrière le bureau et fit signe à Jane de prendre un des deux fauteuils.

— Permettez-moi de vous expliquer la philosophie qui règne au sein de la compagnie Événements Fiona Chen, commença-t-elle sans attendre que Jane soit installée. Nous avons fait de notre mieux pour créer une atmosphère calme et sans stress pour nos clients. Organiser une fête est une dure entreprise. C'est là que nous intervenons. Nous retirons le fardeau des épaules du client. Nous prenons soin de nos clients. Nous nous occupons de tous les détails, petits ou grands, de façon à ce que le client puisse se consacrer à ses invités et profiter de la fête. Ceci dit, vous relèverez de moi, et de moi seule. Je n'ai pas d'assistante pour le moment, mais dès que j'en aurai embauché une, ce qui ne saurait tarder, vous relèverez également de cette personne. En ce qui concerne vos tâches… J'aime mon café mi-caféiné, mi-décaféiné, avec juste un soupçon de lait de soja…

Elle s'interrompit brusquement et fixa Jane.

— Pourquoi ne notez-vous pas tout ça ?

— Oh ! Je suis désolée !

Jane sortit de son sac un carnet bleu de la marque Mead. À ce moment, il ne lui manquait plus qu'un stylo. Elle sentit les yeux de Fiona lui brûler la peau tandis qu'elle fouillait dans son sac. Où diable était ce stylo ? Elle en avait pourtant trois, là-dedans. En voilà un ! Merde, c'était son stylo Winnie l'Ourson. C'était l'option la plus malheureuse des trois, mais il écrivait. Elle leva les yeux vers Fiona comme pour dire « Je suis prête ! ».

Fiona poursuivit.

— Un soupçon de lait de soja et une cuillère à thé, pas pleine, de miel brut biologique. Je me base pour tout sur la version papier, vous devrez donc vous familiariser avec notre système de classement, qui n'est pas alphabétique mais chronologique, et par type d'événement, avec une section réservée à la recherche de vendeurs et d'emplacements pour référence éventuelle. Jusqu'à ce que j'aie une nouvelle assistante, vous devrez répondre à mon téléphone, filtrer mes appels et prendre les messages au besoin. Pour m'assurer que mes clients reçoivent toute mon attention, j'accepte un seul événement par jour, soit jusqu'à 365 par an, ce qui signifie que chaque jour, je peux avoir jusqu'à 365 appels de clients, plus ceux des traiteurs, des fleuristes, des stylistes, des photographes, des mères, des belles-mères, et cetera, et cetera. Je suis, comme vous pouvez le voir, une femme très occupée.

Alors qu'elle écoutait Fiona lui faire la liste de ses tâches, Jane ressentit un frisson de déception. Aller chercher le café ? (Avec du miel brut ? Les gens cuisinent-ils avec du miel ?) Faire du classement ? Répondre au téléphone ?

Quand elle avait obtenu cet emploi, elle s'était imaginé qu'elle allait passer des journées longues, mais satisfaisantes, à aider des célébrités stressées à choisir des menus et à organiser des événements fabuleux.

Mais toute carrière doit commencer quelque part, n'est-ce pas ? Et « quelque part » signifie en général aller chercher le café, faire le classement et répondre au téléphone. Jane se redit qu'elle avait bien de la chance d'être là, même si elle était la bonne à tout faire du bureau. Tant de filles tueraient pour être à sa place. Après tout, Fiona Chen était une des meilleures organisatrices d'événements de Los Angeles. Et la majorité de ses clients étaient des célébrités. C'était vraiment une bonne stratégie.

La voix de Fiona vint interrompre ses pensées.

— Avez-vous des questions ?

Jane se mit à taper du pied. Fiona plissa les yeux en voyant les ballerines argentées bouger furieusement sur sa moquette d'un blanc immaculé.

Jane immobilisa son pied et arbora un sourire des plus enthousiastes et optimistes.

— Je crois que j'ai bien compris, dit-elle d'un ton joyeux. Je tenais juste à vous dire une fois de plus à quel point je suis heureuse d'être ici. C'est ce que j'ai toujours voulu faire. Donc, je vous remercie de nouveau de m'avoir embauchée.

Fiona lui rendit son sourire, sauf que son sourire était glacial.

— Bon, pouvons-nous commencer par les téléphones, et nous verrons ensuite. Je vais demander à une des filles de vous les montrer, ajouta-t-elle. Oh, et Jane ? J'ai oublié de mentionner un point. Ici, à Événements Fiona Chen, vous n'êtes pas la fille de Maryanne. Vous êtes simplement Jane. Nous nous comprenons ?

Jane déglutit fortement.

— Oui.

— Très bien. Et je vous en prie, n'arrivez plus en retard.

« Oh, mon Dieu ! pensa Jane alors qu'elle luttait pour conserver son sourire le plus enthousiaste et optimiste possible. Je me sens vraiment mal. »

À midi, Jane alla s'enfermer dans une des cabines des toilettes des dames et téléphona à Scarlett avec son téléphone cellulaire.

Scarlett répondit après une sonnerie.

— Allô, mademoiselle la planificatrice d'événements. Pourrais-je retenir vos services quand je me marierai avec

Tatouage de serpent? Je pensais à Vegas, des costumes de Mardi gras, des reptiles vivants…

— Oh, mon Dieu, elle va me virer, l'interrompit Jane d'un air choqué. Je ne fais rien de bien. J'ai classé tous les documents qui auraient dus être classés dans le dossier des « comptes fournisseurs » dans le dossier « comptes clients ». Ou peut-être est-ce le contraire ? Et j'ai accidentellement raccroché au nez de Miranda Vargas, quand elle a téléphoné au sujet du gala de mode de charité.

— Tu as parlé à Miranda Vargas? s'écria Scarlett d'un ton impressionné. Lui as-tu dit que tu suivais régulièrement *La brigade des mœurs* ?

— Non, je ne lui ai pas parlé, Scar, je lui ai raccroché au nez. Puis, je suis allée chez Trader Joe's et j'ai acheté du bon vieux miel régulier au lieu du miel brut, et Fiona a remarqué que son café avait un goût différent, elle s'est donc mise à crier après moi, même si nous sommes tous censés parler avec une voix douce et calme dans le bureau pour y maintenir un environnement sans stress pour nos clients…

— Du miel brut? Qu'est-ce que c'est? l'interrompit Scarlett.

— Je ne sais pas. Je crois que Fiona ne m'aime pas.

Jane entendit quelqu'un entrer dans les toilettes des dames. Des talons tintèrent contre les carreaux noirs du sol. La porte d'une cabine s'ouvrit et se referma.

— Je dois y aller, murmura Jane.

— Janie, attends, répliqua fermement Scarlett. Écoute-moi. Tu ne vas pas être virée. C'est seulement ton premier jour. Le premier jour est toujours difficile. Tu te souviens de notre première journée au café Mexicana il y a trois ans ? J'ai eu des ennuis parce que j'ai repris plusieurs fois le directeur pour corriger son espagnol. Tu as mélangé les salsas par mégarde, et le type a failli faire une crise cardiaque. À la fin de la journée, nous sommes rentrées chez moi et nous nous sommes attaquées à une bouteille de vodka Ketel One provenant du bar de mes parents. Personne n'a été licencié. Tout a fini par s'arranger.

– Non, Scar. Tout n'a pas fini par s'arranger. Cette vodka était terrible. J'ai été malade pendant deux jours. Et n'avons-nous pas démissionné ?

– Oui, nous sommes parties. Nous n'avons pas été licenciées. N'oublie jamais, il vaut toujours mieux quitter quelqu'un qu'être quitté.

La personne dans l'autre cabine se mit à uriner. Jane pressa plus fort son téléphone sur son oreille gauche et couvrit son oreille droite de la main. C'était vraiment bizarre. Elle parlait à Scar tout en écoutant quelqu'un uriner.

– Es-tu en train de faire pipi, Jane ? Je t'ai déjà dit de ne pas faire ça quand tu es au téléphone avec moi. C'est bizarre, la réprimanda Scarlett. Je suis au bureau des inscriptions de l'université. Je te verrai plus tard, d'accord ? Nous ferons quelque chose d'amusant. Je t'aime.

Jane se mit à sourire.

– Merci. Je me sens un peu mieux, maintenant. À ce soir.

Jane salua Scarlett et replaça son téléphone dans son sac. La personne dans l'autre cabine tira la chasse d'eau. Elle ne fit pas un bruit calme et doux, mais plutôt un bruit fort, explosif et plein de gargouillis.

Jane pensa : « Dans les toilettes. Tout comme mon avenir. »

Jane sortit de la cabine et laissa tomber son sac sur le comptoir noir. Elle s'analysa dans le miroir. Elle était toute décoiffée. Elle prit une profonde inspiration et sortit un petit peigne de son sac. Elle défit la pince de ses cheveux et essaya de dompter ses boucles blondes pour en faire un chignon bien net.

— Ne t'en fais pas. Elle n'aime personne, dit une voix derrière elle.

Jane regarda par-dessus son épaule. Une frêle jeune fille blonde sortit de la cabine voisine de celle dans laquelle elle avait été, et Jane reconnut la réceptionniste. Elle portait une belle robe portefeuille noire et des escarpins à talons hauts en cuir verni noir avec le bout ouvert. Elle avait vraiment belle allure.

— Naomi, n'est-ce pas ? répondit Jane.

La fille acquiesça d'un signe de tête. Elle observa son reflet dans le miroir et balaya une mèche de cheveux de son visage.

— C'était probablement à cause de ton sac.

— Pardon ? rétorqua Jane, perplexe.

— Non, il est très beau. C'est juste que Fiona n'aime pas beaucoup les couleurs vives. Elle préfère les couleurs neutres. Noir, blanc, crème, beige, gris. De cette façon, nous ne jurons pas avec les couleurs prévues pour le projet sur lequel nous travaillons. C'est un peu fou, mais elle croit que ça détourne l'attention.

Jane se retourna vers son reflet et examina sa tenue « pas-vraiment-neutre ». Elle avait choisi un chemisier pêche garni d'un jabot sur le devant, glissé dans une jupe aux genoux en chiffon rouge à taille haute.

Jane ne put s'empêcher de rire d'elle.

– Je ne crois pas que ce soit simplement à cause du sac.

Naomi sourit.

– Ça ira mieux demain.

6

LA SEULE FAÇON D'APPARTENIR À UN MILIEU EST DE FAIRE COMME SI TU EN FAISAIS PARTIE

— Est-ce bien là ? demanda Scarlett tandis que Jane arrêtait la Jetta devant un grand immeuble aux murs couverts de vigne vierge, sur Las Palmas.

Il s'élevait près d'un parc de stationnement dont les emplacements étaient occupés par des Hummer, des Mercedes et quelques Range Rover. Même si elle ne se souciait pas vraiment de ne pas pouvoir rivaliser avec les autres véhicules, Scarlett se rendait bien compte qu'il leur serait difficile de trouver un emplacement libre. L'endroit était surchargé, et elle n'avait pas envie de voir Jane tourner pendant une demi-heure pour trouver une place disponible. Elle voulait entrer prendre un verre avant minuit. C'était un soir d'école, après tout.

— Ouais. Le club Les Deux. J'ai cherché l'adresse sur Google ce matin. C'est une fille du bureau qui m'en a parlé, répondit Jane.

— C'est un peu la jungle.

— Ça m'est égal. On va bien s'amuser ! Tu me l'avais promis !

— C'est vrai, dit Scarlett.

Son premier jour sur le campus s'était passé sans anicroche — elle avait obtenu son dossier d'identification et d'inscription —, mais elle était heureuse de se déchaîner avec Jane, qui avait connu un premier jour difficile à son travail. C'était drôle comme leurs vies allaient prendre des chemins différents. Scarlett allait suivre des cours du soir pendant que Jane se remettrait de sa journée de travail.

Jane réussit à trouver une place pour se garer dans la rue, mais quand elles arrivèrent devant le club Les Deux, elles découvrirent qu'un autre obstacle les attendait : une file, pas de voitures, mais de gens qui attendaient pour pénétrer à l'intérieur — des garçons et des filles jeunes, bien vêtus, soûls ou à moitié soûls discutant, flirtant, surveillant leurs téléphones, textant, fumant —, qui s'étirait sur toute la longueur du pâté de maisons. Un groupe de filles (probablement soûles) se balançaient bras dessus bras dessous en chantant *Gimme more*. Un autre groupe de filles (complètement soûles) descendaient les bretelles de leurs robes plus-que-moulantes en montrant leurs seins aux gens qui passaient. Un type au physique de brute épaisse, portant un costume noir et un bonnet, gardait l'entrée du club tant convoité. Il se tenait près d'une corde en velours rouge qu'il détachait pour laisser passer un petit groupe de personnes à la fois.

— Je ne vais pas faire la file pour entrer, déclara Scarlett. Viens, allons ailleurs.

Jane lui saisit le bras.

— Nous sommes venues jusqu'ici. Je suis sûre que cela ne va prendre que quelques minutes. C'est lundi soir… combien de monde peut-il y avoir là-dedans ?

Scarlett roula les yeux.

Jane et elle se glissèrent dans la file derrière deux types avec des mèches décolorées et un faux bronzage.

Au moins, elles avaient plus de chance de rentrer que ces deux-là. L'un des deux avait-il réellement des flammes sur sa chemise ? Pauvre gars.

Cinq minutes passèrent, puis quinze, puis trente. Elles envoyèrent des textos à quelques amies datant de l'école secondaire et firent des remarques désobligeantes sur les personnes qui les entouraient, puis envoyèrent d'autres textos alors qu'elles s'approchaient lentement de l'entrée. Elles attendaient devant la porte depuis environ 20 minutes quand une élégante Mercedes noire s'arrêta au bord du trottoir. Semblant sortir de nulle part, une horde de photographes se précipita, et les appareils photo se balancèrent et se heurtèrent. La porte de la Mercedes s'ouvrit, et une longue jambe nue, au galbe parfait, émergea, révélant un talon argenté de 15 centimètres (comment font les femmes pour marcher avec des talons aussi hauts ?). Apparut alors une autre jambe, puis l'éclat d'une minijupe blanche. Le reste du colis s'extirpa de la voiture sous les flashes et les cris :

— Anna ! Anna ! Anna ! Par ici, Anna !

— Oh, mon Dieu ! C'est Anna Payne ! murmura Jane. Elle est vraiment magnifique !

Anna s'arrêta au milieu de l'allée et posa pour les photographes. Scar dut admettre que l'actrice était sensationnelle.

Les flashs continuèrent à crépiter, et les photographes continuèrent à crier son nom, jusqu'à ce qu'un moment plus tard, parfaitement minuté, un type d'une beauté classique se glisse hors de la Mercedes, prenne le bras d'Anna et la fasse passer devant la ligne impressionnante de fêtards soûls et mi-soûls s'étirant jusqu'à la porte principale, où la grosse brute avec un bonnet les poussa à l'intérieur.

— C'est fou, lança Jane, à bout de souffle. Crois-tu qu'il y a d'autres célébrités à l'intérieur ?

Scarlett baissa les yeux sur le cadran de sa montre.

— Il se peut que nous ne le sachions jamais. Nous avons déjà passé beaucoup de temps dans la file. Si nous ne sommes pas rentrées à minuit, nous devrions abandonner. Il ne faut pas que tu sois en retard demain. Tu pourrais manquer une conférence sur le miel brut.

— Scar, non ! Je veux m'amuser un peu. J'ai eu une mauvaise journée au travail.

— Oh, bon sang ! Que faites-vous ici, les filles ?

Scarlett entendit quelqu'un crier. Elle sentit une main saisir son bras et lui faire faire demi-tour. C'était Diego — D ! Il portait des chaussures mauve fluorescent, des jeans serrés et un Fedora noir.

« Youpi, quelqu'un que nous connaissons ! »

— Que fait un gars comme toi dans la file ? le taquina-t-elle.

— Rien. Et vous non plus, s'écria-t-il en s'emparant de ses mains et de celles de Jane avant de s'éloigner. Ne savez-vous pas que les jolies filles ne font pas la file ? Venez avec moi !

— Attends ! Nous allons perdre notre place. Nous attendons depuis tellement longtemps ! se lamenta Jane.

Ignorant le commentaire de Jane, D les poussa jusqu'au début de la file et fit signe au gros portier, qui automatiquement détacha l'épaisse corde pour laisser passer D, Jane et Scarlett.

– Merci ! lança D au gars.

– Mais qui sont-ils ? dit une personne au milieu de la file.

– Sérieusement ! riposta quelqu'un d'autre.

Étonnées, Scarlett et Jane suivirent D à l'intérieur. Elles pénétrèrent dans une grande cour entourée de murs couverts de vigne vierge. Au centre s'élevait une grande fontaine illuminée, avec de la verdure qui retombait sur ses rebords. Des banquettes constituées de tables basses en verre entourées de sièges en cuir noir garnissaient la cour. C'était spectaculaire et stupéfiant, de loin le club le plus branché dans lequel Scarlett avait été.

Apparemment pas impressionné par la scène, D entraîna les deux filles dans la cour pavée vers une grande entrée, jusque dans la salle principale, dont les murs étaient recouverts de vieux papier peint rouge et faiblement éclairés par des chandeliers fixés sur chaque banquette. Scarlett pouvait dire que Jane s'adaptait au décor autant que la scène. Elle espérait seulement que Jane n'allait pas sortir un minuscule carnet de sa minuscule pochette et commencer à prendre des notes. Scarlett observa des groupes de beaux individus qui dansaient et étaient assis autour des tables éclairées par des bougies, se versaient des verres de Grey Goose, Bombay Sapphire et Patrón directement de la bouteille.

« Qu'est-ce qui se passe ? se demanda-t-elle. N'était-ce pas le travail du barman ? »

La majorité des filles portaient des robes et des talons hauts, et les hommes, des chemises habillées. Il vint à l'idée de Scarlett (sans qu'elle s'en soucie) qu'elle n'était probablement pas assez habillée avec son jean et son débardeur noir à dos nageur.

Scarlett savait qu'elle n'était pas vraiment dans son élément parmi tous ces excentriques. Pourtant, elle devait reconnaître que c'était plutôt chouette d'avoir pu entrer dans un club extrêmement fermé de Los Angeles et de passer la soirée avec des célébrités comme Anna Payne. (Bon, pas de passer la soirée *avec*, se corrigea-t-elle, mais passer la soirée *près de* !)

Scarlett remarqua un DJ blond, plutôt mignon, qui diffusait un mixage éclectique de musiques dans une cabine érigée dans un coin. Aretha Franklin laissa place à Britney Spears, puis à MGMT. Le niveau sonore était au plus haut. Elle pressa l'épaule de D.

— Hé ! Pouvons-nous avoir une table ?

Elle criait et pourtant elle pouvait à peine s'entendre.

D éclata de rire.

— Ouais, pour environ 1500 $! Mais ne t'en fais pas. Il suffit de trouver un gars plutôt mignon qui a déjà une table. C'est la seule raison pour laquelle ils sont ici. Pour rencontrer des filles comme vous.

Scarlett fit une grimace.

— Pouvons-nous au moins avoir une boisson ? demanda-t-elle à Jane, qui faisait bouger ses épaules au rythme de la musique.

— *Quoi* ? cria Jane.

— *Bar* ! cria Scarlett à son tour en désignant la salle principale.

D cria quelque chose qui ressemblait à :

– Allons, mesdemoiselles. La première tournée est pour moi.

Elles le suivirent donc.

Quand elles s'approchèrent du petit bar en bois, D présenta une carte de crédit.

– Jack et Diet, et ce qu'elles veulent, dit-il au barman. Ne fais pas l'addition tout de suite, s'il te plaît.

Le barman commença à verser une longue rasade dorée de whisky dans un verre et leva un regard interrogateur vers les filles.

– Tequila, lança Scarlett.

– Et une vodka soda, ajouta Jane.

Le barman ne demanda pas à vérifier leurs identités. Oui ! Quand il eut rempli leurs verres, Scarlett leva son verre dans les airs.

– Santé !

– Santé, lança Jane à son tour, en levant son verre, elle aussi.

Elle paraissait légèrement bouleversée.

– Cet endroit est, euh, plutôt extraordinaire.

Elle jeta un coup d'œil à D, qui semblait distrait.

– Écoutez, les filles. Je vais faire un tour de piste. Je vous retrouverai sous peu. Amusez-vous.

– D'accord, mais nous te devons un verre, s'écria Jane.

– Pas de problème, ce n'est que partie remise, rétorqua-t-il, puis il disparut dans la foule.

– Je ne suis vraiment pas assez habillée, marmonna Jane avant de prendre une gorgée de sa vodka soda.

Scarlett jeta un coup d'œil à la robe en soie bleu clair et aux chaussures dorées à semelle compensée de Jane.

– Que veux-tu dire par « pas assez habillée » ? Tu es très bien.

– Pas vraiment, grommela Jane. Tout le monde ici a des allures de mannequin !

– Tout le monde ici a des allures de salope, la rassura Scarlett, même si ce n'était pas tout à fait vrai. Et puis, Janie, rappelle-toi la règle d'or : la seule façon d'appartenir à un milieu est de faire comme si tu en faisais partie. Ou de ne pas te soucier de savoir si tu lui appartiens ou pas, ce qui fonctionne pour moi.

Elle but sa tequila d'une seule gorgée et reposa le verre brusquement sur le bar.

– Une autre, s'il vous plaît, lança-t-elle au barman.

À ce moment précis, quelqu'un bouscula Scarlett. Elle se retourna, prête à lancer un regard furieux à la personne…

… et fut étonnée de se trouver nez à nez avec Anna Payne.

La jolie actrice blonde semblait complètement soûle. Ses yeux étaient injectés de sang, son regard était flou, et elle titubait sur ses talons hauts.

– Euh, hé, souffla Scarlett.

Pour une fois, elle ne trouvait plus ses mots.

– Oh, mon Dieu ! explosa Jane. Vous êtes Anna Payne, n'est-ce pas ? Je vous adore !

Elle se mit à fouiller dans son sac.

– Je suis désolée, mais croyez-vous que je pourrais prendre une photo de nous deux ? Ma petite sœur n'en croira pas ses yeux. Ils croient que vous…

Anna plissa ses yeux avinés vers Jane, puis s'éloigna en titubant et en ricanant.

Jane pâlit. Scarlett fut choquée par la rudesse de l'actrice. Mais quelle garce !

— Bon, c'est officiel, nous ne sommes plus des admiratrices d'Anna Payne, lança Scarlett. C'est une alcoolique, odieuse et sans talent avec le Q.I. d'une amibe.

— Ouais, mais je ne l'ai pas vue faire la file dehors, répliqua Jane.

Elle saisit son verre de vodka soda et le vida en une seule gorgée.

— Je dois aller aux toilettes, dit-elle à Scarlett.

Elles se frayèrent un chemin à travers la foule, surprises de constater qu'il n'y avait pas la file devant la porte des toilettes. Jane pénétra à l'intérieur — puis s'arrêta brusquement, amenant Scarlett à la bousculer. Deux filles penchées sur le comptoir se pelotaient.

La préposée, petite et trapue, se tenait là, tenant allègrement une pile d'essuie-mains en papier pour les distribuer, et semblait totalement indifférente au petit jeu des filles, qui se déroulait près d'elle. Jane tenta de ne pas montrer qu'elle était choquée. Scarlett essaya de cacher son amusement devant la réaction de Jane.

— Nous nous amusons bien, n'est-ce pas ? souffla Scarlett.

Puis, elle se dirigea vers une cabine, juste comme trois filles en sortaient en ricanant.

7

TOUS CEUX QUI VIENNENT ICI VEULENT DEVENIR QUELQU'UN

Trevor Lord était assis dans la banquette du coin — la meilleure de la salle, juste à côté de celle où Anna Payne venait juste de s'affaler — et avait à peine touché son verre de whisky Talisker de 18 ans d'âge. Il était trop occupé à observer le défilé des frimeurs. Pourtant, il se sentait plein d'espoir. C'était peut-être pour ce soir. Il allait peut-être avoir finalement de la chance.

— Que penses-tu de celle-là ? dit l'homme au costume bleu marine à sa droite.

— À côté de Justin le fanfaron avec les mèches décolorées ? répondit l'homme au costume gris à sa gauche. Elle est plutôt sexy.

— Elle est un peu trop sexy à mon goût. Elle en fait trop, renchérit la seule femme présente à la table.

Elle avait tendance à préférer les filles de l'Amérique profonde.

Trevor détailla le sujet en question : taille zéro, des cheveux platine (certainement pas naturels) tombant jusqu'au bas de son dos, une robe noire moulant son corps tonifié par les exercices de Pilates.

Comment se fait-il que lorsque les filles s'installent à Los Angeles, elles finissent toutes par adopter le même stéréotype physique ? Non qu'il ne soit pas particulièrement friand de ce stéréotype. Il avait ses avantages. Mais elle était un peu trop évidente. De plus, il avait déjà une taille zéro avec des cheveux blond platine et un corps tonifié par les exercices de Pilates, une fille bien meilleure.

Il se tourna vers ses compagnons et haussa les sourcils d'un millimètre à peine perceptible. C'était suffisant. Ils savaient quand il n'était pas intéressé.

— Et son amie ? insista Costume bleu marine.

La femme haussa les épaules.

— Trop affectée.

Costume gris fit remarquer :

— Et celle qui danse près de la cabine du DJ ? Cheveux roux, gros seins ?

— Trop plate, considéra la femme. Hormis les seins, bien entendu.

Les trois complices continuèrent à cataloguer les filles selon leur poids, la couleur de leurs cheveux et la taille de leur poitrine. Mais Trevor commençait à se faire une raison. Il finit par lever son verre d'un air assoiffé et prit une longue rasade de whisky qui glissa le long de sa gorge comme une rivière de chaleur pure.

Alors qu'ils comparaient les blondes aux rousses et aux brunettes et que le DJ faisait jouer *Jungle Love* du Steve Miller Band, il remarqua deux filles qui essayaient de trouver une place au bar. Petite, jolie, blonde — pas le blond commun à

Hollywood, plus souple, plus doux. Elle était exactement ce qu'il recherchait. Et elle était venue avec son amie, une grande brunette d'une beauté frappante au teint légèrement exotique, mais pas trop.

Les deux filles avaient réussi à capter l'attention du barman et elles sirotaient leur verre en faisant semblant de passer un moment agréable, mais son instinct bien aiguisé lui disait qu'elles étaient nerveuses – voire mal à l'aise –, car elles étaient conscientes qu'elles n'étaient pas à leur place, mais ne se rendaient pas compte que c'était peut-être une bonne chose.

Elles étaient parfaites.

Trevor se leva de la table.

– Je reviens tout de suite, lança-t-il en direction de la table.

Il n'attendit pas qu'ils lui répondent et se dirigea vers le bar en faisant des signes de tête et des sourires à diverses personnes, mais sans s'arrêter pour leur parler. Ce n'était pas le moment. Il se faufila près de la brunette et capta le regard du barman, qui comprit immédiatement qu'il devait lui verser une dose de Talisker avec une rasade d'eau sans en renverser.

Les deux filles se parlaient en rapprochant leurs têtes. Trevor se pencha vers elles et dit :

– Bonjour. Vous vous amusez bien ?

La brunette lança un coup d'œil par-dessus son épaule et le fixa d'un regard glacial. Dieu, elle avait des yeux étonnants, d'un vert intense comme des émeraudes. Avant qu'elle puisse dire quelque chose, la blonde lui adressa un sourire et répondit :

— Ouais. C'est la première fois que nous venons ici.

Trevor hocha la tête. La blonde était exactement comme il l'avait imaginée : fraîche, innocente, vulnérable. *Parfaite.*

— Vous vivez toutes les deux à Los Angeles ? leur demanda-t-il.

— Oui ! répondit la blonde comme si c'était une grande nouvelle. En fait, nous venons de déménager de Santa Barbara.

— J'y suis allé quelques fois, dit-il.

— C'est magnifique, hein ? s'écria la blonde.

La brunette n'avait toujours pas dit un mot. Trevor but une gorgée de son whisky en analysant les deux filles et dit :

— Alors, avez-vous déjà pensé à intégrer l'industrie du divertissement ? Ou peut-être êtes-vous déjà dans la partie...

— Nous ne sommes vraiment pas intéressées par les hommes suffisamment âgés pour nous servir de père, l'interrompit la brunette.

— Vous me trouvez vieux à ce point-là ? plaisanta Trevor. Écoutez, je n'essaie pas de vous draguer. Je vous le promets. Je suis producteur. Je cherche deux filles pour jouer dans une nouvelle émission de télévision que je produis.

— *Le vrai monde : Hollywood ?* lança sèchement la brunette.

Il sourit patiemment.

— Je cherche des actrices pour une nouvelle émission de style documentaire. Nous devons suivre un groupe de filles à Los Angeles pour voir de quoi sont faits leurs jours et leurs nuits. Ça va être très amusant. Un genre de version réalité de *Sexe à New York*, mais tout public, bien sûr. Seriez-vous intéressées ?

La blonde se pencha en avant et l'observa d'un air curieux. Ses yeux étaient grands, bleus et expressifs.

« Les caméras allaient les aimer », pensa-t-il.

— Vous êtes producteur de télévision ? Sérieusement ? demanda-t-elle.

— Oui, répondit-il. Vous êtes exactement celles que je cherche. Pourquoi ne viendriez-vous pas passer une entrevue, et nous pourrions en parler ?

— Avons-nous à ce point l'air d'être perdues ? souffla la brunette. Nous ne sommes absolument pas intéressées par votre projet à petit budget ou quoi que ce soit.

Il n'avait encore jamais rencontré une fille qui ne capitule pas immédiatement en entendant les mots « producteur », « distribution des rôles » et « entrevue ».

— Écoutez-moi attentivement, dit-il après un moment. Des milliers de filles comme vous viennent à Los Angeles en espérant avoir une opportunité comme celle-ci, et cela n'arrive jamais. Mais c'est ce qui est en train de vous arriver. Vous pouvez faire semblant d'avoir confiance en vous, mais je ne suis pas dupe. Vous attendiez en ligne pour avoir accès au bar dans un endroit où vous n'êtes pas à votre place. Je vous offre la chance de vous adapter à des centaines d'endroits comme celui-ci — des endroits où les gens tueraient pour être vus. N'est-ce pas la raison pour laquelle vous êtes venue à Los Angeles ? Tous ceux qui viennent ici veulent devenir quelqu'un.

À ce moment, la brunette se mit à le regarder avec insistance, légèrement stupéfaite. Ainsi que la blonde. Bien, bien. Cela fonctionnait. Il ne s'était pas vraiment intéressé à la blonde. Elle était un livre ouvert. C'était la brunette dont il devait faire la conquête.

Il fouilla dans sa poche, en sortit un petit boîtier en argent et posa une carte professionnelle sur le bar.

— Au cas où vous en auriez assez de faire la file pour vous faire servir des téquilas, dit-il en regardant la brunette dans les yeux.

Puis, il se détourna d'elles et s'éloigna.

8

ÇA S'APPELLE DE LA VISUALISATION POSITIVE

À 18 h 05, le mardi, Jane quitta sa place de stationnement et s'éloigna des bureaux de la compagnie Événements Fiona Chen. Elle avait survécu à une autre journée... difficilement.

Elle avait, par mégarde, interrompu la communication avec trois autres personnes (elle n'arrivait pas à comprendre le fonctionnement des boutons d'appels en attente, de pause et de transfert), commandé la mauvaise sorte de sandwich pour Fiona et avait failli renverser du thé glacé sur une robe de mariée de 100 000 $. (100 000 $? Pour une robe qui ne serait portée qu'une fois ?) La mariée – un célèbre mannequin danois, spécialiste de la lingerie, nommée Petra – avait été tellement contrariée que son thérapeute, son acupuncteur et son psychologue avaient tous dû être contactés pour une séance en urgence.

Jane tourna à droite sur le boulevard Sunset et ajusta ses lunettes de soleil. Elle passa devant une rangée de terrasses de cafés branchés, où de jolies personnes buvaient de jolis cocktails, riaient et passaient du bon temps. Elle aurait aimé être une de ces personnes.

Elle se rappela que tout allait s'arranger – il le fallait. Elle allait comprendre le fonctionnement des téléphones, elle allait comprendre Fiona… La semaine suivante, elle rirait en pensant qu'elle avait insisté pour appeler le spécialiste de la couleur de Fiona « Max » au lieu de « Mav » (elle avait pensé que « Mav » était une faute de frappe sur la liste de téléphone). Bon, si Fiona ne la licenciait pas avant la semaine suivante.

Devant elle, le ciel du début de soirée était parsemé de nuages de pollution. Maussade et gris, il reflétait parfaitement l'humeur de Jane. Pour la première fois depuis qu'elle vivait à Los Angeles, Jane était soucieuse et inquiète. Elle avait abandonné le collège et laissé le confort de son foyer et de sa famille à Santa Barbara afin de travailler pour Fiona Chen. Si Fiona Chen la licenciait, que ferait-elle ?

Jane parcourut quelques pâtés de maisons de plus en se demandant si elle allait dans la bonne direction. L'appartement n'était-il pas par là ? Ou était-il de l'autre côté ? Elle se rappela une fois de plus de demander à ses parents de lui offrir un GPS pour Noël (même si cela lui laissait encore de nombreux mois pour continuer à se perdre). Elle ralentit en voyant un panneau d'arrêt et chercha son téléphone cellulaire dans son sac pour demander à Scarlett de lui indiquer le trajet à prendre. Même si elle ne vivait à Los Angeles que depuis quelques semaines, Scarlett aurait pu servir de guide pour les visites de la ville.

Tandis que Jane attendait que Scarlett décroche, un jeune homme traversa la rue juste devant elle. Il lui sembla vaguement familier. Jane retira ses lunettes de soleil pour mieux le voir. Ce n'était pas possible…

— Braden ? l'interpella Jane.

— Janie, es-tu encore perdue ? demanda la voix de Scarlett.

Jane avait oublié que son téléphone était collé à son oreille.

— Je te rappelle, Scar, dit-elle promptement en laissant tomber son téléphone sur ses genoux et en remerciant la chance, le destin ou quoi que ce soit qui l'avait conduite à cette intersection.

Le jeune homme continuait d'avancer. Jane passa la tête par la fenêtre de la voiture.

— Braden !

Il s'arrêta au milieu de la rue et regarda autour de lui. C'était bien Braden. Il la regarda pendant une seconde, avant de la reconnaître.

— Salut ! Jane !

Il semblait agréablement surpris de la voir.

— Où vas-tu ? cria Jane.

— Je sors de mon audition ! cria Braden à son tour. Je crois que ça s'est mal passé !

La voiture derrière Jane klaxonna.

— Tu as faim ? lâcha-t-elle sans avoir pris le temps de réfléchir.

Braden sourit et acquiesça d'un signe de tête.

— Va à gauche ! Je te retrouverai au coin !

Jane lui rendit son sourire. Mais en même temps, son esprit s'agitait et s'emballait.

« Jane, que fais-tu ? Il a une petite amie. Ne deviens pas ce genre de filles ! »

— Donc, je devais lire cette scène où mon personnage fusionne par l'esprit avec une espèce extra-terrestre en partie cyborg et en partie caniche. J'ai pensé que je devrais en faire une interprétation comique, tu vois ? Car il y a vraiment quelque chose de comique dans le fait qu'un humain fusionne par l'esprit avec un caniche de l'espace, expliqua Braden.

— C'est bien vrai, déclara Jane en hochant la tête.

Elle remarqua que les yeux de Braden semblaient plus verts que noisette ce soir-là. Ou était-ce dû à l'éclairage ?

Après qu'elle eut garé sa voiture et donné à Braden une brève étreinte (elle n'avait pas remarqué l'autre nuit qu'il sentait très bon, comme la plage), il lui fit traverser la rue pour aller chez Cabo Cantina, qui était, avait-il dit, un de ses lieux de prédilection à Los Angeles. C'était un endroit très bruyant et très coloré avec des murs à la peinture écaillée. (C'était fondamentalement la version de l'enfer de Fiona Chen.) Cela rappela à Jane les véritables restaurants de Cabo dans lesquels elle était allée durant les vacances du printemps. Elle fut aussi frappée de constater que c'était l'exact opposé du prestige d'Hollywood. À sa grande surprise, elle aimait cela. Ou était-ce parce qu'elle était en compagnie de Braden ?

— Mais je suppose que ce n'était pas ce qu'ils cherchaient, car le directeur s'est contenté de me regarder fixement comme si j'étais complètement fou, poursuivit Braden. Je ne crois pas qu'ils me rappelleront.

— Non, non. Tu dois le croire, lui dit Jane, soudain animée. Ça s'appelle de la visualisation positive. C'est comme dans ce livre *Le secret*. Scar et moi appliquons toujours cette méthode. En fait, j'applique cette méthode, et

Scar fait semblant de le faire tout en se moquant de moi au fond d'elle-même.

Elle lui sourit, et Braden lui rendit son sourire.

— C'est beau de voir à quel point vous êtes proches, toutes les deux. Depuis combien de temps vous connaissez-vous ?

— Nous sommes amies depuis toujours. Nous avons grandi ensemble, répondit Jane. Nous sommes totalement différentes. C'est pourquoi nous sommes si proches, je suppose. Je sais que tout ça n'a aucun sens, ajouta-t-elle d'un air contrit.

— Non, ce n'est pas vrai ! riposta Braden. J'ai grandi avec mon meilleur ami, moi aussi. Jesse. C'est la même chose. Lui et moi sommes totalement différents. Il est complètement intégré à l'atmosphère hollywoodienne, alors que ce n'est pas mon truc. Nous sommes allés à l'école ensemble, à Crossroads.

— Où est-ce ?

— Santa Monica. Durant notre enfance, il vivait pratiquement chez moi. Il aimait ça parce que ma famille est tellement… je ne sais pas, bruyante. Très soudée. Normale, la plupart du temps. Ses parents n'étaient pas souvent là.

— Je sais ce que tu veux dire. Scar dit qu'elle aime traîner chez moi parce que mes parents ne sont pas bizarres, comme les siens.

— Et comment sont tes parents, s'ils ne sont pas bizarres ?

— Mes parents sont super, répondit Jane d'un ton affectueux. Ils nous ont toujours soutenues, mes deux sœurs et moi. Ils sont mariés depuis bientôt 25 ans et ils s'aiment toujours, ce qui est étonnant. Nous les surprenons encore en train de se caresser, et tout ça. Elle rougit. Je suis désolée… J'en dis trop.

Braden sourit.

— Pas du tout. C'est adorable. C'est ce que je voudrais, un jour. Tu sais, être marié pour toujours avec quelqu'un que j'aime plus que tout.

— Oui. C'est tellement rare de nos jours, dit Jane d'une voix douce en se demandant comment la conversation en était venue à tourner autour du mariage.

Elle prit une longue gorgée de sa Margarita glacée en gardant les yeux rivés sur le verre pour ne pas faire une chose idiote, comme se pencher et se mettre à caresser Braden, juste là. Il était tellement super. Elle n'avait pas rencontré quelqu'un avec qui elle avait une telle complicité depuis… bon, depuis Caleb, et en un sens, même pas lui, car bien qu'il soit beau et sexy, elle avait toujours senti qu'il y avait une distance entre eux.

Vraiment, il était le premier (et jusqu'à présent, le seul) qui lui avait dit qu'il l'aimait. Et vraiment, ils avaient perdu leur virginité ensemble — quelque chose qu'elle avait réussi à reporter pendant exactement six mois, une semaine et trois jours après leur première rencontre. Mais malgré leur entente émotionnelle et physique, leur passion, Jane sentait au fond d'elle-même qu'il y avait quelque chose de décidément distant et intouchable chez Caleb. Le fait que, quand était venu pour lui le temps de décider dans quel collège il allait s'inscrire, il avait choisi Yale plutôt que Stanford avait confirmé sa théorie. S'il était allé à Stanford, ils auraient pu continuer à se voir, toutes les fins de semaine. Mais en allant à Yale… Jane avait espéré qu'ils resteraient ensemble et qu'ils se verraient pendant les vacances et les fêtes de fin d'année, et il était d'accord avec elle, au début. Elle était tellement contente de le voir, quand il venait chez elle. Ce n'était pas parfait, mais ils s'aimaient, et Jane s'efforçait de s'accommoder de la distance. Malheureusement, ce n'était pas le cas de Caleb. Durant sa dernière visite, il lui avait dit qu'il vaudrait mieux qu'ils ne soient pas aussi intimement liés, comme s'il avait la sensation d'avoir la corde au cou ou d'être piégé. Ou avait-il rencontré quelqu'un d'autre à Yale ? Jane s'était toujours posé la question.

— Jane ? Tu es toujours là ?

La voix de Braden interrompit ses pensées.

Jane leva les yeux de son verre. Les yeux verts ou noisette de Braden regardaient fixement les siens.

— Oui, s'empressa-t-elle de répondre. Je, euh, viens juste de me rappeler que j'ai sauté le déjeuner. Et le repas du midi. La journée a été plutôt mouvementée.

— Quoi ? Tu plaisantes ? Hé, Sarah !

Braden éleva la voix et fit un signe de la main pour attirer l'attention de la serveuse.

— Pouvez-vous nous apporter des croustilles avec de la salsa ? Ainsi que le menu ?

— Ça va, insista Jane, alors que son estomac se comportait bizarrement et que la téquila lui montait à la tête.

— Non, ça ne va pas. Tu dois manger quelque chose avant de ressembler à une de ces filles qui se nourrissent de bâtonnets de céleri et de bouteilles d'eau, ce qui ne te ressemble absolument pas, répliqua Braden d'un ton ferme. Et je dis cela comme un compliment. De quoi as-tu envie ?

— Hum. Je ne sais pas. Qu'y a-t-il de bon ? J'ai envie de tout goûter !

« Mon Dieu, ça pourrait être mal interprété », pensa-t-elle.

Elle se souvint qu'elle était toute décoiffée et qu'elle devait avoir l'air épuisée. Elle leva la main et commença à essayer de lisser les mèches rebelles qui s'étaient échappées de sa pince à cheveux. Elle humecta ses lèvres et regarda autour d'elle en se demandant où pouvaient bien se trouver les toilettes.

Braden l'observa d'un air amusé.

— Tu es très bien, dit-il comme s'il savait à quoi elle pensait.

— Merci, répondit-elle en rougissant.

Pourquoi Braden la faisait-elle se sentir ainsi ? Quel âge avait-elle ? Dix ans ?

— Alors. Qu'est-ce qui t'a tenue si occupée ? Tu as commencé ton nouveau travail ?

— Depuis deux jours.

Puis, elle lui raconta les aventures qu'il lui était arrivé pendant son premier jour à son premier vrai travail.

Braden sourit avec bienveillance.

— Écoute, dit-il lorsqu'elle eut fini. Ne te stresse pas. Ce sont les premiers jours. Je suis sûr que tu vas très bien t'en sortir. Et si, pour une raison ou une autre, cela ne fonctionne pas, cela voudra dire que ce n'était pas un emploi pour toi, et tu auras du succès dans quelque chose d'autre.

— Bon, je ne sais pas trop… mais merci, répliqua Jane.

Braden se pencha au-dessus de la table et lui prit les mains.

— Non, non. Tu dois croire que tu vas connaître une carrière florissante et enrichissante. C'est de la visualisation positive, s'écria-t-il en souriant.

Jane éclata de rire en détachant ses mains. Elle ne voulait pas qu'il sente qu'elles étaient chaudes parce qu'elle était nerveuse.

— Tu te moques de moi, juste après que je t'ai dit que j'avais passé une mauvaise journée. Braden, tu n'es pas très gentil.

— Je ne me moque pas de toi, la rassura-t-il.

Un moment passa, et Jane se rendit compte qu'elle le regardait toujours en souriant. Elle baissa le regard sur son téléphone cellulaire et fit semblant de vérifier ses messages. C'était drôle. Elle était tellement anxieuse quand elle était près de lui, alors qu'il semblait très sûr de lui, comme si rien ne pouvait le perturber. La serveuse apporta une corbeille rouge en osier contenant des croustilles et deux menus écornés. Braden la remercia et en tendit un à Jane. Elle était sur le point de lui parler de leur rencontre avec Trevor Lord la nuit dernière quand le téléphone de quelqu'un sonna. Il sonna de nouveau.

— Jane ? Je crois que c'est le tien, dit Braden.

— Hein ? Oh !

Jane jeta un coup d'œil à l'écran. C'était un texto de Scarlett.

ALORS ? TU M'AS OUBLIÉE ?

— C'est Scar, dit Jane à Braden.

Elle tapa :

NON. JE SUIS AU RESTAURANT AVEC BRADEN.

QUOI ?, répondit aussitôt Scarlett.

— Comment va-t-elle ? lui demanda Braden.

« Elle doit être en pleine crise et elle se demande certainement ce que je fais avec toi », pensa Jane.

— Elle va bien.

WILLOW EST LÀ ? demanda Scarlett.

Oh, d'accord. Willow. Jane l'avait oubliée, pendant quelques minutes. D'un autre côté, Braden n'avait pas prononcé son nom. Pas une seule fois. Qu'est-ce que ça voulait dire ? Que Willow n'était pas sa petite amie, après tout ?

NON, tapa-t-elle.

FAITES ATTENTION, MADEMOISELLE, répondit Scarlett quelques secondes plus tard.

— Que dit-elle ? demanda-t-il en se penchant pour faire semblant de jeter un coup d'œil à son téléphone.

Jane leva les yeux et sourit timidement à Braden en rapprochant d'elle son téléphone. Elle savait que Scarlett avait raison. Elle aurait aimé pouvoir lui parler de Willow pour savoir si c'était bien sa petite amie. Il ne l'aurait pas emmenée dans un de ses endroits préférés, si elle était vraiment sa petite amie, n'est-ce pas ? Il aurait dit « Ravi de t'avoir rencontré » et il aurait passé son chemin. Mais encore, elle était sans doute présomptueuse, et il ne s'intéressait peut-être pas du tout à elle et ne la considérait que comme une amie. Ou il avait peut-être tout simplement faim. Elle n'en avait aucune idée.

— Pas grand-chose.

Puis, car après tout, elle n'avait rien à perdre, elle ajouta :

— T'ai-je dit qu'elle a une drôle de théorie au sujet des acteurs ? Elle dit que les acteurs sont des menteurs professionnels.

Elle allait peut-être l'amener subtilement à admettre sa relation avec Willow.

— Alors, c'est une bonne chose que je sois un mauvais acteur, plaisanta Braden. Son expression s'assombrit. Je suis vraiment un acteur exécrable. En fait, je ne supporte pas les menteurs. C'est pour ça que je ne supporte pas Hollywood. Je ne serais pas ici, si ce n'était pour…

Il s'interrompit.

Jane se pencha en attendant qu'il finisse. Son téléphone signala l'arrivée d'un autre texto de Scarlett, mais elle l'ignora.

– Quoi ? Si ce n'était pour quoi ? Willow ?

Braden secoua la tête et avala une rasade de bière.

– Tu sais, ma carrière d'acteur, et tout ça. Allons-y, commandons. J'ai faim.

Jane prit une autre gorgée de sa margarita et l'observa. Elle pouvait dire que ce n'était pas sa réponse initiale. Elle supposa qu'il ne mentait pas quand il disait qu'il était un mauvais acteur.

9

CE DEVAIT ÊTRE LA FACULTÉ D'INGÉNIERIE

Scarlett sortit le plan du campus de l'U.S.C. Mais où était-elle ? Trois jours, et elle ne pouvait toujours pas se retrouver. Elle regarda autour d'elle. Des rangées d'arbres. Une fontaine. Un immeuble appelé Olin Hall. De nombreux garçons à l'allure peu engageante, avec des protège-poches. Certains d'entre eux – en fait, la majorité d'entre eux – la regardaient fixement avec un éclair non déguisé de concupiscence, comme si le plus près qu'ils se soient approchés d'une fille était sur Internet, seul dans leur chambre, tard le soir.

Ah, ce devait être la faculté d'ingénierie. Comment avait-elle abouti là ?

Scarlett vit sur le plan que ce quadrilatère, qui s'appelait « Place Archimède », devait son nom au mathématicien grec. Elle se souvint avoir lu qu'Archimède avait inventé des machines de guerre compliquées, comme le rayon de chaleur qui est censé refléter la lumière du soleil sur des miroirs et brûler les bateaux ennemis. Scarlett trouvait cela vraiment génial.

Dans une autre vie, elle aurait pu imaginer qu'elle était un brillant mathématicien, dur à cuire, comme Archimède. Mais dans cette vie...

Scarlett jeta un coup d'œil à son emploi du temps, qu'elle pouvait entrevoir sous le plan du campus. Elle savait que ses parents voulaient vraiment qu'elle fasse des études préparatoires en médecine. Sa mère, qui se prenait pour une brillante psychiatre, aimait appliquer cette stupidité de « psychologie inversée » et disait des choses comme « Scarlett, ma chérie, il vaut probablement mieux que tu choisisses un autre domaine que la médecine pour que tu puisses avoir ta propre identité », ce qui pouvait se traduire de la façon suivante : « Ton père et moi avons fait des études de médecine, et c'est ce que tu devrais faire, toi aussi. » (Tu pourrais demander 400$ de l'heure pour dire aux patients de ne pas se traiter aussi durement, ou pour aspirer la graisse de l'estomac des gens parce qu'on leur a lavé le cerveau en leur faisant croire qu'ils n'étaient pas assez minces, « Ah, la médecine ! ».) Scarlett savait qu'ils attendaient sans rien dire et qu'ils espéraient qu'elle décide de suivre des cours de neurobiologie ou de physiologie générale. Eh bien, non, merci.

Elle était parfaitement heureuse avec ses cours d'anglais et de philosophie. Il avait été difficile d'en sélectionner quelques-uns parmi tous ceux qu'on proposait dans le catalogue. *Philosophie moderne* et *Sens de la vie. Introduction au cinéma et à la culture contemporaine de l'Asie de l'Est. Auteures européennes et américaines. Similarités et différences entre les sexes : une perspective multidisciplinaire.* (Cela devait être un cours facile — la plupart des hommes sont des imbéciles, et la plupart des femmes sont des imbéciles, elles aussi, mais maquillées ?) Elle devait cependant suivre des cours préparatoires, comme elle ne pouvait pas suivre tous ces cours dans l'immédiat ; elle était donc déterminée à s'y inscrire à un moment donné, au cours des quatre prochaines années. Ou pendant le temps qu'elle allait passer à l'U.S.C., non pas qu'elle ait l'intention de laisser tomber. Au contraire, elle se demandait si elle avait bien fait de venir à cette université. Elle aurait peut-être dû tenter d'intégrer un établissement plus prestigieux, une université appartenant à la ligue du lierre ? Demander sa mutation était toujours une possibilité. Mais alors, Jane et elle ne pourraient pas vivre ensemble. Scarlett savait qu'elle n'était pas facile à vivre. Jane était la seule qui avait enduré toutes ses folies, durant toutes ces années, et était restée — non, non seulement elle était restée, mais elle avait toujours été l'amie la plus fidèle que l'on puisse imaginer. Elle ne faisait confiance à personne comme elle faisait confiance à Jane.

C'est alors qu'une voix s'éleva.

— Bonjour ! Tu es nouvelle ?

Scarlett leva les yeux. Une fille affichant deux rangées parfaites de dents blanches se tenait près d'elle. Elle était grande et mince, avec des cheveux blonds décolorés, et de gros seins bronzés artificiellement qui débordaient littéralement de son débardeur marron à l'effigie de l'U.S.C. (Des problèmes relatifs à leur père, en conclut Scarlett. Les filles comme elle n'ont pas reçu suffisamment d'amour de leur père en grandissant et elles cherchent désespérément à attirer l'attention des hommes. Les filles comme elle seraient tombées amoureuses de quelqu'un comme Trevor Lord. Oups, commençait-elle à faire comme sa maman, la psychiatre ?)

— Je plaide coupable, répondit Scarlett.

— Salut, je m'appelle Cammy ! Bienvenue à U.S.C.

— Bonjour, Cammy ! Je m'appelle Scarlett ! Merci de m'accueillir !

Le sourire super forcé de Scarlett s'évanouit rapidement, et elle se tourna pour s'en aller. Cammy allait comprendre.

— Attends ! Je me demandais simplement, Charlotte... as-tu prévu d'intégrer une association d'étudiantes ?

Scarlett fronça les sourcils.

— Scarlett. Hum, le devrais-je ? Je ne crois pas que le cours *d'Introduction au cinéma et à la culture contemporaine de l'Asie de l'Est* risque d'afficher complet avant que j'arrive.

Cammy éclata de rire.

— Ha, ha, elle est bien bonne ! La semaine prochaine est la semaine de recrutement. Tu devrais songer à devenir membre de Pi Delta ! Ça ne t'engage à rien d'y penser.

« Pi Delta ? pensa Scarlett. Une association d'étudiantes ? Sérieusement ? »

— Pi Delta est super ! poursuivit Cammy. La semaine de recrutement, ça bouge ! Il y a le jour de l'Unité, le jour de l'Esprit et le jour de la Fierté ! Nous ne forçons personne, mais toutes les filles les plus sexy se joignent à nous et tu es vraiment jolie.

Scarlett était bien renseignée sur les associations d'étudiantes. Elle avait vu le film *Collège américain* à peu près 29 fois sur le câble. Elle avait aussi entendu parler d'histoires d'horreur de séances de bizutage au cours desquelles de nouveaux membres du club, les recrues, étaient prétendument l'objet d'humiliations et parfois même de rituels dangereux.

Cammy était intarissable au sujet de quelque chose qu'elle appelait le « Gala des associations ».

– Je ne crois pas que les associations d'étudiantes sont mon truc, Cammy, l'interrompit Scarlett. J'ai lu des choses sur vous dans les journaux. C'est vous qui laissez les nouvelles venues entièrement nues dans une salle glacée pendant que vous encerclez leurs excès de cellulite avec des marqueurs ?

La bouche grande ouverte, Cammy en eut le souffle coupé.

– Ce n'est pas vrai ! s'écria-t-elle. Ce ne sont que d'horribles mensonges répandus par des gens jaloux qui veulent nous détruire ainsi que tout ce que nous représentons !

– Si tu le dis. Merci pour l'invitation ! On se verra sur le campus !

Réprimant un éclat de rire, Scarlett ajusta son sac à dos sur ses épaules et s'éloigna dans la direction opposée.

– Garce ! entendit-elle Cammy marmonner à son sujet.

Scarlett tourna à gauche et se dirigea vers ce qu'elle pensait être le centre du campus. Elle passa devant des présentoirs de reproductions d'œuvres d'art à vendre : *Les amants* de Picasso, *La nuit étoilée* de Van Gogh, et tout le reste des clichés habituels des musées pour réchauffer ces petites chambres collectives ; une statue en bronze d'un guerrier troyen, surnommé Tommy Trojan, qui la fit penser à la mascotte pour les publicités de condoms (qui s'adapterait peut-être bien là) ; des bannières marron et or de l'U.S.C. ; des pancartes peintes à la main l'invitant à adhérer au Club de danse, aux SoCalVoCals, à l'Association des étudiants turcs ou d'autres associations. Elle croisa d'autres jeunes qui étaient certainement ses nouveaux camarades de classe. Un bon nombre d'entre eux étaient des répliques de Cammy, ce qui n'était pas rassurant. Quel était l'intérêt, de toute façon ? Pourquoi voulaient-elles toutes ressembler à une poupée Barbie, teinte en blonde, lèvres pulpeuses, gros seins et bronzage artificiel ? La variété n'était-elle pas reconnue pour être le sel de la vie ? Pour être honnête, tout le monde n'est pas comme ça. Donc, les clones de Cammy n'étaient pas difficiles à remarquer.

Scarlett se demanda une fois de plus si elle avait fait le bon choix en venant à l'U.S.C. Arriverait-elle à s'intégrer là ?

D'un autre côté, arriverait-elle à s'intégrer quelque part ?

10

ÊTRE MAL À L'AISE

Jane balaya la salle d'attente du regard et se demanda combien de temps elle allait être là. C'était tellement calme qu'elle pouvait entendre le tic-tac de l'horloge, seul décor apparaissant sur le mur blanc, qui affichait 6 h 45. Elle se demanda quel genre de questions ils allaient lui poser. Et combien de temps durerait l'entrevue ? Aussi, s'ils essayaient de faire une émission sur Los Angeles, pourquoi étaient-ils intéressés par une fille comme elle ? Elle ne connaissait rien au sujet de Los Angeles.

Elle était un peu inquiète par le fait que la salle d'attente était tellement… *ordinaire*. La salle d'attente d'un producteur de télévision ne devrait-elle pas être élégante ? Avec des tas d'œuvres d'art de grande valeur ? Comme le bureau de Fiona Chen, mais plus bruyant. Elle se pencha vers Scarlett, qui était assise à côté d'elle sur un des sièges inconfortables beiges.

— Son assistante a bien dit 6 h 30, n'est-ce pas ? murmura-t-elle.

– Détends-toi. Depuis quand attaches-tu de l'importance à la ponctualité ? Tu as toujours une demi-heure de retard pour tout ce que tu fais, lui rappela Scarlett.

– Je suis très nerveuse. Je suis un peu intimidée d'être ici, reconnut Jane.

– Hé. C'est toi qui m'as suggéré de venir ici. C'est toi qui étais tout excitée à l'idée de rencontrer ce type, rétorqua Scarlett.

Ce type. Jane fouilla dans sa poche et en sortit la carte professionnelle qu'il leur avait donnée au club Les Deux. « Trevor Lord, producteur, PopTV », lut-elle. Scarlett et elle avaient entré son nom dans Google dès qu'elles étaient rentrées chez elles, ce soir-là. Il n'avait pas menti. Il était le Trevor Lord, producteur de télévision, le créateur d'émissions de téléréalité. C'était un gros bonnet. Jane avait lu que quelques-unes de ses récentes émissions n'avaient pas eu de succès. Cette nouvelle émission allait-elle lui permettre de se remettre en selle ?

Scarlett avait insisté pour que Jane fasse une recherche de photo sur Google, afin de s'assurer que la personne qu'elles avaient rencontrée ne se faisait pas passer pour Trevor Lord en utilisant des cartes professionnelles faites chez Bureau en gros. Ce n'était pas le cas. Trevor Lord – le Trevor Lord – était vraiment venu vers elles et leur avait demandé si elles étaient intéressées à soumettre leur candidature pour sa nouvelle émission. C'était surréaliste. Des choses comme ça n'arrivaient jamais. Jane n'avait jamais vraiment aimé être le centre de l'attention et avec Scarlett comme meilleure amie, elle n'avait jamais à l'être. Mais elle s'était laissée aller à rêver – pendant qu'elle prenait des notes pour Fiona ou pendant une séance de remue-méninges pour trouver des idées pour la Fête des 16 ans avec les infâmes jumelles Marley –, et à essayer de s'imaginer l'effet que ça faisait de passer à la télévision.

Elles ne s'étaient pas décidées à téléphoner à son bureau avant le mercredi soir – elles avaient attendu pour le faire que Jane ait fini sa journée de travail – et elles avaient été surprises de constater que la fille semblait pressée de les faire venir. Elle avait demandé si elles pouvaient venir le lendemain. L'idée lui avait traversé la tête qu'elle était peut-être là uniquement parce qu'ils voulaient que Scarlett participe à l'émission. Au cours de leurs années d'amitié, Scar et elle avaient fini par ne rien faire l'une sans l'autre. Si vous vouliez réserver les services de l'une, vous deviez habituellement faire affaire également avec l'autre.

Le mercredi, Jane avait passé toute sa pause-repas au téléphone avec Braden, alors qu'elle tergiversait à savoir si elle devait ou non aller à l'entrevue. Elle hésitait même à lui en parler étant donné qu'il lui avait dit ne pas aimer Hollywood, mais pour finir, il lui avait donné un tas de bons conseils qui l'avaient aidée à décider de téléphoner à Trevor (comme lui faire remarquer que participer à l'émission pourrait lui faire connaître les bons clubs de Los Angeles, ce qui serait très utile à ses activités d'organisatrice d'événements). Honnêtement, elle ne se souciait pas de ce que Scarlett pensait de Braden (un gars avec une petite amie sur le dos). Libre ou pas, il s'était révélé un ami génial.

Les parents de Jane avaient réagi en manifestant de l'excitation et une saine dose d'inquiétude.

– Tu es à Los Angeles depuis à peine un mois et tu vas devenir une vedette de la télévision ! avait presque crié sa mère au téléphone. Attends un peu que je le dise à tes sœurs et à tes grands-parents, et à ta tante Susan…

— Maman, calme-toi. Je ne vais pas être une vedette de la télévision !

— Tu vas devenir une vedette de la télévision !

Jane éclata de rire.

— D'accord, maman, si tu veux.

Elle avait raconté toute l'histoire à ses parents, mais elle avait dit qu'elles étaient dans un restaurant, et non dans une boîte de nuit.

— Chérie, c'est formidable, mais où est le piège ? avait claironné son père.

— Le piège ? Que veux-tu dire par là ?

— Dois-tu signer quelque chose ? Parce que si c'est le cas, je veux faire examiner le document par un avocat, avant toute chose.

— Papa, c'est juste une *entrevue.*

Bien entendu, elle avait promis qu'elle ne signerait rien sans le consulter, car c'était la seule façon de lui faire raccrocher le téléphone. Mais alors qu'elle était assise dans la salle d'attente, elle était contente de savoir que son père veillait sur elle.

Une porte s'ouvrit, laissant apparaître une fille vêtue d'un jean et d'un t-shirt portant l'inscription « TIBET LIBRE ».

— Jane ?

Jane leva les yeux vers elle.

— Ils vont vous voir seule pour commencer.

Elle se leva et serra le bras de Scarlett d'un geste rapide et nerveux.

— Souhaite-moi bonne chance.

— Tu vas très bien t'en sortir, Janie, l'assura-t-elle en se tournant vers la fille. Qui sont toutes ces personnes ? Je croyais que nous allions seulement rencontrer Trevor.

— Désolée, mais ils ne m'ont rien dit, s'excusa la fille.

Jane fit un signe de la main à Scarlett, avant de suivre la fille dans le couloir.

— Vous travaillez ici depuis longtemps ? demanda-t-elle en essayant de détourner ses pensées vers une conversation polie.

— Environ trois semaines, répondit la fille.

— Alors, s'agit-il du siège social de Pop TV ?

— Non, c'est seulement un des espaces qu'ils louent pour la production.

La fille s'arrêta devant une autre porte et fit signe à Jane d'entrer.

— Allez-y.

— Merci !

Jane entra sans remarquer que la porte se refermait derrière elle et se trouva dans une petite pièce qui rendait presque claustrophobe. Elle avait les mêmes murs blancs défraîchis et la même moquette bleu délavé que la salle d'attente. Le seul meuble était une chaise pliante grise rangée avec soin contre un des murs.

À un peu plus d'un mètre de la chaise, elle aperçut une caméra sur un trépied et une grande lampe d'apparence industrielle. Jane fronça les sourcils en voyant cet équipement. Que faisait-il là ? Elle se retourna pour demander à la fille, mais elle était déjà partie.

Puis, la porte s'ouvrit de nouveau, et un type costaud entra en portant un petit boîtier noir. Le boîtier avait un interrupteur marche/arrêt et une lumière verte sur le dessus, avec un long fil noir qui se terminait par une minuscule boule ronde pendant sous le boîtier.

– Vous êtes d'accord pour que je l'accroche sur vous ? demanda-t-il à Jane.

– Qu'est-ce que c'est ?

– Un micro, répondit-il d'un air amusé.

– Oh… je vois. Bien sûr.

– Parfait. Asseyez-vous.

Jane s'assit sur la chaise pliante, qui lui sembla froide et dure contre ses jambes nues. Le type lui tendit le fil et un morceau de ruban adhésif.

– Passez ce fil sous votre chemisier pour moi, d'accord ? Et accrochez le micro sur vous, à droite, par là, lui demanda-t-il en désignant du doigt un point sur sa poitrine, juste à l'endroit où les deux bonnets de son soutien-gorge se rencontraient.

– Hein… d'accord.

Le minuscule micro rond faisait un drôle d'effet contre sa poitrine. Allait-il capter le bruit de son cœur, qui battait à toute allure ? Elle était déjà nerveuse. La caméra et la pièce très exiguë ne faisaient rien pour l'aider.

« Détends-toi », se dit-elle.

L'homme posa un casque sur sa tête et prit un lot d'équipement. Il lui demanda de compter jusqu'à 10 et se mit à tourner des boutons et à actionner des interrupteurs. Puis, la porte s'ouvrit de nouveau pour laisser entrer deux hommes et une femme. Un des hommes ne la regarda même pas, mais se dirigea droit vers la caméra et commença à pousser divers boutons. Les deux autres adressèrent un sourire aimable à Jane et prirent place de chaque côté du caméraman. Ils avaient tous les deux un carnet et un stylo dans les mains.

— Bonjour, Jane, dit la femme.

Elle semblait avoir dans la mi-trentaine. Ses fins cheveux bruns pendaient jusque sous ses épaules. Elle était vêtue d'un chemisier bleu à rayures sur des jeans délavés et portait des lunettes cerclées de métal argenté sur ses yeux fatigués.

— Je m'appelle Dana. Je suis une des productrices de l'émission pilote. Et voici Wendell. Il va nous aider pour la distribution des rôles.

Wendell avait des cheveux courts blonds et de grands yeux bruns; il était probablement de quelques années plus jeune que Dana. Il portait un t-shirt bleu marine et un pantalon en velours côtelé. Il ne ressemblait pas à un Wendell.

Jane leva une main et sourit d'un air embarrassé.

— Bonjour. Je suis enchantée de vous rencontrer.

— Nous allons simplement vous poser quelques questions, si vous êtes d'accord, poursuivit Dana.

Le caméraman actionna un interrupteur, et Jane plissa les yeux lorsqu'une lumière blanche éclatante inonda la pièce.

— Cette lumière vous dérange-t-elle?

— Non, ça va, s'empressa de répondre Jane.

Elle n'osait pas se plaindre pour rien ou poser des questions. La lumière chauffait sa peau.

— Parfait, dit Dana. Donc, vous êtes à Los Angeles depuis deux semaines, n'est-ce pas? Exercez-vous une activité professionnelle, ou faites-vous vos études?

— Je suis stagiaire chez Fiona Chen, répliqua Jane. Elle est organisatrice d'événements. Elle se spécialise dans les événements réunissant des célébrités, comme les événements de charité, les réceptions-cadeaux et les mariages. Et les fêtes d'anniversaire.

Oh, mon Dieu ! Pourquoi racontait-elle tout cela ? Ces personnes savaient certainement ce que fait une organisatrice d'événements.

— Elle aime son travail, s'écria Wendell en hochant la tête.

— Avez-vous rencontré de nouveaux amis à Los Angeles ? demanda Dana.

Braden lui vint aussitôt à l'esprit. Et D, même si elle n'avait aucune idée de ce que pouvait être son nom de famille.

— J'ai rencontré une ou deux personnes, répondit Jane évasivement. Et ma colocataire, Scarlett, est ma meilleure amie depuis que nous avons, environ, cinq ans. Je suis très excitée à l'idée de faire d'autres rencontres. Ici, tout le monde semble tellement intéressant.

Dana et Wendell griffonnèrent dans leur carnet. Jane gigota sur sa chaise pour essayer de trouver une position confortable. Son pied se mit à se balancer.

« Ouais… Un peu désespérée, Jane ? Et "intéressant" ? Tu n'aurais pas pu trouver quelque chose de plus intéressant qu'"intéressant" ? Histoire de montrer que tu as un vocabulaire étendu ! »

La lumière de la caméra était intense et brillante, et à cause d'elle, Jane avait de la difficulté à voir les visages de Dana et de Wendell. Jane s'efforça de déchiffrer leurs expressions. Elle aurait aimé savoir ce qu'ils écrivaient — et ce qu'ils pensaient. Elle attrapa une mèche de cheveux qu'elle fit tourner autour de son index et elle continua à la faire tourner tandis que Dana et Wendell lui posaient toute une autre série de questions : Où avait-elle grandi ? Comment était sa famille ? À quelle école secondaire avait-elle fait sa scolarité ? Avait-elle l'intention d'aller à l'université ? Quels étaient ses objectifs sur le plan professionnel ? Avait-elle un petit ami ?

Jane répondit à toutes les questions du mieux qu'elle le put. (Santa Barbara. Ma famille est formidable. École secondaire de Santa Barbara. J'aimerais travailler pendant au moins deux ans pour faire l'expérience de la vraie vie avant d'aller à l'université. Non, pas de petit ami.) Les questions continuèrent à se dérouler de cette façon. Jane avait l'impression qu'ils essayaient de découvrir l'histoire de sa vie – la version du site web SparkNotes, en tout cas – et elle se demandait pourquoi. Jusque-là, sa vie avait été plutôt ordinaire. C'était pour cela qu'elle était venue vivre à Los Angeles, pour faire en sorte que quelque chose se produise.

À un moment donné, ils marquèrent une pause, le temps que Dana et Wendell écrivent dans leurs carnets. (Qu'écrivaient-ils ?) La lumière était chaude, et Jane sentait qu'elle commençait à transpirer.

– Êtes-vous sortie à Los Angeles, depuis que vous y êtes installée ? lui demanda Dana.

– Quelques fois. J'essaie toujours de trouver des endroits où l'on s'amuse. Apparemment, vous avez des problèmes de durée de vie avec vos clubs, répondit Jane.

Sa blague les fit tous rire, sans méchanceté.

– Vous avez remarqué, hein ? lança Dana.

– Boisson préférée ? demanda Wendell d'un ton sec, comme s'il la questionnait pour la quatrième de couverture du *Cosmopolitan*.

– Quand vous aurez l'âge légal, évidemment, ajouta Dana en adressant à Wendell un regard énigmatique.

– Bien sûr, répliqua Jane.

Étant donné qu'elle avait rencontré Trevor dans un bar, elle supposa que la remarque de Dana était une blague ou quelque chose qu'elle devait dire.

– J'aime les boissons à base de vodka.

– Tout à fait mon genre de fille, souffla Wendell en lui faisant un clin d'œil.

Jane sourit. Elle l'aimait bien. Il était un peu plus causant que Dana. Elle se sentait plus à l'aise de lui parler, comme s'il s'agissait d'une conversation plutôt qu'une entrevue.

– Alors, avez-vous rencontré de séduisants garçons, depuis que vous êtes ici ?

Wendell se pencha légèrement vers elle.

– Pas vraiment… J'ai rencontré un jeune homme, mais je crois qu'il a une petite amie. Peut-être.

Euh, en disant cela à haute voix, elle se rendit compte qu'il était bien dommage qu'elle n'ait pas osé demander à Braden quelle était la nature de sa relation avec Willow.

– Je me suis séparée de mon petit ami il y a quelques mois et je ne sors avec personne.

– Oh, je suis désolée, souffla Wendell en faisant la moue, avant de se ressaisir. Mais, vous savez, il n'y a rien de mieux pour guérir un chagrin d'amour qu'un nouveau petit ami, dit-il d'une voix chantante.

– Ouais… ça ou un cocktail à la vodka, rétorqua Jane en haussant les épaules.

Ils éclatèrent de rire de nouveau, et cette fois, ça ne semblait pas être juste par politesse.

— Bon, nous allons examiner une liste de mots, dit Dana d'un ton professionnel. Tu dis la première chose qui te passe par la tête

— D'accord, répondit Jane en se raidissant légèrement.

— Relations d'une nuit.

— Euh... plutôt nul, répliqua Jane en se frottant le nez.

— Chaussures.

— Amour.

— Los Angeles.

— Vaste.

— Amitié.

— Qui dure longtemps.

— Amour.

— Rare.

Dana finit de noter quelque chose dans son carnet, puis elle leva les yeux sur Jane.

— Et pour finir... Pourquoi es-tu venue vivre à Los Angeles ?

Jane réfléchit pendant un instant.

— Pour sortir de ma routine.

Dana et Wendel la regardèrent d'un air perplexe.

— Depuis que je suis née, je mène une vie sécuritaire, monotone... confortable, expliqua Jane. J'ai les mêmes amis depuis que je suis toute petite. J'ai une famille formidable. J'ai grandi dans un bel endroit. J'ai beaucoup de chance, mais je suis venue à Los Angeles pour sortir de ma zone de confort et faire quelque chose de différent.

Dana et Wendell échangèrent un regard, et Dana acquiesça d'un signe de tête presque imperceptible.

— Très bien. Nous avons terminé. Nous resterons en contact, d'accord ?

– C'est fini ? lança Jane, surprise.

– C'est fini, répondit Wendell. Tu peux partir. Tu t'en es bien sortie.

– Ah, oui ?

Jane avait l'impression qu'elle commençait à peine à maîtriser la situation. S'en était-elle vraiment bien sortie ?

Elle se leva, les remercia et les salua (elle allait serrer la main de Wendell, car il lui semblait que c'est ce qu'il fallait faire et elle finit par l'étreindre tout en lui donnant une poignée de main ; Dana se montra gentille en lui donnant une poignée de main brève mais ferme), puis se dirigea dans la direction de la salle d'attente. Dans l'entrée, elle croisa Scarlett et la fille au t-shirt « TIBET LIBRE ».

– Comment ça s'est passé ? chuchota Scarlett.

– Je ne sais pas, répondit-elle en chuchotant à son tour.

Elle aurait aimé avoir le temps de lui faire un bref compte-rendu avant qu'elle aille à son entrevue. Bien que, connaissant Scarlett, elle s'en sortirait certainement très bien. Mis à part son mauvais comportement occasionnel, Scarlett était extrêmement diserte et avait la répartie facile.

Tandis que Jane s'asseyait dans la salle vide aux chaises beiges inconfortables pour attendre Scarlett, une pensée lui traversa la tête : si le fait d'être filmée par une caméra et examinée par deux personnes la rendait nerveuse, comment serait-elle capable de s'habituer à participer à une émission de téléréalité ? Si deux personnes prenant des notes et analysant ce qu'elle disait la dérangeaient, comment supporterait-elle d'être regardée par de si nombreux téléspectateurs ? Elle se demandait combien de personnes regardaient PopTV.

— Hé, comment ça s'est passé ?

Jane rapprocha le téléphone de son oreille tout en se pelotonnant sur le canapé. C'était jeudi soir, tard. Scarlett était partie à la bibliothèque après l'entrevue, afin de travailler à un devoir pour son cours d'anglais.

En entendant la voix de Braden, elle se sentit aussitôt à l'aise. Elle avait été tendue depuis l'entrevue à PopTV, qui avait eu lieu un peu plus tôt. Parler avec Braden lui faisait le même effet que se glisser dans un bon bain chaud ou manger de la crème glacée au chocolat, mais en mieux.

— Je ne sais pas. Ils disent que je m'en suis bien sortie. Mais je ne suis pas sûre qu'ils m'aient vraiment aimée.

— Les as-tu aimés ?

Jane pensa à Dana et Wendell.

— Ils ont été bien. L'homme, Wendell, a été plutôt gentil.

— Comment s'est passée l'entrevue de Scarlett ? Qu'a-t-elle dit ?

— Elle a dit que c'était allé comme sur des roulettes. Je crois qu'elle a aimé jouer à la maligne devant la caméra, répondit Jane en ricanant.

— Alors, que s'est-il passé ensuite ?

— Ils ont dit qu'ils nous rappelleraient. Qu'est-ce que ça signifie ?

— Ça signifie qu'ils vous rappelleront s'ils veulent vous revoir. C'est comme une seconde entrevue. Et sinon… bon, c'est eux qui y perdront, ajouta Braden. Mais le plus important est de savoir si tu veux participer à cette émission ?

— Je n'en suis pas sûre, reconnut Jane. Je crois que Scar s'est persuadée qu'elle sait que c'est complètement légal. De plus, elle ressemble vraiment à une vedette de télévision.

Mais pourquoi s'intéressent-ils à moi ? Ma vie n'est pas particulièrement excitante.

— Ils ne veulent peut-être pas quelque chose d'excitant. C'est peut-être toi qu'ils veulent, précisément telle que tu es.

— Euh, merci ?

Braden éclata de rire.

— Tu sais ce que je veux dire !

Jane ressentait une drôle d'impression en discutant de tout cela avec Braden. Scarlett et elle étaient à Los Angeles depuis moins de deux semaines et elles étaient sérieusement retenues pour participer à une émission de télévision. Braden était à Los Angeles depuis beaucoup plus longtemps et il était toujours à la recherche d'un emploi stable. Mais s'il était envieux, il le gardait pour lui. En fait, il semblait vouloir lui apporter tout son soutien, ce qui était une des choses qui le rendaient aussi extraordinaire.

Elle ne voulait pas gâcher une conversation particulièrement agréable, mais elle devait lui parler de Willow. Il n'était plus seulement le garçon plutôt mignon qu'elle avait rencontré au bar. Il était en passe de devenir son *ami*. Et des amis savent ce genre de choses l'un sur l'autre.

— Alors, qu'y a-t-il entre Willow et toi ?

Il marqua un temps d'arrêt.

— Willow, dit Braden. Euh, que vais-je répondre ? C'est un peu compliqué.

— Compliqué ?

Jane gratta des peluches sur son oreiller brodé préféré.

— Ouais, bon... nous sortons ensemble depuis trois ans, alors que nous avions 18 ans. Nous nous sommes séparés et nous avons renoué à plusieurs reprises.

« Séparés et revenus ensemble à plusieurs reprises ? Vraiment ? »

Jane se demanda si c'était ainsi que Willow voyait les choses. D'autre part, ils avaient semblé avoir renoué l'autre soir au Big Wangs.

— Oh. Bon, Scarlett croyait qu'elle était ta petite amie, souffla Jane.

Elle se sentit aussitôt ridicule. Pourquoi mêlait-elle Scarlett à tout cela ? « Comportement totalement enfantin, Jane. »

— Pourquoi pense-t-elle ça ?

« Parce que vous étiez presque en train de vous peloter au Big Wangs », aurait-elle aimé lui faire remarquer.

— Elle n'a pas tort, insista Jane.

— Mais elle n'a pas non plus raison.

Braden rit. « D'un air légèrement gêné », pensa Jane.

Ils parlèrent encore pendant un certain temps, puis Jane se rendit compte qu'il était plus de minuit, et ils se quittèrent. Elle devait aller travailler le lendemain matin — les réunions de personnel avaient toujours lieu le vendredi, et toujours à 8 h précises.

Mais après s'être glissée dans son lit, elle eut de la difficulté à trouver le sommeil. Elle se repassait sans cesse les détails de son entrevue et revoyait différents moments. Pourquoi avait-elle dit ceci ? Pourquoi n'avait-elle pas plutôt dit cela ? Et bientôt, ses pensées se portèrent sur Braden — elle était contente de constater que le fait d'avoir mentionné Willow n'avait pas gâté la conversation, mais elle devait avouer qu'elle était désappointée par sa réponse.

Il était environ 2h quand elle finit par sentir ses paupières s'alourdir et qu'elle comprit qu'elle désirait vraiment participer à la nouvelle émission de Trevor Lord.

Elle l'avait signifié, lorsqu'elle avait dit à Dana et Wendell qu'elle était venue à Los Angeles pour ne plus vivre une vie confortable. Quelle meilleure façon de repousser les limites de sa petite vie sécuritaire et très agréable que l'exposer à la télévision, devant des centaines – des milliers – de téléspectateurs ?

11

QUE S'EST-IL PASSÉ ?

Scarlett et Jane reçurent l'appel téléphonique un samedi alors qu'elles cherchaient chez Target de « jolies choses pour décorer l'appartement » (selon Jane) et « des foutaises dont nous n'avons pas besoin, histoire de ne pas avoir l'impression de vivre dans un véritable trou » (selon Scarlett).

Elles étaient en train de parler de Braden, et Scarlett venait de dire à Jane ce qu'elle voulait entendre. Scarlett regardait Jane qui tenait un tapis de bain dans chaque main. Elle paraissait indécise, et pourtant ils semblaient être de la même nuance de bleu.

— Lequel préfères-tu ? Je crois que le turquoise ira mieux dans notre salle de bain.

— À mon avis, ce sont exactement les mêmes tapis.

— Non.

Jane les laissa tomber tous les deux sur le sol et recula d'un pas.

— Celui de gauche a un peu plus de vert dans sa couleur. Je ne sais vraiment pas lequel je préfère.

— Il n'y a littéralement aucune différence entre les deux, insista Scarlett, amusée à la fois par la façon dont Jane avait changé de sujet et par le sérieux avec lequel elle examinait les deux tapis.

— J'ai demandé à Braden de nous rencontrer ce soir pour boire un verre, avait dit Jane au moment où elles mettaient les pieds dans le magasin.

Jane avait paru sur le point de dire autre chose, mais Scarlett l'avait interrompue.

— Sérieusement? Tu veux apporter du sable sur la plage? Nous serons dans un endroit plein de garçons. Pourquoi en inviter un de plus? Et en plus un gars qui a une petite amie?

Scarlett savait dire quand Jane n'était pas objective au sujet d'un garçon, ce qui lui arrivait trop souvent. À l'école secondaire, avant Caleb, Jane s'était intéressée à quelques garçons avec des complications... comme des garçons avec des ex-petites amies qui refusaient de rester des ex-petites amies (comme Rob, qui persistait à se soûler lors des fêtes et continuait à voir son ex, Britany, ou Danny, qui insistait pour rester ami avec son ex, Rachel, qui détestait ouvertement Jane et qui la dénigrait auprès de Danny à la moindre occasion) ou des gars qui n'étaient pas si beaux que ça. C'était un genre de thème récurrent chez Jane. Mais qui était Scarlett pour se permettre de parler, car après tout, elle n'était pas une experte en relations?

— De toute façon, il a dit qu'il ne pouvait pas. Il a dit qu'il était occupé toute la fin de semaine avec quelque chose dont il ne pouvait pas se débarrasser, déclara Jane en faisant la moue.

— Ouais... une relation, lui rappela Scarlett.

— Je te l'ai dit. Elle n'est pas vraiment sa petite amie. Ils se retrouvent et ils se quittent. C'est compliqué.

— Comment cela peut-il être compliqué ? Elle est intéressée par lui. Il désire aller voir ailleurs.

— Peut-être.

Jane avait haussé les épaules et s'était dirigée vers l'allée des articles de maison.

« Pauvre Janie, pensa Scarlett. Il faut qu'elle rencontre un autre garçon pour lui faire oublier celui-ci… et vite. »

Dans l'allée des articles de salle de bain, Jane étudiait chaque tapis en ignorant Scarlett, qui était sur le point de dire autre chose quand elle entendit le bruit étouffé d'un téléphone cellulaire. Elle savait qu'il ne s'agissait pas du sien, car elle l'avait laissé dans la voiture.

— Janie ? Je crois que c'est le tien, fit remarquer Scarlett.

— Hein ? Oh !

Jane fouilla dans son grand sac à la recherche de son téléphone cellulaire en laissant tomber quelques objets sur le sol dans la précipitation : un tube de brillant à lèvres pêche, un reçu enroulé et un tampon. Merde !

Elle se baissa pour les ramasser tout en retrouvant son téléphone et en le portant à son oreille.

— Allô ? dit-elle d'un air légèrement nerveux.

Non loin de là, un petit garçon ouvrit de grands yeux en voyant le tampon qui roulait le long de l'allée dans sa direction.

— Oh, bon sang, marmonna Scarlett.

Elle se précipita vers lui et ramassa le tampon avant qu'il ne le fasse.

— Va jouer avec les Lego, petit, lui dit-elle.

Le garçon éclata de rire et s'éloigna en courant.

— Oui, c'est moi-même, répondit Jane à la personne à l'autre bout du fil.

Enfonçant le tampon dans sa poche arrière, Scarlett inspecta le chariot que Jane avait réussi à remplir d'articles inutiles : des coussins en soie, des lampes, des cadres, des tapis, des vases, des paniers, des bougies et... avait-elle réellement pris une machine à bruit ?

Il allait falloir un peu plus que le bruit des vagues et les cris des mouettes pour couvrir celui des semi-remorques filant à toute allure toute la nuit devant les fenêtres. Pourtant, Jane avait de bonnes intentions. Elle se donnait beaucoup de mal pour embellir leur foyer. Scarlett avait la mauvaise conscience de lui causer autant de problèmes, alors qu'elle essayait de faire en sorte que leur cambuse ressemble moins à une cambuse.

— Oh, bonjour ! C'est Trevor ! Comment allez-vous ?

Scarlett releva brusquement la tête.

Jane adressa un sourire à Scarlett en pointant le doigt sur le téléphone.

— *C'est lui* ! murmura-t-elle.

Scarlett était un peu surprise. Environ deux semaines s'étaient écoulées depuis qu'elles étaient allées passer leur entrevue. Après tant de jours sans nouvelles, elles avaient pensé que Trevor avait retenu d'autres filles. Elles avaient été très désappointées, car Scarlett s'était vraiment faite à l'idée d'apparaître à la télévision. L'entrevue avait été une révélation. Elle avait aimé observer les expressions choquées sur les visages de Dana, de Wendell et du caméraman tandis qu'elle exposait sa philosophie à propos des relations d'une nuit, et ainsi de suite.

Et Jane avait confessé à Scarlett qu'elle aimerait, elle aussi, faire partie de l'émission. Elle avait dit quelque chose concernant le fait de sortir de sa zone de confort. Quand il s'était avéré évident qu'elles n'allaient pas recevoir d'appel, Jane avait pleuré l'occasion perdue en s'échappant du travail durant un après-midi, qu'elle avait passé devant la télévision à dévorer un gros pot de crème glacée à la cerise avec des pépites de chocolat.

— Oui, elle est avec moi, disait Jane. Oh, elle a laissé son téléphone dans la voiture.

Elle fit de grands gestes pour que Scarlett s'approche d'elle, puis écarta le téléphone de son oreille afin qu'elles puissent entendre toutes les deux. Scarlett appuya sa tête contre celle de Jane.

— Je suis désolé de n'avoir pu vous rappeler plus tôt, mais j'étais occupé à mettre sur pied l'équipe, et ça a été l'enfer. Quoi qu'il en soit, j'ai regardé vos deux entrevues, et elles étaient super. Venez me rencontrer pour le dîner, et nous parlerons de l'émission.

« Quoi ? »

Scarlett saisit la main de Jane et la serra fort. Jane la serra fort à son tour.

— Qu'est-ce que ça signifie ? Sommes-nous engagées ? murmura Scarlett.

— Je ne sais pas, répondit Jane à voix basse en écarquillant ses yeux bleus.

— Jane ? Vous êtes toujours là ? lança Trevor au bout d'un moment.

— Oui !

— Disons au restaurant Ivy, demain à 13 h. Mon assistante s'occupera de faire la réservation.

— Entendu, répondit Jane.

— Parfait. Donc, à demain.

— D'accord. Au revoir.

Jane referma le téléphone brusquement et regarda fixement Scarlett.

— Que vient-il de se passer ? demanda-t-elle, nageant en pleine confusion. Est-ce que ça signifie qu'il nous a retenues pour participer à l'émission ?

— Pourquoi nous rencontrerait-il, si ce n'était pas le cas ? fit remarquer Scarlett, bien qu'elle en doute elle-même, car, vraiment, il les avait choisies ?

Parmi combien d'autres filles ? Cela semblait tellement... incroyable. Mais aussi tellement excitant !

— Oh, mon dieu ! murmura Jane.

Scarlett n'aurait su dire si c'était de l'incrédulité ou de la peur que ressentait Jane. Les deux émotions sur son visage étaient aussi difficiles à différencier que les fichus tapis de bain.

Jane resta là à regarder fixement Scarlett, au milieu de l'allée des articles de salle de bain du magasin Target.

— Allons-nous passer à la télévision ?

Scarlett lui rendit son regard.

— On le dirait bien !

Puis, elle conseilla à Jane de prendre les deux tapis de bain.

— À partir d'aujourd'hui, nous allons vivre dangereusement, plaisanta Jane.

— Ouais. Prenez garde, le Monde. Nos tapis de bain vont venir vous divertir !

Toute la tension engendrée par la discussion avec Braden se dissipa, et elles roulèrent leur chariot le long de l'allée en faisant des blagues à propos de leur statut imminent de vedettes de la télévision.

12

INTIMES, MAIS À QUEL POINT ?

Alors que Jane et Scarlett se dirigeaient vers le bel immeuble en briques avec une clôture blanche, Jane remarqua plusieurs photographes qui tenaient des caméras et des caméscopes. Elle s'approcha de l'entrée principale du restaurant en passant devant des arbres aux troncs couverts de lierre et l'épais rideau parfumé de roses grimpantes.

L'hôtesse les précéda dans le magnifique patio, près d'une table surmontée d'un parasol où Trevor textait sur son Blackberry. Il leva les yeux de l'écran et leur sourit, puis se leva de son siège pour embrasser chacune des filles sur la joue. Il portait un pantalon noir, une chemise noire à manches longues et une montre Rolex en argent. Ses cheveux bouclés, poivre et sel, frôlaient le col de sa chemise et ses yeux bruns détaillaient les deux filles d'un regard intense que Jane n'arrivait pas à déchiffrer. Elle détecta la légère trace d'un après-rasage au parfum subtil et luxueux. Elle avait trouvé qu'il avait une belle apparence au club Les Deux, et son opinion n'avait pas changé. En général, elle n'était pas attirée par les hommes plus âgés (était-il dans la fin de la trentaine ou dans le début de la quarantaine ?), mais il avait une certaine assurance qui était très séduisante.

– Asseyez-vous, je vous en prie. Comment allez-vous ?

Il semblait plutôt de bonne humeur.

– Super ! répondit Jane.

Scarlett acquiesça d'un signe de tête. Jane s'assit, posa son sac sous son siège et balaya le patio du regard. Puisqu'elle avait vu, dans les magazines, des photos de célébrités qui mangeaient au Ivy, elle trouvait particulièrement étrange de se trouver là. C'était une belle journée – un dimanche ensoleillé –, et le restaurant était très fréquenté. Il était plus petit qu'elle se l'était imaginé. (Elle se rappela avoir vu Jared Walsh l'autre jour sur Melrose et se dit que peut-être tout à Los Angeles était plus petit lorsqu'on le voyait en personne.) Elle reconnut un homme blond assis deux tables plus loin.

« Était-ce le type qui apparaissait dans la publicité du téléphone cellulaire ? »

– Êtes-vous déjà venues ici ? demanda Trevor en ouvrant le menu. Les gens ne tarissent pas d'éloges sur leur salade végétarienne.

– Sérieusement ? rétorqua Scarlett en souriant.

– Sérieusement. Oui.

Trevor se pencha en avant en croisant les mains. Il sembla à Jane qu'il savait donner l'impression à une personne qu'elle était la seule au monde.

– *Les plaisirs d'Hollywood*. Qu'en pensez-vous ?

– *Les plaisirs d'Hollywood ?* répéta Jane.

– *Les plaisirs d'Hollywood*. Le titre de l'émission.

– On dirait le titre d'un film porno… ou un mauvais jeu de société, plaisanta Scarlett.

– Ou d'une émission de télévision à succès? riposta Trevor en souriant d'un air satisfait.

– Des attentes élevées? le taquina Jane.

– Non, très réalistes. Il y a une très grande demande pour programmer des émissions concernant des filles dans votre tranche d'âge. Les cadres de la chaîne désirent vraiment mettre l'accent sur ce groupe, et cette émission est exactement ce qu'ils recherchent. Ils sont prêts à engager un gros montant d'argent pour cette émission, afin qu'elle devienne la plus regardée.

Jane se rassit. Une émission à succès? Depuis l'appel téléphonique de Trevor la veille, elle s'était figuré… quoi? que l'émission pourrait ou non continuer, pourrait ou non être annulée après une saison, pourrait ou non faire partie des souvenirs à la même date l'année suivante. Elle n'avait absolument pas imaginé qu'elle pourrait avoir beaucoup de succès. Cette idée lui donna la chair de poule. Elle jeta un coup d'œil vers Scarlett, qui semblait abasourdie, elle aussi.

– Il sera question de vous deux, et de deux autres filles, poursuivit Trevor. Vous les rencontrerez bientôt. Les caméras vous suivront toutes les quatre partout, au travail, à l'école, à la maison, dans les discothèques. Ce sera très intime.

«Oh, mon Dieu! Ça arrivait vraiment!», pensa Jane.

– Intime jusqu'à quel point? demanda Scarlett. Est-ce qu'on va me voir en train de me raser les jambes?

– Scarlett! s'écria Jane en éclatant de rire. Je ne crois pas que cela l'intéresse.

Trevor sourit.

— Ne vous inquiétez pas. Comme je vous l'ai déjà dit, ce sera une version réalité de *Sexe à New York*, mais tout public. Les caméras vous laisseront seules durant les moments très intimes de la toilette, ajouta-t-il. Jolie comme vous êtes, Scarlett, je ne crois pas que quelqu'un ait envie de vous voir vous raser les jambes.

Trevor s'interrompit le temps que la serveuse prenne la commande des boissons, puis reprit :

— Vous vous posez certainement des questions au sujet des aspects pratiques. Comme pour vos contrats, nos avocats sont en train de les rédiger en ce moment même. Dana restera en contact avec vous pour vous indiquer la date du premier jour de tournage. Si c'est possible pour vous, nous aimerions commencer dans environ deux semaines. Plus certainement le lundi. En général, les horaires de tournage sont planifiés au début de chaque semaine. Dana vous tiendra informées de cela, passera en revue avec vous tout ce que vous devrez faire et les endroits où vous devrez vous trouver au cours de cette semaine, et tout le reste. Chaque fois qu'un endroit précis est impliqué, comme un restaurant, un club, une école, ou un immeuble de bureaux ou d'appartements — en fait, tous les emplacements — mon équipe devra libérer les lieux pour le tournage. Et en parlant d'immeubles d'appartements… où habitez-vous, les filles ?

Scarlett lui donna leur adresse. Trevor sortit son Blackberry de sa poche et y entra l'information.

— Très bien. Je demanderai à quelqu'un de communiquer avec le propriétaire de votre immeuble, dit-il.

— Ils veulent commencer dans deux semaines ? réussit à demander Jane.

– Oui. Peut-être un tournage de nuit dans une des boîtes de nuit.

Jane parut légèrement embarrassée.

– Parce que je travaille les jours de semaine et...

– Oui ! Avec Fiona. Ses bureaux sont magnifiques. Nous y sommes allés en reconnaissance hier.

– Attendez, vous êtes allés là-bas ?

– Ouais. J'avais en fait un rendez-vous prévu avec elle après notre rencontre, mais elle vient juste d'annuler. Une urgence florale, je pense.

– Vous lui avez parlé ? s'écria Jane d'un air choqué.

Elle n'arrivait pas à croire qu'ils avaient téléphoné à Fiona. Elle était tellement embarrassée. N'auraient-ils pas dû lui demander l'autorisation avant de le faire ?

– Elle semblait plutôt excitée à l'idée de travailler avec nous, souffla Trevor. Elle croit pouvoir décider certains de ses plus gros clients de nous laisser filmer leurs événements.

– Vraiment ?

Jane se sentit un peu soulagée, même si elle était également un peu surprise. Fiona ne semblait pas être le genre de personne à accepter que son espace soit envahi par une équipe de caméramans.

– Nous avons aussi parlé au directeur de votre université, dit Trevor en se tournant vers Scarlett. Nous avons réussi à obtenir la permission de filmer dans une de vos classes.

Scarlett fronça les sourcils.

– Vous allez me filmer quand je serai en classe ? Pourquoi quelqu'un voudrait-il voir ça ? C'est encore plus ennuyant que me regarder me raser les jambes.

« Ah, Scar, elle trouve toujours le moyen de charmer tout en ayant le dernier mot », pensa Jane, même si elle pouvait s'apercevoir que son amie était véritablement agacée.

— Eh bien, c'est le problème avec ces émissions. Il n'y a pas de scénario ni de dialogues, ce qui fait que nous ne savons jamais quand les choses vont se produire. Pour autant que l'on sache, vous pourriez très bien rencontrer votre prochain petit ami à l'école, expliqua Trevor.

Jane éclata de rire.

— C'est vrai. Mais Scarlett est plus susceptible de sortir avec le professeur plutôt qu'avec un élève.

Trevor haussa les sourcils.

— Elle plaisante, s'écria Scarlett en lançant un regard furieux à Jane.

— Désolée, s'excusa Jane.

Mais elle ne plaisantait pas vraiment. Au secondaire, Scarlett avait eu plusieurs fois le béguin pour : leur professeur d'histoire, monsieur Smith; leur professeur d'art, monsieur Martinez; et leur professeur d'anglais, monsieur Foster. Toutefois, ce n'était pas parce qu'ils étaient plus âgés; c'était parce qu'ils étaient plus intelligents que la plupart des garçons du même âge que Scarlett.

— Que voulez-vous nous voir porter ? demanda Jane. Et notre coiffure et notre maquillage, et tout le reste ?

— Nous vous laissons libres de décider de cela. Cependant, vous devriez porter les vêtements que vous portez habituellement. Et je n'insisterai pas sur le maquillage. Bill, notre directeur de la photographie, est un génie, Partout où vous serez filmées, l'éclairage sera parfait, et vous serez jolies. Vous verrez.

Un brouhaha de l'autre côté de la clôture blanche attira leur attention. Un homme dans le milieu de la trentaine sortait d'une Bentley argent. Le groupe de photographes qui s'étaient rassemblés devant le restaurant l'entoura, s'invectivant les uns les autres et actionnant leurs appareils photo furieusement. L'homme sourit en se frayant un chemin parmi eux. Jane observa les autres usagers du restaurant qui lui lançaient un coup d'œil discret. Son visage lui paraissait familier, mais elle était incapable de dire de qui il s'agissait.

— C'est étonnant ce que *Dancing with the stars* peut faire pour votre carrière, lança Trevor d'un ton sec. Je lui donne deux semaines avant qu'il ne retourne en centre de désintoxication.

Il regarda Jane et Scarlett d'un air pensif.

— Désintoxication ? répéta Jane.

Elle avait lu dans les magazines des articles parlant de vedettes qui n'arrêtaient pas d'entrer et de sortir d'un centre de désintoxication. Mais elle n'avait jamais vraiment vu en personne quelqu'un à qui c'était arrivé. Le type avait l'air un peu marqué par le temps.

— J'espère que vous vous rendez compte que vos vies sont sur le point de changer, déclara Trevor.

Ses paroles et son ton sérieux accentuèrent la chair de poule de Jane.

— Avec *Les plaisirs d'Hollywood,* vous allez devenir célèbres. Toutes les filles d'Amérique vont vous envier. Tous les garçons voudront sortir avec vous. Et un jour — il désigna d'un signe de tête le type de *Dancing with the star* qui venait juste de s'asseoir quelques tables plus loin —, vous reviendrez ici et vous essaierez de manger tranquillement alors que des clients vous demanderont des autographes et que des photographes tenteront de vous prendre en photo.

Jane éclata de rire à cette idée et essaya de croiser le regard de Scarlett, mais elle avait les yeux fixés sur son verre d'eau. Elles étaient sur le point de s'embarquer dans une grande aventure, mais Jane se demanda si elles étaient, l'une ou l'autre, prêtes à cela.

Il vint à l'esprit de Jane plus tard ce soir-là, alors qu'elle était couchée et essayait d'ignorer sa peur et son excitation pour finir par s'endormir, que pas une fois durant leur repas, indiciblement fastueux, fascinant et qui allait changer leur vie, au restaurant Ivy, Trevor ne leur avait demandé si elles voulaient participer à l'émission *Les plaisirs d'Hollywood*. Il avait tout simplement tenu pour acquis qu'elles le voulaient.

Il avait eu raison.

13

DEUX CHAMBRES, UNE PISCINE ET UNE BELLE VUE

— Oh, Jésus, marmonna Trevor. Cet endroit est déprimant.

Regardant attentivement l'écran de son ordinateur portable, il cliquait sur une série de photos. Il avait envoyé un de ses assistants de production pour explorer l'appartement de Janet et Scarlett. Des murs en stuc écaillé qui avaient bien besoin d'une couche de peinture. À courte distance de l'autoroute 101. Deux fenêtres brisées. Un panneau accueillant qui annonçait :

SUNNY PALMS - APPARTEMENTS À LOUER
STUDIO / UNE CHAMBRE / DEUX CHAMBRES

Après avoir bipé son assistante, Kimi, pendant quelques secondes, celle-ci entra dans son bureau en parlant à quelqu'un dans son casque.

— C'était Tom. Il est à New York pour essayer de conclure l'affaire, dit-elle en raccrochant. Il veut que vous l'appeliez avant qu'il ait fini. N'oubliez pas qu'ils ont trois heures d'avance sur nous, donc vous feriez mieux de téléphoner bientôt. De quoi avez-vous besoin ?

— Il faut que nous leur trouvions un nouvel endroit pour vivre, répondit Trevor d'un air contrarié en se frottant la tête.

Kimi hocha la tête. Elle ne demanda même pas à qui il faisait allusion en disant « leur ». C'était une des choses qu'il aimait chez elle, par rapport aux sept autres assistantes qu'il avait eues au cours de deux dernières années.

— Pas de problème. Pour quand ?

Trevor passa en revue mentalement son emploi du temps.

— Pour samedi.

— Samedi, comme après-demain ?

— Comme après-demain.

Elle hocha de nouveau la tête et s'en alla.

Trevor fit défiler les contacts de son carnet d'adresses et procéda au prochain appel de sa liste.

— Allô ?

Ce fut Scarlett qui répondit.

— Scarlett. C'est Trevor. Comment allez-vous ?

— Fauchée !

— Oh ?

— Ouais, Jane et moi avons passé la journée dans les magasins. Apparemment, ma garde-robe était terrrriiiblement démodée. Elle était comme une folle. Je crois que ses mots exacts étaient, et je cite, « À quoi servent les cartes de crédit ? Nous devons avoir une belle apparence pour passer à la télévision ! »

Trevor éclata de rire.

— Petite futée ! Elle a raison.

— Alors, qu'y a-t-il ?

— J'ai parlé au propriétaire de votre immeuble, et il ne nous donnera pas l'autorisation de tourner sur les lieux, déclara Trevor.

Le mensonge sortit aisément, en partie parce qu'il ne croyait pas aux étiquettes arbitraires comme « faits » et « mensonges ».

— Il a prétexté ne pas vouloir perturber l'intimité des autres locataires. De toute façon, je suis en train de m'arranger pour que vous alliez vivre dans un nouvel appartement, à partir de ce…

— Attendez ! *Quoi ?*

— … à partir de cette fin de semaine, poursuivit Trevor en ignorant son interruption. Le réseau s'occupera des détails, comme le dépôt de sécurité, le loyer mensuel, les déménageurs et tout le reste. Voulez-vous en parler à Jane, ou préférez-vous que je l'appelle séparément ?

— Attendez. Vous voulez que nous déménagions ? Nous venons d'arriver, il y a à peine un mois ! Et j'ai un examen d'histoire demain et deux exposés à remettre la semaine prochaine et…

— Nous devons pouvoir vous filmer chez vous, Scarlett.

— Sérieusement… Jane n'a même pas fini de tout déballer. Elle est plutôt lente dans des cas comme ça. Hier, elle a passé toute la journée à vider ses boîtes. Et nous avons signé un contrat.

— Ne vous inquiétez pas pour le contrat. Et nous allons vous trouver un appartement fantastique. Nous en choisirons un avec une piscine et une belle vue. Mon assistante vous enverra cet après-midi un message électronique avec tous les détails, y compris des photos.

— Vous vous moquez de moi ! Nous aurons une piscine sans avoir à payer de loyer ?

Après avoir raccroché, il appela Kimi dans l'interphone.

— Au fait, assurez-vous que le nouvel endroit a bien une piscine.

— Pas de problème.

Les mains croisées derrière la tête, Trevor se rassit et regarda par la fenêtre les rangées bien trop familières de panneaux d'affichage, de palmiers et de cafés de luxe. Il passait beaucoup trop de temps dans son bureau. Mais en fait, il l'acceptait très bien, surtout depuis qu'il avait *Les plaisirs d'Hollywood*.

Cette émission allait avoir beaucoup de succès. Il le sentait. Il avait la fille d'à-côté, une magnifique intellectuelle, une riche héritière gâtée et une adorable tête de linotte pour la partie humoristique. C'était une formule parfaite. Il était bon pour cela… les gens. Il savait ce qui les motivait et le présentait pour divertir l'Amérique. C'est pour cela qu'il avait été le meilleur producteur de téléréalité d'Hollywood à une époque, avant ses deux dernières erreurs. Et c'est pour cela qu'il allait redevenir le meilleur producteur de téléréalité d'Hollywood, avec *Les plaisirs d'Hollywood*.

14

CE N'EST PAS DE LA FICTION. C'EST LA RÉALITÉ.

POP !

Scarlett observa avec amusement Jane, qui débouchait la bouteille de champagne. Une coulée de bulles blanches et mousseuses s'échappa par le goulot. Jane écarta la bouteille loin d'elle et en déversa un peu sur la nouvelle moquette crème.

– Oui, Jane, je me disais bien que la moquette paraissait trop propre, elle aussi ! lança-t-elle. Nous sommes ici depuis une heure, et tu fous le bordel.

Jane lui tendit la bouteille.

– De quoi tu t'inquiètes ?

Scarlett pencha la bouteille en arrière et en but une gorgée. Le champagne picota sa bouche. Elle laissa errer son regard sur leur nouvel appartement. Les déménageurs étaient partis seulement une heure plus tôt. L'endroit était plus vaste que le précédent et il semblait presque vide. Ce n'était pas comme leur dernier déménagement. La dernière fois, elles avaient déménagé elles-mêmes, et cela leur avait pris beaucoup de temps. Ces déménageurs avaient emballé leurs affaires et avaient tout emporté. Trevor avait tout arrangé.

Et il avait envoyé une bouteille de champagne avec un gentil message, écrit sur un magnifique papier bleu, qui parlait de nouveaux départs.

Scarlett commençait à changer d'avis à son sujet. Après tout, peut-être n'était-il pas un foutu producteur de télévision qui faisait un tas de promesses vides. Peut-être était-il la meilleure chose qui leur était arrivée depuis qu'elles vivaient à Los Angeles. Elles ne deviendraient peut-être jamais célèbres comme il l'avait promis, mais Scarlett savait bien que les jours où elles devaient faire la file pour entrer dans un club étaient derrière elles. Et où elles devaient payer leurs verres. Le temps d'antenne avait autant de valeur que l'argent, dans cette ville.

Quant à l'appartement… il était extraordinaire. Elles ne seraient peut-être plus là dans un mois ou deux, mais en attendant… Scarlett s'étendit sur la moquette crème et concentra son attention sur la hauteur hallucinante des plafonds. Les murs nus venaient d'être peints en blanc. D'un côté de la pièce, on pouvait voir une petite cheminée qui était contrôlée par un interrupteur fiché dans le mur. Dans un coin, Penny frétillait joyeusement dans son nouveau bocal plus grand que le précédent, que Jane avait acheté à l'animalerie. Jane avait simplement fait remarquer qu'il était juste que Penny ait plus d'espace, elle aussi.

– Je ne peux pas croire que nous vivons ici, s'écria Jane en regardant autour d'elle. Il est tellement moins déprimant que le précédent.

– Hé! Tu disais qu'il était «charmant».

— J'essayais simplement de garder une attitude positive pendant que nous y vivions, riposta Jane en prenant son verre et en buvant une gorgée de champagne. Mais maintenant que nous sommes ici… eh bien, c'*était* « charmant ». Un charmant trou à rats.

Scarlett éclata de rire.

— Ouais. C'était plutôt moche.

Le téléphone cellulaire de Jane, qui était posé près d'elle, se mit à vibrer. Elle s'en empara et examina l'écran. Son visage s'illumina.

— C'est Braden !

— Ah, vraiment ? Tu veux dire le Braden qui t'envoie des textos environ 100 fois par jour. Ou un autre Braden ? la taquina Scarlett.

Jane avait commencé à texter.

— Hein ? Qu'est-ce que t'as dit ?

Scarlett secoua la tête. Elle ne savait pas vraiment ce qui se tramait entre Jane et Braden. Elle savait qu'il avait dit à Jane qu'il vivait une relation houleuse avec Willow et qu'ils n'arrêtaient pas de se quitter et de se retrouver. Mais pour ce qu'elle en savait, dans ce genre de relation, le garçon n'était pas libre pour entamer une autre relation, ou du moins pas une vraie relation ; elle ne mènerait nulle part, puisque l'autre femme était toujours dans les parages. Jane et elle vivaient à Los Angeles depuis un mois, et Jane avait déjà eu un rendez-vous galant. Scarlett se demandait si elle en pinçait toujours pour Braden, ce qui serait une énorme erreur, avec Willow dans le décor. C'est ce qu'elle avait dit à Jane, mais cela n'avait pas changé grand-chose.

— Tu as parlé à Braden de l'émission, n'est-ce pas ? Qu'a-t-il dit ? demanda Scarlett à Jane.

— Il est très content pour nous, répliqua Jane. J'ai cependant eu l'impression qu'il n'appréciait pas trop la téléréalité.

— C'est bien dommage, lança Scarlett. Il est simplement jaloux parce que tu as décroché un rôle avant lui.

— Ce n'est pas un rôle, Scarlett. C'est la réalité, lui rappela Jane.

— Peu importe.

Tandis que Jane échangeait des textos avec Braden, Scarlett posa les yeux sur les cartons qui étaient empilés dans la salle de séjour. Trevor leur avait demandé de ne rien déplacer pendant quelques jours. L'équipe de la télévision devait venir pour filmer les filles en train de déballer leurs affaires.

Elle remarqua un panier près du bord d'un carton ouvert et fouilla à l'intérieur. Il contenait des flacons de vernis à ongles, du dissolvant, des boules de coton, des limes en papier d'émeri, des coupe-ongles et des ciseaux à cuticules. Elle posa le panier sur la table basse en chrome et choisit un vernis violet.

— Peux-tu me donner le rose pâle ? demanda Jane en détournant à peine les yeux de son téléphone.

— Bien sûr.

Comme elle commençait à étaler le vernis sur ses ongles, les pensées de Scarlett vagabondèrent vers les événements du mois dernier. Tant de choses étaient arrivées en si peu de temps. Tout d'abord, l'installation à Los Angeles, puis le début des cours, puis *Les plaisirs d'Hollywood*… et maintenant, ce nouvel appartement. Cela semblait presque trop beau pour être vrai. Bien sûr, dans le domaine des études, ce n'était pas parfait. Jusque-là, ses cours semblaient plutôt intéressants. D'un autre côté, elle était parfois hantée par cette vieille impression familière qu'elle était plus intelligente que tous ses camarades de classe, qu'elle était… différente. Et comme pour *Les plaisirs d'Hollywood*… bon, Trevor leur avait fait connaître ce merveilleux endroit. Et elles allaient vivre une extraordinaire expérience en passant à la télévision.

Mais il y avait aussi un gros point d'interrogation qui se posait sur toute chose. Même si elle était heureuse à cet instant avec Trevor, ce jour-là, elle ne lui faisait pas totalement confiance. Vous n'étiez pas censé faire confiance à un producteur d'Hollywood, n'est-ce pas ? Vous étiez censé laisser les avocats, les agents, les directeurs artistiques et des gens comme eux vous mettre en garde contre eux. Le problème était que Scarlett n'avait personne vers qui se tourner pour demander des conseils à propos de ce milieu. Pas d'avocats, d'agents et de directeurs artistiques. Elle n'avait même pas un gentil papa avisé ou une mère ayant le sens des affaires à qui poser toutes ces questions. Quand elle avait téléphoné à ses parents pour leur parler de l'émission *Les plaisirs d'Hollywood*, ils s'étaient contentés de lui demander si l'émission allait interférer avec ses études et nuire à ses notes. Son père avait ajouté quelque chose concernant les effets nocifs de la téléréalité sur l'image des adolescents et de la société en général. Des foutaises.

– Tu veux encore du champagne ? demanda Jane en tenant la bouteille délicatement entre deux doigts fraîchement manucurés.

– Pourquoi pas ? répondit Scarlett en saisissant la bouteille.

Elle n'avait pas envie de penser davantage aux *Plaisirs d'Hollywood*.

15

COMMENCER PAR LUI OFFRIR UN VERRE

Il était tard ce lundi soir quand Scarlett et Jane sautèrent d'un taxi et descendirent la rue qui menait au club Les Deux. Elles avaient décidé de descendre au coin, plutôt que de laisser tourner le compteur en attendant dans la file de voitures qui s'étendait sur tout le pâté de maisons.

Jane portait une robe droite gris charbon. Le dos était découpé par un grand décolleté en V orné d'un grand nœud noir. Une délicate dentelle noire dépassait du bas de sa robe. Ses longs cheveux blonds étaient tirés fermement en arrière et attachés en une queue de cheval qui tombait raide dans son dos. Son maquillage était simple : du fard corail sur les joues et un trait gris acier sous ses yeux bleus.

Scarlett portait des jeans noirs serrés et un mince t-shirt noir avec un profond décolleté en V, et plusieurs colliers en or ornaient sa poitrine bronzée. Jane avait même persuadé Scarlett de porter un peu plus de maquillage que d'habitude. Même si elle avait été pratiquement obligée de l'immobiliser, Jane avait réussi à appliquer du mascara, de l'autobronzant et du brillant à lèvres sur son visage.

Scarlett avait également permis à Jane, à contrecœur, de dessiner un trait fin sur ses yeux au moyen de son traceur noir. Elle était vraiment adorable, comme une version légèrement plus raffinée d'elle-même.

La rue était très encombrée, ce soir-là. Plus près du parc de stationnement, Jane remarqua ce qui semblait être les portes d'une autre boîte de nuit. Elle ne l'avait pas remarqué la dernière fois qu'elles étaient là. Une foule dense sortait de la file et se déversait dans la rue. Scarlett et elle se frayèrent un chemin parmi la masse des usagers du club et traversèrent le parc de stationnement du club Les Deux.

Comme Trevor l'avait promis, Dana avait téléphoné au cours de la fin de semaine pour organiser le tournage de ce soir-là – leur tout premier. Elle avait dit aux filles de trouver la camionnette technique dans le parc de stationnement près du club. Elle les retrouverait là pour que l'on puisse leur installer les micros et leur donner des instructions.

Scarlett fit le tour du parc de stationnement du regard.

– A-t-elle dit où ils seraient ? demanda-t-elle à Jane en fronçant les sourcils. Peux-tu l'appeler ?

Jane sortit son téléphone cellulaire et composa le numéro du producteur.

– Jane ! répondit Dana d'un ton anxieux. Vous êtes là toutes les deux ?

– Oui. Nous sommes dans le parc de stationnement. Où êtes-vous donc ? demanda Jane en regardant autour d'elle.

– Nous sommes tout au fond. Cherchez deux camionnettes blanches.

Alors qu'elles s'enfonçaient dans le parc de stationnement, Jane remarqua deux fourgonnettes garées l'une à côté de l'autre, tout au fond. Elles étaient plus ordinaires qu'elle ne l'aurait cru.

– Là-bas ! s'écria-t-elle en pointant l'endroit du doigt avant de se précipiter vers eux.

Scarlett suivit la direction des yeux et éclata de rire.

– Oh, mon Dieu ! Ils conduisent des fourgonnettes ! Comme quand tu avais 16 ans.

Quand Jane avait obtenu son permis de conduire, elle avait été très excitée d'avoir sa première voiture. Malheureusement, à cause de ses notes peu reluisantes, ses parents avaient refusé de lui acheter une nouvelle voiture. Elle avait donc été forcée de conduire la fourgonnette de la famille pendant les six premiers mois. Elle avait vraiment détesté cette voiture.

Comme elles s'approchaient des fourgonnettes, elles virent des membres de l'équipe, vêtus dans différentes versions de tenues noires. Il devait y avoir presque une douzaine de personnes de PopTV pour les filmer, Scarlett et elle. Quelques-uns d'entre eux déchargeaient de grandes pièces d'équipement de caméra de l'arrière des fourgonnettes. Jane se demanda comment les caméramans allaient manœuvrer ces énormes caméras dans la boîte de nuit bondée. Elle était sur le point d'en parler à Scarlett quand la porte du passager de la deuxième fourgonnette s'ouvrit brusquement.

– Super, vous nous avez trouvés. Êtes-vous prêtes à commencer ? demanda Dana, qui sortit de la fourgonnette en ajustant son oreillette.

Ses yeux semblaient encore plus fatigués que lors de l'entrevue que Jane avait eue avec elle et Wendell trois semaines plus tôt. Passait-elle des nuits blanches ? Jane se retint de lui offrir du cache-cernes.

– Oui. Va-t-on nous poser les micros ici ? lui demanda Jane.

– Juste ici, répondit Dana en désignant la fourgonnette la plus proche.

L'arrière était ouvert, et un gars d'apparence plus jeune était assis sur le pare-chocs. Il avait un grand boîtier d'équipement de son accroché devant lui par un harnais capitonné. Il détacha l'équipement et le déposa dans l'arrière de la fourgonnette. Jane l'observa monter dans la fourgonnette et en ressortir avec deux petits micros. Ils étaient plus petits que ceux qu'elles avaient portés pendant leurs entrevues. Ils n'avaient qu'un peu plus d'un centimètre d'épaisseur et étaient argentés. Il dégagea la cordelette noire qui était enroulée autour du premier boîtier argenté.

– Scarlett ? lança-t-il en les regardant toutes les deux.

– Présente, répondit Scarlett en faisant un pas en avant.

Il observa sa tenue pendant un instant.

– Vous portez un soutien-gorge, n'est-ce pas ?

Elle lui rendit son regard d'un air légèrement perplexe.

– Euh, ouais.

– D'accord.

Il sortit un morceau de ruban adhésif double face et se mit à décoller le papier sur un côté.

– Bon, je vais vous demander de coller ce microphone à l'intérieur, sur le devant de votre soutien-gorge et de faire courir le fil sur votre côté, puis j'accrocherai le boîtier à l'arrière de votre soutien-gorge.

Il appuya sur le morceau de ruban adhésif pour le sécuriser contre le micro en appuyant sur deux boutons en même temps. Après quelques secondes, une petite lumière verte s'alluma sur le boîtier.

— Vous pouvez aller dans la fourgonnette, si vous le désirez.

Il jeta un coup d'œil à Scarlett. Elle avait levé son t-shirt et tentait de prendre le papier adhésif pour le coller à l'intérieur du bonnet de son soutien-gorge noir en dentelle.

— Ou… ou vous pouvez le faire ici.

Deux garçons les dépassèrent. L'un des deux qui portait une casquette cria quelque chose en s'adressant à Scarlett.

Jane éclata de rire, amusée par le mépris le plus total de son amie pour les règles applicables aux parcs de stationnement.

— Ne sois pas timide, Scar, plaisanta-t-elle.

Scarlett se tourna vers le technicien du son qui brandissait la pièce métallique ronde au bout d'un fil. Il l'inséra dans le boîtier, enroula le fil excédentaire autour du boîtier et l'attacha à l'arrière du soutien-gorge. Scarlett laissa retomber son t-shirt et tourna le dos à Jane.

— Y a-t-il une bosse ? demanda-t-elle en essayant de regarder par-dessus son épaule.

— En fait…, répondit Jane en examinant le dos de Scarlett. On le voit à peine.

— Bon, d'accord, vous devez être Jane, dit le technicien du son.

Elle remarqua un morceau blanc de ce qui ressemblait à du sparadrap au bas du deuxième boîtier. Son nom avait été écrit dessus avec un marqueur noir.

— Oui, mais, euh…

Jane se tourna et lui montra son dos nu.

— Je n'ai pas de soutien-gorge. Je suis désolée, mais je ne savais pas.

— Ça va aller, dit-il en haussant les épaules. Que portez-vous sous votre robe ?

— Une culotte.

— Quel genre ?

— Merde, commence par lui offrir un verre, lança Scarlett en éclatant de rire.

— Que voulez-vous dire ? Vous voulez savoir la marque de ma culotte ? demanda Jane, légèrement nerveuse.

— Non, répondit le gars en riant. J'ai besoin de savoir si elle peut supporter le boîtier. Je peux toujours utiliser l'élastique d'une jambe, mais c'est plutôt inconfortable, et il risque de tomber.

— Eh bien, répondit Jane d'un air embarrassé, c'est en fait le bas d'un maillot de bain. C'était le jour de la lessive aujourd'hui.

— Ça devrait aller. Je vais juste vous demander de fixer le micro sur votre peau.

Puis, il pointa l'index sur le milieu de sa poitrine pour indiquer l'emplacement et ajouta :

— Vous voulez aller à l'intérieur de la camionnette pour le mettre ?

— Oui, s'il vous plaît.

Jane ouvrit la porte de la camionnette et pénétra à l'intérieur en la refermant derrière elle. Elle écarta un tas de carnets et de dossiers, et s'assit. Elle regarda autour d'elle, puis elle baissa le devant de sa robe et colla le micro sur sa peau à l'endroit qu'il lui avait indiqué. La camionnette sentait la fumée et un parfum d'ambiance à la vanille. La moquette qui recouvrait le sol était tachée. Elle remarqua que la clé était toujours dans le contact et qu'elle pendait au bout d'un porte-clés blanc portant l'inscription « Enterprise ». Sur le siège à côté d'elle étaient posés une glacière rouge et un bac de rangement en plastique transparent contenant des croustilles, des biscuits salés et différentes sortes de barres de céréales. On aurait dit qu'il avait été rempli au dépanneur du coin.

Elle ouvrit la porte et saisit le boîtier du micro. Le gars du son brancha le fil et enroula l'excédent autour du boîtier comme il l'avait fait précédemment. Elle referma la porte pour lever sa robe et fixer le boîtier du micro sur le bas de son bikini. Elle rabaissa sa robe et sortit du véhicule. Scarlett et Dana l'attendaient.

– Bon, ils ont presque fini d'installer les caméras, déclara Dana. Nous allons vous demander de retourner devant la boîte de nuit. Ne rentrez pas dans la file. Dirigez-vous tout droit vers la porte. Paul, le portier, sait qu'il doit vous laisser entrer. Les caméras enregistreront votre arrivée, donc soyez naturelles, d'accord ? De toute façon, lorsque vous serez à l'intérieur, vous devrez nous attendre. Nous devrons repositionner les caméras à l'intérieur. Cela ne prendra que quelques minutes.

– Ensuite ? lui demanda Scarlett.

– Amusez-vous et ayez l'air naturelles, leur conseilla Dana. Les caméras filmeront en permanence ce qui se passera à l'intérieur de la boîte de nuit, mais elles seront très discrètes. Et nous avons déjà obtenu les autorisations des personnes qui seront assises dans votre secteur.

– Vous avez un secteur? s'écria Jane, surprise, au moment où Scarlett disait :

– Ils ont fait signer une autorisation à tout le monde?

– Oui, répondit Dana à toutes les deux. Nous avons envoyé des assistants de production à l'intérieur du bar avant vous, et ils ont demandé à toutes les personnes qui pourraient être filmées de signer un formulaire d'autorisation pour accepter de passer à la télévision, expliqua-t-elle. Sans cela, nous devons rendre leur visage flou, et cela ne semble pas…

Dana s'interrompit brusquement. Elle sembla distraite pendant un instant. Elle se baissa et détacha l'émetteur-récepteur portatif noir qui était fixé sur ses jeans.

– Oui, toute sonorisée.

Pendant une seconde, Jane se demanda de quoi parlait Dana, mais elle se souvint que l'oreillette était là pour une bonne raison.

Elle leur sourit d'un air las.

– D'accord. Je crois que nous sommes prêts à… attendez, une minute.

Elle sortit un téléphone cellulaire de la poche arrière de ses jeans.

– Oh, c'est Trevor.

– Oui? dit Dana dans le téléphone tout en baissant de nouveau les yeux sur sa montre. Ne vous inquiétez pas, nous sommes à temps. Les filles sont là, les micros sont posés et… Quoi? Oh, oui. Je vais m'en occuper.

Dana raccrocha et se mit à fouiller dans un grand sac beige en toile portant le logo PopTV. Elle en sortit une enveloppe grand format et en tira deux feuilles de papier.

— J'ai failli oublier. J'ai des formulaires d'autorisation pour vous, les filles, dit-elle d'un air contrit. Je suppose qu'ils n'ont pas fini de faire vos contrats, donc nous allons vous faire signer une autorisation quotidienne pour ce soir.

Scarlett prit le document des mains de Dana et se mit à le scruter.

— C'est un formulaire standard. Comme je l'ai dit plus tôt, toutes les personnes qui devaient le signer l'ont déjà fait, ajouta Dana en fouillant de nouveau dans son sac et en extirpant deux stylos. Voilà. Signez et datez en bas de la page.

Jane se tourna vers Scarlett avec un léger sentiment d'insécurité. Elle espérait que Scarlett dirait quelque chose, lui dirait ce qu'elle devait faire. Devraient-elles insister pour retarder le tournage jusqu'à ce qu'elles aient le véritable contrat pour *Les plaisirs d'Hollywood* ? Elle avait promis à son père qu'elle le lui enverrait dès qu'elle l'aurait, pour qu'il puisse le montrer à son avocat.

Scarlett se contenta de soupirer et prit un des stylos de Dana.

— Peu importe, dit-elle.

« Je suppose que ça va aller », pensa Jane.

Jane se laissa tomber dans le siège en velours de la banquette en ajoutant un trait de lime dans sa vodka soda. Le DJ faisait jouer une de ses chansons préférées de Madonna, *Material Girl*.

« Tout est tellement différent de la dernière fois que nous étions ici », aurait-elle voulu dire à Scarlett.

Mais elle était consciente – très consciente, en réalité – du fait qu'elles étaient filmées. Non que ce soit évident pour quelqu'un qui n'aurait pas signé le formulaire d'autorisation, car les caméras étaient nichées dans les coins de la salle, comme Dana l'avait promis.

Elle savait que l'on attendait d'elles qu'elles soient naturelles, c'est-à-dire qu'elles n'étaient pas censées parler du fait que Paul, le portier (le même qui les avait fait attendre pendant 45 minutes avant l'arrivée de D), les avait laissées entrer immédiatement comme s'il les avait attendues (ce qui était le cas) en leur adressant un sourire comme s'il les connaissait (ce qui n'était pas le cas). Ou le fait que l'hôtesse vêtue de façon très élégante les avait conduites – très amicale, comme si elles étaient des habituées ou des célébrités, ou les deux – vers ce qui semblait être la meilleure table du club, avec une vue parfaite sur la salle et juste le bon niveau de pulsations qui émanaient de la cabine du DJ. Ou le fait que la serveuse leur avait offert de leur apporter une bouteille de vodka Grey Goose, de la glace et tous les ingrédients pour qu'elles puissent préparer tous les cocktails dont elles avaient envie (autant de verres qu'elles voulaient). Tout cela sans leur demander de pièce d'identité. C'était… « irréel » fut le mot qui vint à l'esprit de Jane. Ce qui était plutôt drôle – et un peu ironique –, puisque c'était censé être une émission de téléréalité.

Jane laissa errer son regard sur la salle bondée en se demandant si les gens qui constituaient cette foule savaient qu'ils étaient filmés par une équipe de Pop TV.

Et les personnes installées aux tables voisines, qui avaient apparemment signé le formulaire d'autorisation, étaient-elles aussi gênées qu'elle ? Craignaient-elles que les caméras les filment dans une situation embarrassante ?

– Alors.

Scarlett se versa sa deuxième rasade de Patrón et se laissa aller en arrière. Elle fit le tour de la salle du regard d'un air gêné, puis changea de position sur son siège. Jane fut surprise de constater que son amie ne savait pas vraiment, elle non plus, comment se comporter dans cette situation. Scarlett savait toujours ce qu'il fallait faire.

– Comment s'est passée ta journée au travail ? demanda-t-elle avant de mordre dans un quartier de lime.

– Oh, comme d'habitude. Je suis enfin à l'aise avec le système téléphonique. Je ne raccroche plus au nez des gens. Fiona ne me licenciera peut-être pas, après tout. Pas cette semaine, en tout cas, répliqua Jane en éclatant d'un rire nerveux.

Elle continuait à observer les gens quand elle se rendit compte que son téléphone venait de se mettre à vibrer. Elle l'extirpa de son sac et jeta un coup d'œil à l'écran.

C'était un message texte de Dana.

DÉSOLÉE, MAIS PEUX-TU RÉPÉTER CE QUE TU VIENS DE DIRE ? QUELQU'UN ÉTAIT DANS LE CADRE.

Scarlett la regardait curieusement.

– Braden ? Ou pas Braden ?

Jane secoua la tête. Elle essayait de se souvenir des mots exacts qu'elle avait employés pour parler de son travail.

– Je me suis bien habituée au téléphone, dit-elle après un moment en essayant de ne pas paraître trop étrange et apprêtée. Je ne raccroche plus au nez des gens. Fiona ne me licenciera peut-être pas, après tout. Pas cette semaine, en tout cas.

Perplexe, Scarlett fronça les sourcils.

— Quoi ? Tu l'as déjà dit. Janie, ça va bien ?

— Hé, nous organisons l'anniversaire des 16 ans des jumelles Marley, qui aura lieu la fin de semaine prochaine, ajouta Jane, ce qui lui sembla plus facile que de donner une explication à Scarlett. Ce sera étonnant.

— Hé, pouvons-nous emprunter de la lime ? Il ne nous en reste plus du tout.

Jane se retourna et vit une fille dans la banquette voisine qui leur souriait. Elle était belle — la beauté typique des Californiennes du Sud — avec de longs cheveux blond platine et un bronzage prononcé. Elle était accompagnée d'une autre fille qui avait les épaules larges et des cheveux châtain clair. Elles semblaient avoir sensiblement le même âge que Jane et Scarlett. Apparemment, on ne demandait jamais les papiers d'identité à Los Angeles.

— Bien sûr. Et voilà ! s'écria Jane en tendant à la blonde un bol en cristal débordant de quartiers de lime.

— Merci ! répondit la fille. Nous attendons depuis longtemps pour attirer l'attention de la serveuse, mais elle semble avoir disparu.

— Elle est probablement tombée dans un trou noir, rétorqua Scarlett d'un ton sec.

La fille aux cheveux châtain clair plissa les yeux et observa attentivement la salle.

— Un trou noir ? Est-ce dangereux ?

— Non seulement ce n'est pas dangereux, mais c'est scientifiquement impossible, la rassura Scarlett.

La fille eut l'air ébahi.

– Oh!

La blonde tendit la main. Jane remarqua qu'elle avait de longs doigts fins aux ongles manucurés à la française. Elle paraissait très bien, même si elle portait plus de maquillage et de produits capillaires que de vêtements. Sa magnifique minirobe noire avait un décolleté plongeant. Jane pouvait sentir son parfum capiteux de l'endroit où elle était assise.

– Je m'appelle Madison, dit la blonde, et voici Gaby.

– Salut, lança Gaby en faisant un signe de la main.

– Je m'appelle Jane, et voici Scarlett.

Scarlett salua les deux filles d'un signe de tête.

– Que penses-tu de cet endroit? demanda Jane.

– C'est génial. Je vis pratiquement ici. L'ambiance est du tonnerre, et le DJ a plutôt une belle tête, tu ne trouves pas?

– Madison, tu ne dois pas dire des choses comme ça! souffla Gaby.

Elle prit une gorgée de son cosmo et en renversa par inadvertance quelques gouttes sur son chemisier en soie rose pâle.

– Oups! Oh, merde, est-ce que je vais être électrocutée? cria-t-elle en se frappant la poitrine.

Jane et Scarlett échangèrent un regard tandis que Gaby déboutonnait son chemisier et observait ses seins avec une expression inquiète. Jane l'observa d'un air perplexe. Que faisait-elle?

Puis, Jane aperçut le reflet d'un fil noir qu'elle connaissait bien et se rendit compte que Gaby portait le même genre de microphone qu'elles. Madison portait-elle un micro, elle aussi? Jane vit que Scarlett avait également remarqué cela.

Elles échangèrent un regard étonné.

« Avaient-ils installé un micro sur toutes les personnes présentes ? Ou seulement sur Madison et Gaby ? Étaient-elles plus importantes que tous les autres ? »

Sachant qu'elle était – qu'ils étaient tous – encore filmée, Jane se retint de poser sa question à voix haute.

La voix de Madison interrompit ses pensées.

– Jane, j'aime la couleur de ton vernis à ongles. Où les as-tu fait faire ?

– Je les ai faits moi-même, répondit Jane en baissant les yeux sur ses ongles.

– Sérieusement ? Ils sont vraiment beaux. Je ne sais pas faire mes ongles moi-même, souffla Madison en exhibant ses ongles acryliques mis en valeur par une manucure à la française.

– Oui, Jane est très indépendante. Elle se lave et se nourrit elle-même également, répliqua Scarlett.

Madison haussa les sourcils et lança un regard à Scarlett. Jane connaissait très bien ce regard… celui qui demandait « quel est ton problème ». Scarlett en était souvent gratifiée.

Mais plutôt que de dire quelque chose, Madison se contenta de prendre une profonde inspiration et pressa un quartier de lime au-dessus de son verre.

– Gaby et moi parlions de nous offrir une journée beauté ce samedi, déclara-t-elle d'un ton entraînant. Vous devriez nous accompagner, toutes les deux. Notre programme comprend des soins esthétiques, une séance de coiffure, peut-être une manucure et une pédicure. Ce sera une journée entière consacrée à la beauté.

– Non merci…, commença Scarlett.

Jane heurta le pied de Scarlett avec sa semelle compensée argentée.

– Ça doit être chouette ! s'empressa-t-elle de répondre. Ça me ferait du bien de passer une journée entre filles.

Scarlett donna un coup de pied sous la table à Jane, qui retint un cri de douleur et garda le sourire.

Elle lança un regard furieux à Scarlett.

« Elles doivent être les autres filles dont Trevor avait parlé. Sinon, pourquoi porteraient-elles un micro ? Donc, nous ferions mieux d'apprendre à les connaître », songea Jane en se frottant le menton.

Puis, elle prit son verre de vodka en se demandant dans quelle sorte de téléréalité elle venait de s'engager.

★ ★ ★

Le lendemain soir, Jane et Scarlett reçurent les contrats pour l'émission *Les plaisirs d'Hollywood* à leur domicile, livrés par un messager. Elles examinèrent l'épais document à la table de la cuisine en sirotant de la bière.

– Cela a-t-il du sens pour toi ? dit Jane en feuilletant les pages.

Tout était imprimé en petites lettres et en langage plutôt alambiqué.

Scarlett feuilleta les pages, elle aussi.

– Euh… pas vraiment. Hé, sais-tu combien ils vont nous payer pour faire partie de cette émission ? Trevor n'a pas abordé ce sujet. Bonté divine ! s'écria-t-elle en écarquillant les yeux.

Jane releva la tête brusquement.

– Quoi, bonté divine ? Qu'est-ce qui ne va pas ?

— Il n'y a rien qui ne va pas ! Je viens de lire « un cachet de 2000 $ par épisode ». Ils vont nous payer 2000 $ *par épisode* !

Pendant un moment, Jane eut l'impression qu'elle allait étouffer.

— Vraiment ? réussit-elle à dire.

— Vraiment. C'est écrit là, à la page 12.

Jane se rendit rapidement à la page 12. En effet, c'était bien écrit, juste en haut de la page. Elle ne comprenait pas le reste du jargon juridique, mais elle comprenait *cela*.

— Bonté divine ! répéta-t-elle.

— Dana a dit qu'ils tourneraient 10 épisodes pour la première saison, ce qui fait…

— Vingt… mille… dollars, dit Scarlett doucement.

Jane ne dit rien. Elle regarda fixement Scarlett, qui prit une longue gorgée de sa bière. Puis, elles se rassirent sur leur siège, sans parler pendant un moment. Jane tenta d'assimiler cette *nouvelle* réalité. Vingt mille dollars… juste pour être filmée à faire les choses qu'elle aurait faites de toute façon, comme aller travailler et traîner avec ses amis, filles et garçons. Elle n'en croyait pas ses yeux. Elle n'avait jamais gagné autant d'argent de toute sa vie, même pas en mettant ensemble tous ses emplois à temps partiel. Et bien sûr, Fiona lui versait le salaire minimum. À présent, elle n'aurait peut-être plus besoin de puiser autant dans ses réserves, ou elle pourrait dire à ses parents qu'ils n'avaient plus besoin de l'aider.

Tout cela arrivait-il vraiment ?

Puis, elle se souvint de la promesse qu'elle avait faite à son père.

– Papa m'a dit de lui envoyer le contrat pour qu'il puisse le faire lire à son avocat, dit-elle à Scarlett d'un ton sérieux. Nous devrions attendre avant de signer.

– Absolument, dit Scarlett. Envoie-le à ton père, à la première heure demain.

– Parfait.

– Alors, qu'en penses-tu ? Tu veux qu'on aille dépenser notre premier chèque de paie avant de l'avoir reçu ? ironisa Scarlett.

16

QUI A PEUR DU GROS MÉCHANT PROFESSEUR D'ANGLAIS ?

— Bonjour, tout le monde, lança Dana du devant de la salle de classe.

Scarlett assistait au séminaire du mercredi matin sur les dramaturges américains du XXe siècle. Scarlett avait vu Dana l'avant-veille au club Les Deux. Elle n'était pas particulièrement satisfaite de la voir là, avec les membres de l'équipe des *Plaisirs d'Hollywood,* qui envahissaient son cours.

— Je m'appelle Dana. Je suis la productrice d'une émission que nous tournons pour PopTV. Vous avez peut-être remarqué les caméras quand vous êtes entrés. Nous sommes ici pour filmer Scarlett, ajouta-t-elle en désignant Scarlett.

Scarlett s'enfonça dans son siège. C'était tellement embarrassant. Elle sentait les regards des autres étudiants fixés sur elle.

— Nous n'interromprons pas votre cours et nous essaierons de rester, autant que possible, hors de votre chemin, poursuivit Dana. Ceci dit, Alli va vous distribuer des formulaires d'autorisation. Si vous ne voulez pas être filmés, il vous suffit de vous déplacer vers le coin arrière droit de la salle. La fille qui était assise près de Scarlett se leva précipitamment en rassemblant ses affaires.

— Quel bordel, grommela-t-elle en bousculant Scarlett.

« Tu m'en diras tant, pensa Scarlett. Le premier semestre est à peine commencé, et je suis déjà traitée comme un paria. »

Scarlett observa quelques autres étudiants autour d'elle qui rejoignaient le fond de la salle de classe, chacun d'entre eux lui lançant un regard désapprobateur au passage. Elle comprenait très bien leur frustration. Elle était aussi gênée qu'eux par la présence de la caméra. Scarlett enfouit son visage dans son ordinateur portable tandis qu'Alli, la fille que Dana leur avait présentée, faisait le tour de la salle pour ramasser les formulaires signés et prenait des photos digitales de ceux qui avaient accepté d'apparaître à la caméra. Quand ce fut fait, Dana remercia les étudiants et quitta la salle.

Le professeur Cahill prit place à l'endroit que Dana venait de quitter.

— Alors, quelqu'un peut-il me dire de quoi parlait Edward Albee dans *Qui a peur de Virginia Woolf ?*

Le professeur Cahill était vêtu différemment des autres jours. Très élégant dans un costume en lin beige et un nœud papillon, il affichait une certaine ressemblance avec le type qui apparaissait sur les sachets de maïs éclaté, Orville Redenbacher. C'était beaucoup mieux que sa tenue habituelle, qui consistait en un large pantalon Dockers et une chemise blanche avec l'inévitable tache de café qui s'étalait sur son énorme estomac. Apparemment, il ne pouvait pas boire du café sans en renverser au même endroit tous les jours.

Le professeur Cahill semblait transpirer beaucoup plus que d'habitude. Il était légèrement plus animé en faisant son exposé ce jour-là, comme s'il était la vedette d'une pièce américaine de son cru. *Qui a peur du gros méchant professeur d'anglais ?*

Trois caméramans avaient pris place dans la salle de cours : l'un à l'arrière filmait le professeur ; et deux autres, dans chaque coin de la salle, à l'avant. Les deux qui étaient installés devant semblaient garder la plupart du temps leurs objectifs fixés sur Scarlett et faisaient de temps en temps des vues panoramiques pour englober le professeur Cahill et les autres étudiants, qui faisaient tous de leur mieux pour ne pas paraître dérangés par leur présence.

Le téléphone de Scarlett se mit à vibrer. Elle le sortit de la poche de son jean et regarda l'écran.

C'était un message texte de Dana.

PEUX-TU BAISSER L'ÉCRAN DE TON ORDINATEUR ? IL CACHE TON VISAGE.

Scarlett baissa l'écran de son ordinateur portable en sentant croître sa contrariété. Elle n'avait pas compris que participer à cette émission allait être si contraignant. Et ce n'était que le deuxième jour ! Elle espérait que cela allait s'arranger, et non empirer. Ou qu'elle allait s'y habituer.

Personne n'avait répondu à la question du professeur Cahill. La salle de classe était plongée dans un profond silence.

— Personne ? *Qui a peur de Virginia Woolf ?*

Le professeur scruta les étudiants en plissant les yeux.

Scarlett soupira et leva la main. Le professeur Cahill se tourna vers elle, avec un regard perçant.

— Oui, mademoiselle…

Il baissa les yeux sur le plan de classe pour trouver son nom.

« Euh… ouais, je suis la fille avec l'équipe de 15 personnes qui a pris d'assaut votre cours avec des projecteurs et des caméras. Sans blague, vous avez probablement oublié. »

— Mademoiselle Harp.

— Oui, bon, *Qui a peur de Virginia Woolf ?* parle d'un couple malheureux en ménage qui se soûle et se montre impertinent devant un autre couple malheureux en ménage, eux aussi, répondit Scarlett à voix haute. Donc, Albee veut montrer que le mariage n'est pas ce que l'on croit et que dans cette situation, il est impossible pour les deux partenaires de rester aimables ou même courtois l'un envers l'autre.

— Oui, oui, c'est exact, n'est-ce pas ? souffla le professeur Cahill en hochant la tête.

Il glissa la main dans ses cheveux imaginaires et, ce faisant, barbouilla son crâne chauve de traces de craie bleue. Quelques étudiants se mirent à ricaner.

— En gardant à l'esprit le commentaire pertinent de mademoiselle Harp, portons notre attention sur la scène de la page…

Scarlett écoutait à peine. Elle ferma la page des notes qu'elle avait prises. Elle avait lu deux fois la pièce. Elle la connaissait. Elle vérifia ses courriels et remarqua qu'elle avait un nouveau message de Madison, la blonde qu'elle avait rencontrée au club Les Deux, la nuit précédente.

« Note pour moi-même, changer immédiatement d'adresse courriel », pensa-t-elle.

À : Jane Roberts, Scarlett Harp, Gaby Garcia
De : Madison Parker
Sujet : Journée de filles

Salut, les filles ! Alors, ce samedi, j'ai prévu une journée de filles pour nous. Nous nous rencontrerons chez Kate Somerville (allez voir en ligne le traitement que vous préférez), puis copieux repas du midi chez Warren Tricomi. Nous allons bien nous amuser ! Préparez-vous à vivre une journée entière de traitements de beauté. N'oubliez pas d'apporter une tenue sexy pour que nous puissions sortir ensuite. (Nous devons sortir pour montrer les magnifiques nouvelles personnes que nous serons devenues, n'est-ce pas ?) Pas besoin de me répondre, car je n'accepterai aucun refus de votre part ! !

xoxo,
Madison

Jane avait déjà répondu : « J'ai hâte ! »

Gaby avait également répondu : « Moi aussi ! Est-ce que Kate Summerville accepte les chiens ? »

« Génial. Je suppose que cela signifie que je dois y aller, moi aussi », pensa Scarlett.

Elle se demanda si Trevor ou Dana, ou les deux, avaient reçu une copie du message.

Après la soirée au club Les Deux, Dana avait confirmé que Madison et Gaby étaient les deux autres filles qui participaient à l'émission *Les plaisirs d'Hollywood.*

« Merci pour les instructions, avait pensé Scarlett. Vous auriez pu nous le dire avant que nous entrions dans le club. »

Donc qui étaient exactement Madison Parker et Gaby Garcia ? Selon Dana, Trevor les avait « découvertes » dans un club de gym huppé d'Hollywood. Madison était une personne très connue de la côte Est. Gaby travaillait pour une agence de publicité. Scarlett se demandait quels étaient les plans de Trevor pour elles quatre. Étaient-elles censées devenir amies ? Était-ce ce à quoi il faisait allusion quand il disait qu'elles devraient « rester naturelles » ? En réalité, traîner dans un spa avec des filles comme Madison et Gaby n'avait définitivement rien de naturel.

Jane et elle les avaient rencontrées deux jours plus tôt. Inutile de préciser que Scarlett n'appréciait pas vraiment les spas… pas plus que les filles comme Madison et Gaby.

Lorsque les cours se terminèrent enfin, à 10 h, Scarlett ramassa ses livres et son ordinateur portable et se précipita vers la porte. Heureusement, Dana n'avait pas prévu que les caméras la suivraient. Si elle se souvenait bien, ils allaient maintenant filmer Jane à son travail. Scarlett pensa qu'il était extrêmement drôle que cette émission qui, Trevor le leur avait garanti, était sur le point d'être le prochain grand succès, avait une équipe de caméramans – elle supposait que la « réalité » ne se produisait qu'à des moments bien précis ?

– Charlotte ?

Scarlett s'arrêta sur le seuil de la porte et jeta un coup d'œil dans le corridor bondé. C'était Cammy, la blonde qu'elle avait rencontrée durant la première semaine de cours. Elle serrait ses livres sur son opulente fausse poitrine et lui faisait de grands signes de la main. Scarlett fit semblant de ne pas la voir et se tourna de l'autre côté. Mais comme elle se dirigeait dans la direction opposée, elle vit qu'une des caméras qui était auparavant dans la salle de classe avait été installée dans le corridor. Bon sang ! Elle déjouait sa stratégie de repli.

— Charlotte ! cria de nouveau Cammy.

Scarlett se retourna à contrecœur.

— Bonjour, Cammy, dit-elle en se forçant à sourire.

— Comment se passent tes cours ? lui demanda Cammy d'un ton chaleureux.

— Oh, tu sais.

Scarlett se souvint que leur dernière rencontre s'était terminée sur une note pas particulièrement amicale. Cammy était-elle blonde au point d'avoir oublié ?

Puis, elle se rendit compte que Cammy regardait derrière elle, par-dessus son épaule. Cammy repoussa ses cheveux derrière ses oreilles et se déporta légèrement sur la gauche. Il ne fallait pas être un génie pour comprendre que Cammy se positionnait pour être en ligne droite devant l'objectif de la caméra.

Scarlett roula les yeux.

— Bon, je vais être en retard à mon prochain cours.

Elle poursuivit son chemin à travers un nuage de désespoir de Cammy et vers le prochain caméraman qu'elle voyait. Elle souleva son chemisier, révélant son ventre parfaitement tonifié et délogea le micro de sa poitrine. Elle retira alors le boîtier du micro de sa poche et le tendit au caméraman.

— Pouvez-vous donner ça au technicien du son ? Je suis en retard, lança Scarlett tout en lui mettant le boîtier et le fil dans les mains.

— Bien sûr.

Il décolla son œil du viseur et lui sourit. Il était plutôt mignon. Il portait un bandana roulé sur le front, qui maintenait en arrière ses boucles rebelles châtain clair. Elle ne l'avait pas remarqué auparavant. En fait, elle ne s'était intéressée à aucun des caméramans. Ils étaient toujours postés derrière leur équipement, lorsqu'elle entrait dans une salle. Elle glissa un regard par-dessus son épaule vers la caméra qui avait bloqué le chemin qu'elle avait prévu de prendre à l'origine. Un autre gars dans la mi-vingtaine, posté à côté d'elle, parlait dans un émetteur-récepteur portatif.

Il était vêtu d'un t-shirt noir délavé qui dévoilait ses bras ciselés.

« Hé, pas mal… » se dit-elle en se détournant et en se dirigeant vers la salle où allait se dérouler son prochain cours. Après tout, cela n'allait peut-être pas être si mal.

17

VOUS VOUS DEMANDEZ CERTAINEMENT POURQUOI JE VOUS TÉLÉPHONE AUJOURD'HUI

Les yeux baissés sur l'écran de sa montre, Jane sortit précipitamment de l'ascenseur et pénétra dans un monde de lumière douce et de cascades. Cependant, cette fois, elle avait une excuse pour être en retard. Elle avait passé la plus grande partie de la matinée à faire des courses pour Fiona. De plus, l'équipe des *Plaisirs d'Hollywood* devait la suivre pendant tout le reste de la journée. Ils l'avaient interceptée dans le parc de stationnement, lui avaient posé un micro et l'avaient filmée alors qu'elle descendait de sa voiture et marchait jusqu'à l'entrée de l'immeuble. Cinq fois. À ce moment, ils s'étaient déployés dans la salle d'attente d'Événements Fiona Chen pour filmer son « arrivée au travail ».

Elle savait que, ce matin-là, l'équipe de tournage avait été avec Scarlett à l'université. Elle se demandait s'ils allaient filmer Madison et Gaby à un certain moment de la journée. Mais elles avaient peut-être leur propre équipe de tournage ? Dana n'avait pas fait mention de cette possibilité. Elle avait dit quelque chose concernant le fait que Madison appartenait à une riche famille de la côte Est, propriétaire d'une chaîne d'hôtels, et que Gaby travaillait dans un cabinet de relations publiques de Los Angeles, nommé Ruby Slipper.

Apparemment, Gaby était née et avait grandi à Los Angeles, où sa mère et son beau-père vivaient encore ; son père et sa belle-mère vivaient quelque part dans le Sud-Ouest. En tout cas, Jane aimait ces filles. Elles avaient l'air d'être amusantes. Elle attendait avec impatience samedi, leur journée au spa. En fait, elle aurait aimé que cette journée spa soit ce jour même. Elle se sentait légèrement stressée et aurait aimé recevoir un traitement facial relaxant.

– Bonjour, Naomi ! lança Jane avec un signe de main à la réceptionniste.

Elle essayait de parler avec son ton habituel et un niveau sonore acceptable, mais elle savait que cela ne ferait que lui valoir un message texte de Dana lui demandant de le répéter un peu plus fort.

Naomi ajusta son casque argenté et observa Jane derrière un énorme bouquet de tulipes blanches. Elle lança un regard timide vers les deux caméramans qui la filmaient en gros plan.

– Bonjour, Jane. Fiona veut te voir immédiatement dans son bureau, murmura-t-elle.

Jane sentit son sang se figer. Ces mots n'étaient jamais bon signe. Fiona n'appelait jamais Jane dans son bureau, à moins qu'il n'y ait un problème. C'était toujours quelque chose comme « Jane, la dernière fois que j'ai vérifié, ivoire et coquille d'œuf n'était pas la même couleur » ou « Jane, ce message est de Jeffrey avec un J ou Geoffrey avec un G ? »

Qu'avait-elle fait, cette fois ? De toute façon, elle préférait que ces remontrances humiliantes se fassent en privé – Fiona et elle, seules, derrière les portes closes. Ce n'était pas pour ce jour-là. Elle fronça les sourcils vers les caméras, qui étaient censées capturer « un jour de travail ordinaire ».

« Bon, alors, les téléspectateurs des *Plaisirs d'Hollywood* vont me voir en train de me faire réprimander », pensa Jane.

Elle poussa un soupir et remonta la bandoulière de son sac sur son épaule.

– Merci, Naomi, dit-elle en empruntant le couloir qui menait au bureau de Fiona.

– Attendez ! Jane ! la héla un homme portant une oreillette et tenant un petit écran de contrôle, qui se ruait vers elle. Bonjour, je m'appelle Matt. Je dirige le tournage d'aujourd'hui.

Jane tenta de cacher sa perplexité. Que voulait-il dire par « diriger » ? Elle croyait qu'ils allaient simplement la suivre. Quel besoin d'être dirigée ?

– Bonjour. Désolée, mais Naomi m'a dit que Fiona voulait me parler.

– Oui, nous le savons. Il nous faut simplement quelques minutes pour installer les caméras, expliqua Matt en s'écartant sur le côté pour laisser passer quelques membres de l'équipe qui portaient des caméras et d'autres équipements.

– Son bureau semble magnifique, mais il est tout blanc, ce qui le rend difficile au tournage. Ils ont passé deux heures à régler les éclairages ce matin, ajouta Matt.

– Quel est le problème avec le blanc ? demanda Jane.

– Ça passe très mal à la caméra. La couleur est de loin préférable.

Jane baissa les yeux sur la robe d'été en dentelle blanche qu'elle portait.

« Merde », pensa-t-elle.

Jane et Matt se dirigèrent vers le bureau de Fiona et s'arrêtèrent juste devant la porte. Jane attendit pendant que Matt reculait derrière elle en actionnant les boutons du petit écran de contrôle qu'il avait dans les mains. L'écran laissait apparaître alternativement des prises de Fiona et une chaise vide. Jane observa Fiona, qui, assise à son bureau, attendait patiemment que Jane entre. Elle avait l'air adorable sur l'écran.

— Allez, vous pouvez entrer, déclara Matt à Jane en s'écartant de la porte.

Jane frappa des coups discrets à la porte, avant d'entrer. Fiona leva les yeux de son écran d'ordinateur.

— Bonjour, Jane ! Entrez et asseyez-vous, je vous en prie.

Elle avait une attitude plus plaisante que d'habitude.

« Elle doit aimer humilier les gens », pensa Jane.

En pénétrant dans le bureau de Fiona, Jane balaya la pièce du regard. Deux barres métalliques qui supportaient de grosses lampes flanquaient le bureau de Fiona. L'intensité des lampes était feutrée par de grandes feuilles de ce qui ressemblait à du papier calque, enroulées autour des luminaires et tenues en place par des pinces à linge en bois. Le même genre de papier avait été collé sur une des grandes fenêtres. Cette installation procurait un éclairage très doux à la pièce dans son ensemble.

Jane s'assit dans un des fauteuils, posa son sac par terre et croisa les jambes. Ses pieds se mirent à trembloter.

Les mains serrées, Fiona se pencha.

— Alors, Jane. Vous vous demandez certainement pourquoi je vous ai fait appeler aujourd'hui.

Jane acquiesça d'un signe de tête, les yeux écarquillés.

— Je suis consciente que vous travaillez ici, chez Événements Fiona Chen, depuis peu de temps, déclara Fiona, mais durant ce court laps de temps, vous avez…

— … réussi à faire échouer à peu près tout ce que je vous ai demandé de faire, termina Jane en susurrant.

— … très bien supporté la pression. Je crois qu'il est temps que vous passiez à l'étape suivante. À cette fin, j'aimerais vous offrir une promotion. Aimeriez-vous être mon assistante à plein temps ?

Jane n'en crut pas ses oreilles. Était-elle sérieuse ? Fiona lui offrait… une promotion ? D'être son assistante ? Pourquoi ferait-elle cela ? L'assistante de Fiona ne confondrait jamais coquille d'œuf et ivoire.

— Bien entendu, ce serait seulement pour une période d'essai, poursuivit Fiona. Disons trois mois. Durant ces trois mois, vous travaillerez plus fort que vous ne l'avez fait jusqu'à présent. En même temps, vous vivrez des opportunités que vous n'avez jamais connues auparavant. Et si vous réussissez, votre avenir en tant qu'organisatrice d'événements dans cette ville sera pratiquement assuré.

Fiona s'enfonça dans son fauteuil et observa attentivement Jane en attendant sa réponse. Tout d'un coup, Jane remarqua que Fiona était maquillée. Depuis quand la patronne portait-elle du maquillage ?

— Alors, Jane ? la pressa-t-elle.

La caméra fit un gros plan sur Jane. Elle prit une profonde inspiration. Était-elle préparée pour ce rôle ? Un véritable emploi était mieux qu'un stage, car cela signifiait qu'elle serait payée un peu plus. Cela signifiait également qu'elle aurait plus de responsabilités, plus de respect… plus de *tout*.

— Oui ! s'écria Jane en secouant la tête. J'en serais ravie. Merci beaucoup !

Fiona sourit. Ce n'était pas son sourire glacial « je-suis-la-patronne-et-vous-êtes-mon-esclave » habituel, mais un sourire cordial et amical. Il ne paraissait pas naturel sur elle.

— Fabuleux ! Je vais vous montrer où vous allez vous installer. Puis, nous irons voir les employées des ressources humaines, pour qu'elles préparent votre contrat.

Jane n'en revenait toujours pas. Dans un étourdissement d'excitation et de perplexité, elle remercia une fois de plus Fiona. Elle était sur le point de se lever lorsque Matt ouvrit la porte et passa la tête.

— C'était super ! Nous avons simplement besoin d'un plan d'ensemble assez vite. Donnez-nous une minute pour nous ajuster, dit-il.

Deux membres de l'équipe se précipitèrent dans le bureau. Le premier alla retirer le papier mince sur la fenêtre la plus éloignée et le deuxième débrancha les projecteurs. Jane les regarda s'affairer autour d'elle. Elle remarqua que Fiona avait les yeux fixés sur leurs chaussures de sport qui foulaient sa moquette immaculée. Devant son expression, Jane eut un mouvement de recul. Elle était surprise que Fiona ne leur ait pas demandé de retirer leurs chaussures.

— Allons-y, s'écria Matt en posant la main sur l'épaule de Jane. Comptez jusqu'à 10 lorsque j'aurai quitté la pièce, puis remerciez-la de nouveau et dirigez-vous vers la porte.

— D'accord.

Jane acquiesça d'un signe de tête tandis qu'il se retournait et quittait la pièce. Elle prit une inspiration et reposa les yeux sur Fiona en essayant de ne pas se sentir totalement bouleversée par tout ce qui arrivait.

« Un, deux, trois... », compta-t-elle mentalement.

Puis, Fiona fit la chose la plus surprenante qui soit. Elle se pencha vers Jane et murmura :

— Vous vous en sortez très bien, ma chère.

Puis, elle lui adressa un sourire doux et amical.

Jane eut à peine le temps de réagir avant que le sourire de Fiona s'estompe, comme si cela ne s'était jamais produit. Fiona se raidit dans son fauteuil et retrouva son expression glacée et professionnelle habituelle.

— Jane ? Vous comptez toujours ? Nous vous attendons ! résonna la voix de Matt derrière la porte.

* * *

Jane ouvrit le dernier tiroir de son nouveau bureau et glissa son sac à l'intérieur. Elle ouvrit également les deux autres — chaque tiroir avait une différente poignée ancienne en cristal — et se mit à réfléchir à ce qu'elle allait y mettre. Le tiroir du haut accueillerait les stylos, les crayons et les fournitures de bureau. Le tiroir du milieu abriterait quant à lui les barres énergétiques, les pastilles à la menthe, les accessoires de maquillage, les tampons et les autres affaires personnelles.

Elle n'en revenait toujours pas. Elle était entrée dans le bureau de Fiona en redoutant d'être réprimandée, et voilà qu'elle avait eu une promotion. Et désormais, elle avait un bureau bien à elle en face de celui de Fiona. Il était simple et réduit à l'essentiel. En fait, Jane était presque sûre que la pièce avait servi jusque-là d'espace de rangement, même si c'était vaste pour un espace de rangement. Elle appuya sa tête dans sa main alors qu'elle regardait le Mac sur son bureau. L'écran de veille était une photo noir et blanc d'une statue de Bouddha. Sur l'écran, elle vit le reflet d'un des opérateurs de caméra qui modifiait les angles derrière elle. Elle se sentit mal pour lui. Il était coincé et n'avait pas de place pour bouger.

— C'est spacieux, hein ? plaisanta Jane.

Le gars haussa les épaules en riant légèrement.

— Excusez-moi.

Jane se retourna brusquement. Un gars avec des cheveux courts blonds et des yeux bleus se tenait sur le pas de la porte. Il portait un grand porte-documents en cuir élégant.

— Bonjour, dit Jane légèrement surprise.

— Bonjour, répondit le gars. Je cherche Fiona Chen, mais je crois que je suis perdu. J'ai un rendez-vous pour lui montrer mon portfolio.

— De l'autre côté du couloir, répondit Jane en désignant l'endroit. Elle est déjà avec quelqu'un dans son bureau... voulez-vous attendre une minute ?

— Je suis désolé. La fille à la réception m'a dit de venir directement.

— Oh, ce n'est rien. Elle a juste envoyé quelqu'un ici pour un instant. Un malentendu avec les pivoines. Il va sortir dans un moment... un peu moins fier.

Le gars éclata de rire.

— Je m'appelle Paolo.

— Et moi, Jane. Êtes-vous mannequin ? demanda Jane en désignant le porte-documents qu'il tenait dans la main.

Paolo rit de nouveau.

— Non, non. Je suis photographe.

— Oh !

Paolo lui adressa un sourire. Il avait un sourire magnifique.

— C'est peut-être un peu prématuré, mais… pourrais-je vous téléphoner un de ces jours ? Nous pourrions nous retrouver pour prendre un café ou pour autre chose ? Je viens juste de déménager de San Francisco et je ne connais personne ici.

Jane fut décontenancée par son audace. Ils venaient tout juste de se rencontrer. Pourtant, il ressemblait vraiment à Brad Pitt en plus jeune. De plus, à quand remontait son dernier rendez-vous galant ? Braden ne comptait pas. Elle l'avait rencontré de nouveau pour boire un verre à Cabo Cantina pendant la fin de semaine, afin de fêter sa participation à la nouvelle émission et son emménagement dans le nouvel appartement. Cela, à son initiative. Donc, ce n'était pas un rendez-vous galant. Ce n'en était jamais un avec lui.

— Bien sûr, répondit-elle.

— Super !

Jane plissa les yeux, Oh, oui. Les caméras étaient encore en action, Paolo était filmé, mais il ne semblait pas être intimidé.

Cela voulait-il dire qu'il était entré dans son bureau en sachant qu'il y avait des caméras ? Dana lui avait-elle déjà parlé et lui avait-elle fait signer les formulaires d'autorisation ? Lui avait-elle dit de lui demander un rendez-vous ?

Ou était-il vraiment là pour rencontrer Fiona comme il l'avait prétendu ?

À cet instant précis, la porte du bureau de Fiona s'ouvrit, et Damien, un stagiaire, la tête baissée d'un air honteux, sortit en traînant les pieds.

– Je viendrai noter votre numéro lorsque je sortirai, souffla Paolo avant de disparaître dans le bureau de Fiona.

– D'accord.

En dehors du fait qu'elle venait juste de le rencontrer, Jane ne pouvait s'empêcher d'être excitée. Elle regarda au-delà de la caméra dans le couloir et aperçut Dana. Jane sourit et murmura :

– Il est vraiment mignon !

Dana acquiesça en hochant la tête et en levant le pouce. Jane nota que Dana avait un formulaire d'autorisation dans les mains. Cela signifiait-il que Paolo en avait signé un ? Cela voulait-il dire que tout avait été arrangé ? Jane se sourit à elle-même en se rendant compte qu'elle s'en fichait. Elle pensait déjà à ce qu'elle allait porter pour ce qui allait devenir son premier rendez-vous galant filmé... son premier rendez-vous galant tout simplement, depuis Caleb. D'accord, Paolo n'était pas Braden. Et alors ? C'était bien agréable d'avoir un gars qui s'intéressait à elle. Cela faisait longtemps. Trop longtemps.

18

JOURNÉE DE FILLES

Scarlett se tenait devant Kate Somerville. Le spa était situé dans une petite rue ombragée qui croisait Melrose Avenue, parmi les arbres feuillus, les rangées de boutiques et les voituriers. Elle jeta un coup d'œil à son téléphone cellulaire. Il était un peu plus de 10 h. À part l'équipe de tournage, elle était la première arrivée. Apparemment, plus personne ne croyait à la ponctualité.

Elle aurait pu venir en voiture avec Jane, mais son amie devait auparavant faire une course pour Fiona Chen. Très tôt un samedi matin, rien de moins. Quatre jours s'étaient passés depuis la promotion de stagiaire à assistante de Jane, et elle était déjà plus occupée que jamais. Jane avait travaillé jusqu'à presque minuit mercredi et jeudi, et elle avait annulé le rendez-vous qu'elles avaient vendredi soir pour aller au cinéma, juste toutes les deux. À la place, elle avait dû tenir compagnie à une jeune actrice en devenir lors d'un événement que Fiona organisait pour une fondation pour enfants. (À Hollywood, mettre des Manolos et s'arrêter pour prendre un verre de champagne s'appelait apparemment « la cause me tient à cœur ».) En tout cas, elles n'avaient plus beaucoup de temps à passer ensemble depuis le début du tournage des *Plaisirs d'Hollywood*.

Scarlett était convaincue que l'émission était pour quelque chose dans la promotion de Jane et son rythme fou. C'était idiot et probablement égoïste, mais leur ancienne vie routinière d'avant PopTV lui manquait.

En parlant de Jane... elle arrivait en courant, ses longs cheveux blonds flottant dans tous les sens.

– Hé, je suis désolée. J'ai tourné pendant au moins 20 minutes pour trouver une place de stationnement, s'écria-t-elle, à bout de souffle. Où sont les autres ?

– Elles ne sont pas encore arrivées, répondit Scarlett en haussant les épaules.

– Eh bien, entrons. Je suis sûre qu'elles ne vont pas tarder.

La porte principale s'ouvrait sur le bas d'un escalier en spirale. Elles montèrent les marches recouvertes d'une moquette noire en admirant le grand chandelier en cristal, qui pendait du plafond. Quand elles atteignirent le sommet des marches, elles se retrouvèrent dans une salle spacieuse, où deux femmes assises derrière un grand bureau blanc de réceptionniste les observaient. Deux caméras étaient déjà installées à l'intérieur. Un des gars s'avança pour poser le micro sur les deux filles.

Scarlett devait reconnaître que l'endroit était magnifique avec ses murs recouverts de papier peint ivoire d'époque et ses planchers de chêne cirés. Au centre de la pièce, une table ronde en verre exposait une seule orchidée blanche et plusieurs magazines, *Vanity Fair, Harper's Bazaar* et *Vogue*, disposés de façon artistique.

De grands vases en argent, débordant de bouquets d'hortensias roses, étaient posés de chaque côté d'une cheminée couverte de petits carreaux opale et remplis de pierres noires brillantes. Les murs restants étaient couverts de miroirs supportant des étagères de produits dans des boîtes de différentes couleurs – turquoise, lavande et bleu pervenche. À part une musique douce, tout était silencieux.

Magnifique ou pas, Scarlett aurait voulu être ailleurs. Elle n'était pas le genre de filles à aimer les spas. Et elle n'avait pas envie de perdre quelques heures à traîner avec Madison et Gaby, qu'elle connaissait à peine et qu'elle ne voulait pas vraiment apprendre à connaître. Elle était sérieusement tentée de persuader Jane qu'elles feraient mieux de se barrer et de passer la journée à la plage. Mais elle savait que Jane la regarderait probablement avec horreur et désignerait les caméras en hochant la tête, et dirait : « Ça ne va pas, Scar ? Elles sont déjà là ! » Jane était très obéissante quand il s'agissait de faire ce que les producteurs ou les directeurs, ou les autres membres de l'équipe, lui avaient dit de faire. Scar était tout le contraire. Cela correspondait à leurs personnalités respectives. Pourtant, elle était triste et avait la nostalgie des jours où elles étaient seules en cause. Avant que Trevor, Dana, Wendell, Madison, Gaby, et tous les autres ne viennent tout détruire.

« Mais tu voulais participer à cette stupide émission », se dit Scarlett.

Jane se laissa tomber dans un des canapés, apparemment inconsciente des sentiments mitigés de Scarlett concernant le fait d'être là. Scarlett suivit le mouvement en soupirant. Puis, voyant qu'une des caméras faisait un gros plan sur elle, elle se pencha pour prendre le magazine

Vanity Fair et se mit à le feuilleter. C'était ce que l'on était censé faire à la réception d'un spa, n'est-ce pas ?

Un moment plus tard, la porte principale s'ouvrit, et elle entendit un brouhaha dans la cage d'escalier. Elle se tourna vers la porte et aperçut Madison et Gaby qui faisaient leur entrée.

— Bonjour, mesdemoiselles !

La voix de Madison résonna dans la pièce calme. Gaby entra à sa suite en saluant d'un signe de main. À cause du message de réponse de Gaby à Madison, Scarlett avait pensé qu'elle porterait un caniche nain ou un petit chien d'une autre race. Mais elle n'avait pas de chien avec elle.

Pendant qu'un technicien du son lui posait un micro, Madison adressa un sourire à une des réceptionnistes qui la salua par son nom.

— Faites savoir à Ana que je suis ici, lui demanda Madison avant de se tourner brusquement vers les filles.

Scarlett eut à son sujet la même impression qu'elle avait eue lundi lors de la soirée au club Les Deux. Elle semblait si… artificielle. Comme s'il n'y avait rien de vrai chez elle. Pourquoi Trevor l'avait-il choisie pour faire partie de cette émission ? Et c'était la même chose pour Gaby… eh bien, elle avait besoin de pense-bêtes simplement pour trouver sa prochaine pensée.

— Bonjour, les filles ! s'écria Jane.

Elle semblait excitée de les voir. Scarlett ne dit rien.

— Sois polie ! la supplia Jane en lui donnant subtilement un coup de coude.

« Grand Dieu ! Depuis quand Jane attachait-elle autant d'importance aux bonnes manières ? »

Scarlett fit un rapide signe de la main à Madison et à Gaby en levant à peine les yeux de son magazine.

— Alors, lança Gaby en s'enfonçant dans le canapé près de Jane, qu'as-tu choisi ?

— J'ai misé sur la sécurité. Un traitement facial, répondit Jane en haussant les épaules.

— Oh, ils font ça très bien ici ! s'exclama Gaby.

— Et toi ? demanda Jane.

— Je vais juste recevoir un traitement Lipocell, répliqua Gaby.

Jane pencha la tête.

— Qu'est-ce que c'est ?

— C'est où ils...

— Elle va se faire retirer la cellulite sur les fesses, l'interrompit Madison en gloussant.

Scarlett leva les yeux, juste à temps pour voir le sourire de Gaby s'évanouir légèrement.

— Ah bon, je veux ce traitement, moi aussi ! plaisanta Jane.

Scarlett s'enfonça dans le canapé confortable. Ouais. Gaby n'était vraiment pas fiable. Et Madison était décidément une tricheuse. Une tricheuse avec un fond de méchanceté. Sérieusement, pourquoi s'en prenait-elle à Gaby ? C'était comme donner un coup de pied à un chiot qui essaie de vous suivre jusqu'à la maison.

— Alors... Madison ? Que fais-tu dans la vie ? demanda Scarlett.

Elle était curieuse de savoir quel genre d'emploi pouvait exercer une « célébrité » comme Madison. Si toutefois elle avait un emploi. Peut-être poursuivait-elle ses études ?

Elle se l'imaginait bien à l'U.S.C., avec Cammy et ses amies Pi Delta.

Madison sourit.

— Je fais différentes choses. En ce moment, je suis en quelque sorte entre deux emplois. J'ai essayé les relations publiques, mais cela ne me convenait pas vraiment. J'ai également essayé le commerce de détail. Et j'ai travaillé comme stagiaire dans le bureau d'un agent littéraire. Mais c'était vraiment assommant.

— Mais quel âge as-tu ? demanda Scarlett sans se soucier de passer pour une garce. Tu en as fait des choses.

— J'ai seulement 20 ans, répondit Madison, qui soit n'avait pas remarqué la méchanceté de Scarlett, soit avait choisi de l'ignorer. Je vais peut-être aller à l'université. N'es-tu pas à U.C.L.A. ? Comment trouves-tu ça ?

— U.S.C. Le jury est encore en délibération.

— Quel jury ? intervint Gaby.

— Alors, que vas-tu te faire faire, Scarlett ? lança Madison pour changer de sujet.

Scarlett reporta son attention sur l'article de son magazine « À l'intérieur de la sphère privée d'Anna Payne ». Ah, oui, cette garce-là ! Pourtant, c'était plus intéressant que de parler avec cette garce-ci.

— Épilation au laser, répliqua-t-elle en faisant semblant de bâiller.

Il y eut un moment de silence. Scarlett leva les yeux, juste à temps pour voir les visages de Madison et Gaby afficher simultanément la même expression horrifiée. Gaby laissa échapper un léger « Ouille ! ».

— Qu'y a-t-il ? J'ai lu des articles à ce sujet en ligne. C'est censé être un procédé « non invasif » et « confortable ». Et puis, je déteste la cire, expliqua Scarlett, se sentant sur la défensive, et frustrée de se sentir sur la défensive.

Les deux filles échangèrent des regards entendus.

— Quelle partie vas-tu faire épiler au laser, mon chou ? demanda Madison d'une voix qui laissait transparaître un soupçon d'inquiétude.

— Le maillot.

Madison la regarda fixement pendant un moment, puis fouilla dans la pochette Chanel qui était posée près d'elle. Elle en sortit un flacon de médicaments et versa une pilule blanche dans la paume de sa main qu'elle tendit à Scarlett.

— Qu'est-ce que c'est ? lui demanda Jane.

— Prends-le. Tu me remercieras plus tard.

— Oui, tu as raison ! renchérit Gaby.

Scarlett regarda Madison d'un air suspicieux. Elle n'apparaissait pas dans le haut de la liste des personnes en qui Scarlett avait confiance. Mais la réaction de Madison à la mention du laser était la première véritable émotion que Scarlett avait vue apparaître sur son visage. Scarlett ouvrit la bouche, y lança la pilule et déglutit.

— Bon ! Que ferons-nous après nos traitements de beauté ? demanda Jane à Madison.

Scarlett fit la tête. Pourquoi sa meilleure amie devait-elle se montrer si optimiste ?

— Oh, j'ai fait des plans pour que nous passions un bon moment, répondit Madison en affichant un sourire mystérieux.

« Super, pensa Scarlett amèrement. Je me demande ce qui sera le plus pénible : le laser, ou une soirée en compagnie de ces deux là. »

– Qui veut encore du champagne ? chantonna Madison. Ne soyez pas timides, mesdemoiselles !

Scarlett leva les yeux du luxueux sofa en cuir de Madison où elle était assise, qui procurait la sensation du beurre contre sa peau. Elle était allongée avec la tête sur les genoux d'un gars. À travers les vapeurs du champagne, des martinis et des rasades de téquila, elle aperçut vaguement Madison qui, debout sur la table basse en marbre italien, agitait une bouteille de champagne dans les airs.

Scarlett essaya de s'asseoir en souhaitant que se dissipe le brouillard de son cerveau ivre. Non loin de là, elle vit que Jane était perchée sur les genoux d'un gars et qu'elle ricanait nerveusement tandis qu'il jouait avec ses cheveux. À l'autre bout de la pièce, Gaby dansait avec trois gars sur une chanson de AC/DC. Elle portait une chemise d'homme blanche beaucoup trop grande pour elle, ouverte sur une jupe noire pailletée.

Juste derrière elle, deux caméramans de l'émission *Les plaisirs d'Hollywood* filmaient toute la scène. Scarlett n'était pas optimiste, mais elle crut qu'il s'agissait de ceux qui les avaient suivies toute la journée, depuis le spa.

« Quelle heure peut-il être ? », se demanda Scarlett, un peu sonnée, en se relevant un peu plus.

Elle se souvint avoir entendu Madison dire quelque chose au sujet de l'appartement-terrasse appartenant à ses parents. Qu'avait dit Dana à leur sujet ? Qu'ils étaient la cinquième génération de Parkers, originaires de quelque part sur la côte Est, à détenir des appartements luxueux comme celui-ci dans le monde entier, ou quelque chose comme ça ? Ce n'était pas que Scarlett était impressionnée. Comme ses occupants, l'endroit semblait artificiel, surnaturel, comme si le décor sortait directement d'un magazine de décoration intérieure.

Les filles avaient passé toute la nuit dehors, et Madison avait insisté pour qu'elles se retrouvent chez elle, y compris la poignée de gars qu'elles avaient ramassés tout au long de la nuit.

– Où habites-tu ? demanda à Scarlett le gars qui lui berçait la tête.

– Quoi ? murmura Scarlett.

– Où… habites… tu ? répéta le gars en l'embrassant sur le front.

– Elle habite avec moi ! s'exclama Jane en butant légèrement sur les mots. Scar et moi sommes colocataires !

– Allons tous là-bas, dit le gars de Jane en lui caressant les cheveux.

– Pourquoi ? Ne partez pas ! Nous nous amusons bien ! riposta Madison. De plus, j'ai des chambres d'amis.

Scarlett vacilla sur ses pieds. Elle avait trop bu, mais pas au point de vouloir se soûler encore plus et se retrouver avec un gars quelconque devant les caméras de l'émission *Les plaisirs d'Hollywood*. Elle ne voulait pas non plus que cela arrive à Jane.

– Allons-y, grommela-t-elle en s'éloignant du gars qui essayait de l'embrasser.

Où étaient ses chaussures ?

– Janie, allez, viens. Nous ferions mieux de partir.

– Oh, ne partez pas ! s'écria Madison.

Elle virevoltait sur la table basse, avec un verre dans une main et la bouteille de champagne dans l'autre.

— Madison, j'en ai marre de cette musique. As-tu quelque chose des années 1980 ? demanda Gaby.

— C'est de la musique des années 1980, idiote. Gaby a officiellement perdu la carte ! lança Madison en riant hystériquement.

Flou. Tout était flou. Scarlett trouva ses chaussures sous la table basse et serra la main de Jane. Le gars de Scarlett et celui de Jane les suivirent, l'un tenant encore une bouteille de vodka. Les filles se lancèrent des salutations et des remerciements, tandis que Scarlett entraînait Jane vers la porte et jusqu'à l'ascenseur. Scarlett appuya sur le bouton commandant la descente et stabilisa Jane pendant que les portes s'ouvraient. Elle pénétra dans l'ascenseur et observa les deux gars qui commençaient à les suivre. Un des caméramans ferma la marche en filmant.

— Vous rentrez chez vous, les gars ? demanda Scarlett en les arrêtant avant qu'ils ne les suivent à l'intérieur.

— Non, vos amies nous ont dit que nous pouvions aller avec vous, répondit l'un d'eux en pointant le doigt sur Jane, qui avait posé la tête sur l'épaule de Scarlett.

— Bon, d'accord. Bonne nuit.

Scarlett leur adressa un sourire tandis que les portes se refermaient devant eux.

— Mais que…

Elle entendit l'un des deux qui criait alors que l'ascenseur amorçait sa descente. Adieu, les paumés. Adieu, la caméra. Elle posa une main sur la tête de Jane et écarta les mèches de cheveux qui étaient tombées sur son visage.

— Allez, Janie. Rentrons à la maison.

— Hum ? Pourquoi rentrer, Scar ? Nous nous amusons bien, marmonna Jane.

— Ouais, mais maintenant il est temps d'aller au lit.

— Oui, maman.

Quand elles se retrouvèrent à l'extérieur, Scarlett prit une profonde inspiration d'air frais de l'automne pour se fortifier. Elles avaient eu du mal à s'échapper, mais Scarlett était contente de fuir tout cela. Elle balaya du regard la rue bruyante, éclairée par des néons pour trouver un taxi. Jane et elle reviendraient chercher leur voiture demain. Aucune des deux n'était en état de conduire. En fait, Jane n'arrivait même pas à se tenir debout.

— Pouvons-nous rentrer à la maison, maintenant ? murmura Jane en s'effondrant contre Scarlett.

Scarlett passa un bras autour des épaules de son amie et la maintint fermement contre elle.

— Oui, Jane, nous rentrons à la maison, maintenant.

19

QUAND CET ÉPISODE SERA-T-IL DIFFUSÉ ?

Jane enroula ses pâtes aux truffes autour de sa fourchette. Elle n'avait pas grand appétit. Après la journée marathon que les filles avaient passée la veille – qui s'était transformée en une virée nocturne de filles, puis en une virée nocturne de filles et de garçons –, elle se sentait légèrement fatiguée. Mais elle savait qu'elle devait au moins faire un effort. Elle était au restaurant Bella avec Paolo, le charmant photographe qu'elle avait rencontré au bureau.

Et une équipe de tournage.

Cela signifiait des caméramans, un directeur de la photographie, deux producteurs, cinq assistants de production, un ingénieur du son, un éclairagiste, un aide-éclairagiste et un scénariste qui notait tout ce qu'ils disaient à la caméra. *Intime.*

Il s'avéra que Paolo avait effectivement signé un formulaire d'autorisation et avait également accepté que leur premier rendez-vous soit filmé. Par conséquent, ils étaient filmés alors qu'ils partageaient un souper romantique aux chandelles.

Elle était certaine de ne pas être au sommet de sa forme après la nuit qu'elle avait passée.

Paolo ne semblait pas l'avoir remarqué, et elle en était bien soulagée. Mais comment pouvait-il ne pas l'avoir remarqué ? Il lui souriait en ayant l'air d'attendre quelque chose.

— Alors ? Cela te plaît ? lui demanda-t-il en désignant le plat de pâtes qu'il lui avait recommandé de prendre.

Jane prit une bouchée. Cela goûtait… la vodka… comme tout ce qu'elle avait essayé de manger ce jour-là.

— C'est délicieux, mentit-elle avec un sourire forcé.

— Super ! Si tu as toujours faim après cela, nous pourrons commander un dessert.

— Hum.

L'estomac de Jane se tordit. Pourquoi avait-elle laissé Madison l'entraîner à boire tous ces martinis ? Et du champagne ? Elle ne se sentait pas bien du tout. Sa tête élançait, et elle avait été parcourue de tremblements toute la journée. Elle avait même songé à annuler leur rendez-vous, mais Dana lui avait dit qu'ils avaient déjà déboursé les coûts demandés pour se voir accorder la permission de tourner et qu'il était trop tard pour reporter le rendez-vous.

Paolo était apparemment très intéressé par la nourriture. Il parlait des plats qu'il mangeait dans son enfance (son père était italien, et sa mère, française) et il lui révéla qu'il avait failli suivre les cours d'une école de cuisine, mais qu'il avait finalement décidé de devenir photographe.

Jane écoutait, ou s'efforçait d'écouter, en essayant de se rappeler la raison pour laquelle elle avait accepté de sortir avec lui. Il était plutôt mignon. Et il semblait bien gentil. Mais ils n'avaient rien en commun. Mais comment aurait-elle pu s'en douter après avoir parlé avec lui pendant seulement quelques minutes ?

Elle remarqua qu'il aimait parler de lui-même. Normalement, cela l'aurait dérangée, mais ce soir-là, c'était un peu comme un état de grâce. Elle était à peine capable de faire des plaisanteries pleines d'esprit. Elle était trop occupée à essayer de faire cesser la sensation que la pièce tournait.

C'était vraiment triste, car aussi bien qu'il puisse être, il n'avait aucune chance. Et pas simplement parce qu'elle n'allait pas bien. Pour être tout à fait honnête avec elle-même, elle devait reconnaître qu'il n'y avait eu aucune étincelle quand ils s'étaient rencontrés, et même à ce moment, la conversation était polie. Bien sûr, il était mignon, et il est toujours très agréable de se faire proposer un rendez-vous par un gars mignon, mais entretenir la conversation demande tant d'efforts. Toutefois, ce n'était pas la faute de Paolo. La vérité était que Jane aurait préféré passer la soirée avec Braden plutôt qu'avoir un rendez-vous galant avec un gars mignon qui ne l'intéressait pas vraiment.

Le téléphone cellulaire de Jane se mit à vibrer. Puisqu'elle savait que les directives transmises par messages textes faisaient partie de sa « réalité », elle avait posé son téléphone sur la table pour y accéder plus facilement. Elle jeta un coup d'œil à l'écran. Oui, le message était de Dana et il disait :

TU PARAIS BIEN TRISTE. PAUVRE GARÇON. POURRAIS-TU TE COMPORTER UN PEU PLUS COMME SI TU PASSAIS UNE SOIRÉE ROMANTIQUE ?

Jane se sentit mal pour lui. Il devait savoir qu'elle ne passait pas une bonne soirée. Elle se pencha et posa la main sur le bras de Paolo. C'était un geste que l'on faisait lors d'un rendez-vous galant, non ? Mais Paolo sembla à peine le remarquer. Il était trop occupé à se demander si la paella était meilleure avec des fruits de mer ou avec de la viande. Jane essaya d'avoir l'air intéressée.

« Je veux mourir », pensa-t-elle.

Elle s'en sortit tant bien que mal jusqu'à la fin du repas et se sentit soulagée quand elle vit le serveur apporter l'addition. Dieu merci, la fin n'était pas loin.

Lorsqu'ils se levèrent de table, elle était si heureuse qu'elle aurait pu crier de joie. Elle n'avait plus qu'un désir, celui de se glisser dans son lit. Seule.

Quand elle vit Dana à l'extérieur du restaurant, son cœur fit un bond. De toute évidence, il n'était pas question qu'elle s'en sorte aussi rapidement.

— L'équipe de tournage vous retrouvera à ton appartement pour enregistrer le moment où vous vous séparerez sur une note romantique, dit-elle.

« Un au revoir ? Devant mon appartement ? Ne pouvons-nous pas tout simplement nous garer en double file devant l'immeuble et nous dire un au revoir embarrassé dans la voiture ? Cette soirée n'en finit plus », pensa Jane.

Mais au moins, elle ne serait pas filmée pendant le trajet.

Le voiturier apporta la BMW de Paolo, et Jane se glissa à l'intérieur.

— Alors, où sont les caméras ? demanda Paolo en regardant autour de lui après avoir fermé la portière. Vont-ils nous suivre ?

— Ouais, ils vont nous retrouver devant mon appartement, répondit Jane. Ils ne filment pas pendant le trajet.

— Ah bon, dit Paolo.

Malgré son cerveau embrouillé, Jane perçut le désappointement dans sa voix.

— Alors, quand cet épisode sera-t-il diffusé ?

Jane fronça les sourcils. Comment pouvait-elle le savoir ?

– Je ne sais… pas vraiment.

– Mon ami connaît un des gars qui apparaissait dans *La plage*, s'empressa d'ajouter Paolo. Il m'a dit qu'il était payé pour aller dans les clubs et pour voyager partout. C'est super. As-tu un agent ?

Jane resta silencieuse pendant quelques instants.

– Paolo. Sois honnête. T'ont-ils demandé de me demander de sortir avec moi ? souffla-t-elle sans le regarder.

– Non. Bien sûr que non, la rassura Paolo.

« Bien », pensa Jane.

Elle se sentait un peu mieux. Au moins, l'initiative venait de lui.

– J'avais rendez-vous avec Fiona. Je ne savais même pas ce que vous filmiez, jusqu'à ce que j'entre, poursuivit Paolo. J'ai vu le panneau devant et…

– Quel panneau ? demanda Jane en se tournant vers lui.

– Devant la porte principale des bureaux de Fiona Chen. Il disait que PopTV était en tournage.

– Oh, s'exclama Jane en sentant monter la colère. Tu as vu le panneau et tu as suivi les caméras et tu as pensé que tu allais essayer de passer à la télévision en m'abordant et…

Elle marqua une pause.

– Arrête !

– Quoi ?

– Arrête la voiture ! cria Jane.

Paolo quitta le boulevard Hollywood en tournant à droite et se gara sur le côté de la rue.

– Quel est le problème ? J'ai juste voulu passer une agréable soirée avec toi au restaurant et…

Jane ouvrit précipitamment la portière, sortit la tête et se mit à vomir. Sa bouche avait un goût de vodka. Elle cracha, puis essuya son visage avec sa manche. Elle se réinstalla dans son siège et ferma la portière.

Silence de mort. Paolo semblait horrifié.

« Bien, pensa-t-elle. Au moins, je suis sûre qu'il n'essaiera pas de m'embrasser pour me souhaiter bonne nuit. »

Le lendemain soir, Jane pénétra chez Lola's et se dirigea dans l'arrière-salle. Même pour un lundi soir, le restaurant était bondé, mais cela lui était bien égal. Installé au bar, Braden l'attendait. Il n'y avait pas un seul endroit où elle aurait préféré être plutôt que là, avec Braden et sans les caméras.

Elle ne l'avait pas vu depuis la dernière fin de semaine à Cabo Cantina.

— Salut ! lança-t-elle en lui donnant un baiser rapide sur la joue.

— Salut ! répondit-il en l'embrassant à son tour. Je suis content de te voir.

— Moi aussi !

Elle s'assit à côté de lui en souriant. Elle prit un moment pour détailler son apparence sans se faire voir. Il portait des jeans noirs faits sur mesure et un chandail à rayures blanches et bleu marine. Il avait une barbe plus longue que d'habitude. Ce soir-là plus que jamais, elle se rendit compte qu'il ne savait pas à quel point il avait du succès, ce qui, selon Jane, le rendait encore plus attirant.

« Mais des amis n'étaient pas censés penser ce genre de choses l'un de l'autre », se dit-elle.

Braden lui tendit un menu.

— Ils ont un bar très complet ici, mais ils sont renommés pour leurs cocktails à base de martini. Ils en ont de toutes les sortes imaginables.

— Euh… un martini avec une olive fourrée à l'ail ? dit Jane. Je crois que je vais me montrer moins audacieuse et me contenter d'un martini aux pommes.

Braden fit un signe au barman et lui commanda sa boisson.

— Alors, comment va la vie de grande vedette de la télévision ? demanda-t-il en plaisantant.

— Ah, ah. En fait, ce n'est pas du tout ce à quoi je m'attendais.

— Que veux-tu dire ?

— Eh bien… bon… je croyais que ça allait être facile. Amusant. Que nous allions devoir, Scar et moi, faire une apparition dans une boîte de nuit deux fois par semaine en compagnie des caméras. Et qu'ils allaient me filmer de temps en temps lorsque je participais à un événement dans le cadre de mon travail. Mais c'est beaucoup plus intense que ça, et ça ne dure que depuis une semaine. Les caméras me suivent partout où je vais, tu sais ? Ils me filment lorsque je réponds au téléphone au bureau. Ils me filment lorsque je suis à la maison. Ils me filment lorsque je sors, même si ce n'est que pour aller chez Starbucks, juste au coin. C'est vraiment bizarre.

Braden lança un regard par-dessus son épaule.

— Euh, oh. Sont-ils là en ce moment ? plaisanta-t-il.

— Non. J'ai réussi à m'échapper, répliqua-t-elle en souriant.

— Super ! La prochaine fois, nous nous déguiserons.

— Ouais… Ils me chercheront.

Alors que le barman déposait leurs verres devant eux, Jane se dit que Braden était bien le seul dans son entourage qui ne voulait pas se trouver au même endroit que les caméras — à part ses parents, bien entendu. Ses sœurs avaient déjà parlé de lui rendre visite, ses cousines voulaient, elles aussi, venir la voir — même Fiona avait joué des coudes pour avoir du temps d'antenne.

Jane leva son verre pour trinquer avec Braden.

— À ta santé !

— Alors, quand vais-je te voir à la télévision ?

— Bientôt. Dans un mois, je pense ? Trevor, le producteur principal, a dit qu'ils allaient nous filmer pendant encore quelques semaines avant de faire le montage des scènes tournées. Puis, les premiers épisodes de la série seront diffusés. Ils continueront à nous filmer pendant encore quelques mois, jusqu'à ce que la saison soit terminée. Donc, tout cela se chevauchera.

— On dirait que tout ça va très vite.

— C'est vrai ! Il va aussi y avoir une fête pour la première de la série. Je t'enverrai un texto pour te dire où elle aura lieu. Scar et moi sommes plutôt excitées par tout ça. Bon, *je* suis excitée par tout ça. Scar fait comme si elle s'en fichait complètement. En tout cas, tu dois venir.

Et avant qu'il puisse refuser, Jane s'empressa de poursuivre :

— Et que se passe-t-il de ton côté ? As-tu été à d'autres auditions ?

— J'en ai une la semaine prochaine. C'est un autre pilote de science-fiction.

— Il n'en manque pas, je suppose. De quoi celui-là parle-t-il ?

Tandis que Braden parlait, Jane se rendit compte qu'elle se rapprochait de lui. Elle aimait l'écouter. Elle aimait être avec lui, un point c'est tout. Pourquoi n'avait-elle pas ressenti cela avec Paolo ? Ou avec tous les autres garçons qu'elle avait rencontrés depuis Caleb ?

— Donc, si ça se passe bien, je pourrai être une grande vedette de la télévision comme toi, dit Braden.

— Très drôle.

Braden se pencha vers elle et tira un fil qui dépassait du décolleté de son débardeur. En frôlant ses épaules nues, ses doigts provoquèrent un frisson le long de sa colonne vertébrale.

— Tu comprends ce qui va t'arriver, n'est-ce pas ? dit-il en redevenant soudainement sérieux. Boîtes de nuit, tabloïds, admirateurs... La scène typique d'Hollywood ?

— Difficilement, répondit Jane. L'émission sera probablement annulée après le premier épisode. Sérieusement, tu devrais voir tout ce qu'ils filment. Personne n'a envie de voir des inconnues se faire réprimander par leur patronne ou papoter avec leurs amies en faisant la lessive. C'est plutôt assommant, si tu veux mon avis.

— Toi ? Assommante ? Jamais.

Jane le regarda fixement.

« Alors, qu'y a-t-il entre toi et Willow ? avait-elle envie de lui demander. Êtes-vous toujours en train de vous séparer et de vous réconcilier ? Oh, elle va vivre dans un autre pays ? Mais c'est affreux ! »

Mais elle ne pouvait se résigner à simplement prononcer le nom de Willow. C'était si bon d'être là avec Braden, et parler de sa soi-disant copine gâcherait tout.

C'est alors que Jane comprit quelque chose d'autre... quelque chose qui était aussi déprimant que de penser à Willow.

Quand les épisodes des *Plaisirs d'Hollywood* seraient finalement diffusés, Braden verrait Jane lors d'une soirée romantique avec Paolo et en train de flirter avec les gars à l'appartement de Madison. Non que quelque chose soit sorti de ces soirées. En fait, c'était précisément le contraire. Pourtant, elle ressentait une vague de culpabilité. Même si Braden et elle n'étaient que des amis. Elle se demandait même si cela le dérangerait... et espérait que ce serait le cas.

« Ouais, comme si ma soirée avec Paolo allait rendre n'importe quel gars jaloux », pensa Jane sèchement.

– Un penny pour tes pensées, souffla Braden.

– Quoi ?

– C'est une expression. Ma mère l'utilise souvent. Elle signifie...

Jane éclata de rire.

– Oh, je la connais. J'étais simplement perplexe, parce que j'ai un poisson rouge qui s'appelle Penny.

– Ah bon ? Je croyais que tu aimais les chiens.

– C'est vrai. Mais ma mère est allergique, donc je n'en ai jamais eu dans mon enfance. C'est la raison pour laquelle j'ai Penny. Elle remplace le chiot que j'aurais dû avoir.

– Oh, c'est vraiment triste, s'écria Braden en faisant la moue. Alors... à quoi pensais-tu juste avant ? Tu avais ce regard fixe sur ton visage.

— Désolée, Braden, répondit-elle en extirpant un morceau de pomme de son verre avant d'en boire une gorgée. Il t'en coûtera un peu plus qu'un penny pour connaître mes pensées.

Le lendemain matin, Jane s'éveilla en entendant la sonnerie stridente de son téléphone cellulaire. Elle jeta un coup d'œil d'un air étourdi à son réveil. Il était 7 h. Attendez, 7 h ? Elle se demanda s'il s'agissait d'un mauvais numéro. Ou c'était peut-être son père qui s'assurait que Scar et elle avaient bien signé leur contrat pour *Les plaisirs d'Hollywood*. Il lui avait téléphoné durant la fin de semaine pour lui dire que l'avocat avait déclaré qu'il s'agissait d'un contrat standard et qu'elles pouvaient le signer. Ou c'était peut-être Fiona, qui commençait sa journée de bonne heure. Elle téléphonait souvent à Jane à des heures incongrues pour lui donner des instructions ridicules comme « Dépêchez-vous d'aller au studio de création d'Olivier, afin de prendre la robe blanche en soie pour Leda Phillips ; elle en a besoin dans exactement 23 minutes ». Ou « Allez en voiture jusqu'à Malibu et prenez votre appareil photo. J'ai besoin de photos de l'endroit appelé "Wave" pour une possible cérémonie de mariage bouddhiste à l'aube... Oh, et assurez-vous que le soleil commence à se lever, parce que notre client a une demande très particulière concernant la lumière. »

Fiona. Travail. Mardi — nous étions mardi. Merde, elle avait une réunion dans une heure !

Jane réussit à saisir son téléphone cellulaire juste avant que l'appel ne soit transféré dans sa boîte vocale.

— Allô ?

— Bonjour, Jane, c'est Trevor. Je ne vous réveille pas ?

Jane se frotta les yeux. Trevor ? Pourquoi Trevor lui téléphonait-il ? Elle n'avait pas entendu parler de lui depuis qu'ils avaient commencé le tournage. Elle avait du mal à croire que c'était deux semaines plus tôt. Elle avait l'impression que cela faisait plus longtemps.

— Bonjour, Trevor. Non, je suis levée.

— Parfait. Écoutez, je veux juste vous faire savoir que vous vous en sortez très bien. J'ai visionné les montages, et ils sont sensationnels. Je suis si excité et j'ai hâte que vous les voyiez.

— Merci, répondit Jane en se frottant de nouveau les yeux et en se sentant un peu drôle de se voir complimentée pour vivre sa vie.

Trevor poursuivit et lui décrivit différentes scènes. Il semblait vraiment excité. Jane roula hors du lit et tituba jusqu'à la cuisine. Elle allait devoir se presser, si elle voulait arriver à l'heure à la réunion. La porte de Scar était fermée. Elle dormait certainement encore. La chanceuse. Trevor riait parce que Dana lui avait dit que Jane avait vomi sur le chemin du retour lors de sa soirée avec Paolo. Trevor dit qu'il faudrait corriger la couleur de son visage, car elle avait été tellement malade au restaurant Bella, mais il ne la blâmait pas parce qu'il ne supportait pas ce gars, lui non plus. Jane éclata de rire. Au moins, Trevor pensait, comme elle, que Paolo était nul.

Il mentionna également Madison et Gaby, et dit qu'elles aimaient beaucoup se retrouver avec Jane et Scarlett. Jane ne les avait pas vues depuis leur journée de filles (et la soirée) du samedi. Madison lui avait envoyé un texto, ainsi qu'à Scarlett, leur demandant si elles voulaient avoir une autre journée de fille, peut-être un repas suivi d'une manucure et d'une pédicure.

Jane avait répondu par texto par un « D'accord ! » très décidé. Pour autant qu'elle le sache, Scarlett n'avait pas répondu. Elle en avait déduit que Scar n'aimait pas beaucoup Madison et Gaby. Jane avait essayé d'aborder le sujet avec elle, mais elles passaient peu de temps ensemble sans que les caméras soient dans les parages. Cependant, elle aurait aimé que Scar se montre plus ouverte envers les filles. Elles étaient vraiment drôles et jolies. Et apparemment, on s'attendait à ce que les quatre sortent ensemble de temps en temps pour les caméras – du moins, quand Jane ne serait pas au bureau, et quand Scarlett n'aurait pas de cours, et quand Gaby ne serait pas chez Ruby Slipper, et quand Madison ne serait pas… bon, en train de faire ce que Madison faisait ces temps-ci. Que faisait-elle de ses journées ? À en juger par son apparence très soignée, elle passait certainement beaucoup de temps à la salle de gym et le reste du temps dans les centres de beauté et les magasins (avec les caméras des *Plaisirs d'Hollywood* à sa suite, sans aucun doute).

Puis, subitement, Trevor dit :

– Étiez-vous au restaurant Lola's hier soir ?

Jane fronça les sourcils.

– Euh, oui. Pourquoi ?

Comment le savait-il ?

– Oh, un de mes amis m'a dit qu'il vous avait vue. Cet endroit est super, n'est-ce pas ? Je crois que je ferai un tournage là-bas.

– Oui, c'était chouette.

– Avec qui y êtes-vous allée ?

— J'y ai retrouvé mon ami Braden.

— Juste un ami ? demanda Trevor.

Et à la façon dont il le dit, Jane imagina que cette question était accompagnée d'un haussement suggestif des sourcils.

— Oui, Trevor… juste un ami, assura Jane en espérant que l'intérêt de Trevor pour Braden s'arrêterait là.

— Super. Bien, Jane ! Continuez votre bon travail ! Dana communiquera avec vous très bientôt, peut-être même aujourd'hui. Nous vous envoyons, Scarlett et vous, dans les bureaux de quelques magazines pour faire de la publicité pour l'émission. Nous allons aussi vous réunir, toutes les quatre, afin de faire une photo pour l'affiche promotionnelle. La première de la série approche, et il y a beaucoup à faire.

— D'accord.

Ils se quittèrent sur un au revoir. Jane ferma son téléphone et le posa sur le comptoir à côté d'elle. Elle ouvrit le réfrigérateur et en sortit une bouteille d'eau qu'elle enfouit dans son sac. Fruit ? Yogourt ? Non, pas le temps. Elle devait encore prendre sa douche et s'habiller avant de s'en aller. Fiona était très à cheval sur la ponctualité, et Jane ne voulait pas sentir se poser sur elle un de ses regards mortels parce qu'elle se précipitait dans la salle de conférence avec cinq minutes de retard.

Comme elle retournait dans sa chambre, elle se questionna au sujet de l'intérêt de Trevor pour Braden. Il avait bien essayé de paraître décontracté, mais elle ne pouvait s'empêcher d'être complètement subjuguée par le fait qu'il savait où elle était la nuit précédente. C'était comme si elle était surveillée même quand elle n'était pas filmée.

Cette pensée lui procura des frissons, mais elle les élimina d'un haussement d'épaules.

« Ne sois pas si paranoïaque », se dit-elle.

Elle devait s'habiller et aller au travail, sinon elle allait faire connaissance avec le véritable courroux de Fiona Chen.

20

VOUS SUIVENT-ELLES JUSQUE DANS LA SALLE DE BAIN ?

– Alors. Vous êtes Scarlett Harp et Jane… euh…

– Roberts, informa Jane pour ce qui parut être la millionième fois aux yeux de Scarlett, mais qui n'était probablement que la troisième.

– C'est cela. Jane Roberts. Et depuis combien de temps êtes-vous comédiennes ?

Tiffani, l'assistante inexpérimentée qui faisait semblant d'être reporter, leva les yeux de son bloc-notes et posa sur Jane et Scarlett un regard à peine déguisé de pur ennui. C'était le même regard qu'elles avaient reçu de la part de nombreux reporters au cours des derniers jours. PopTV leur faisait faire une ronde d'interviews de promotion avec quatre magazines différents, cette semaine-là. La ravissante idiote blonde décolorée et son acolyte, qui avait eu bien du mal à réussir son examen de fin d'études secondaires, faisaient apparemment la même chose avec quatre autres magazines. Pour commencer, Scarlett et Jane avaient été interviewées par quelqu'un du *Star.* Puis, *Life & Style.* Et ensuite, *In Touch.*

À chacun de ces magazines, Scarlett et Jane s'étaient heurtées à la lie de l'échelle du journalisme, c'est-à-dire des reporters débutants qui : (A) ne savaient absolument pas mener une interview ; (B) n'avaient pas leurs vrais noms ; (C) n'avaient pas le bon nom de l'émission ; ou (D) tout cela à la fois. Pour le moment, elles étaient assises dans le bureau de Tiffani chez *Gossip,* un autre tabloïd. Le genre de magazines que l'on trouve sur les présentoirs près des caisses dans les épiceries. Et dans les 30 premières secondes de l'interview, Tiffani avait réussi à se placer dans la catégorie D.

Scarlett lança un regard furieux à Tiffani. Le remarquant, Jane lui pinça le bras avec une fermeté légère mais incontestable. C'était pour son amie une façon de dire « Tais-toi et laisse-moi faire. »

– En fait, c'est une émission de téléréalité, donc il n'y a pas à jouer la comédie, expliqua Jane aimablement. L'émission a pour titre *Les plaisirs d'Hollywood.* C'est un peu une version réalité de *Sexe à New York,* mais c'est plus jeune, et ça se passe ici, à Los Angeles. Les caméras suivent Scarlett, moi et deux autres filles, Madison et Gaby, aux quatre coins de Los Angeles alors que nous allons au travail, aux cours, dans les boîtes de nuit… des choses comme ça.

Scarlett s'assit et croisa les bras sur sa poitrine. D'accord, Jane était plutôt bonne. Et par « bonne », elle voulait dire que Jane avait la patience de sourire et de servir la même bouillie, reporter après reporter, en faisant ressortir les points qu'elle avait mémorisés en lisant la plaquette réservée à la presse que l'assistante de Trevor leur avait remise. Avec

Tiffani, et les trois autres avant elle, Jane avait réussi à être polie, à tenir un petit discours plutôt sympathique sur PopTV, et tout cela sans vomir. Pas très douée pour ce genre d'activité, Scarlett n'avait pratiquement rien dit.

– Super, souffla Tiffani en gribouillant dans son bloc-notes. Les caméras sont-elles tout le temps avec vous ? Vous suivent-elles jusque dans la salle de bain ? Sont-elles avec vous jour et nuit ?

– Voyez-vous des..., commença Scarlett.

– Ha, ha ! l'interrompit Jane en riant. Non, les caméras ne sont pas avec nous tout le temps. Elles ne sont présentes que pour les moments importants.

– Compris. Donc... Jane ? ajouta Tiffani en croisant les jambes et en se tournant vers Scarlett. À quoi pouvons-nous nous attendre dans le premier épisode de la série *Plaisirs des yeux* ?

– Écoutez, mon expérience journalistique est peut-être limitée à pondre des articles pour le journal de l'école secondaire, lança Scarlett, mais je ne crois pas que de connaître les renseignements de base comme le nom des personnes interviewées et le titre de l'émission soit trop exigeant.

– Scarlett !

Scarlett se retourna en se demandant à qui appartenait cette voix aiguë de femme qui criait son nom dans les couloirs des bureaux du magazine *Gossip*. Elle leva les yeux et aperçut D. Ce gars était-il partout où elles se trouvaient ?

– Scarlett ! Oh, et Jane ! cria Diego en remarquant que Jane était assise à côté de Scarlett. Oh ! Mon Dieu !

Il s'arrêta devant le bureau de Tiffani et serra les deux filles dans une étreinte hystérique.

— Dites-moi ! Que faites-vous, mes chéries, dans ce sinistre trou à rat ?

— D ! s'écria Jane d'un air ravi. J'ai une meilleure question. Que fais-tu ici ?

— Je travaille ici. Je suis l'assistant de Veronica Bliss.

« Veronica qui ? » aurait aimé demander Scarlett.

Mais la soi-disant reporter s'en mêla.

— Diego, je t'en prie, lança Tiffani d'un air impatient. Je suis en plein milieu d'une interview.

— Une interview ? Quelle interview ? Que vous veut cette démone ? demanda D en se tournant vers Scarlett et Jane.

— Quel est ton problème ? riposta Tiffani.

— Va vérifier les faits de quelque chose. Allez ! siffla D en faisant un signe de la main dans sa direction.

— Je les interviewe pour l'émission *Plaisirs des yeux*, pauvre type, cracha Tiffani.

La colère bouillonnait au fond de Scarlett.

— Sérieusement ? Êtes-vous vraiment aussi épaisse ? C'est *Les plaisirs d'Hollywood*.

— *Les plaisirs d'Hollywood* ? Vous voulez parler de la nouvelle émission de PopTV ? l'interrompit D. Les filles, vous participez à cette émission ? Pourquoi ne m'avez-vous rien dit, l'autre soir quand nous étions au club Les Deux ?

— Nous avons rencontré le producteur ce soir-là, juste après que tu as disparu, expliqua Jane.

— Bon, je ne le savais pas ! C'est incroyable ! exulta D. Écoutez, les filles. Que faites-vous ce samedi ? Attendez ! Ça n'a pas d'importance. Annulez. Nous allons fêter cela ! Je veux vous aimer avant d'avoir à vous détester.

— Oh, oui ! s'écria Jane.

– Bien sûr, agréa Scarlett.

Même si D pouvait être exubérant, elle était prête à passer une soirée avec lui en compagnie de Madison et de Gaby n'importe quand.

Le téléphone de Tiffani se mit à sonner. Elle décrocha, écouta, puis raccrocha rapidement.

– Diego ? Ton maître te cherche. Tu ferais mieux de filer !

D pâlit.

– Euh. Écoutez, mesdemoiselles. Voici ma carte. Envoyez-moi un texto, d'accord ? Nous déciderons quoi, quand, où et que porter !

– Entendu, répondit Jane en étreignant D pour le saluer.

Scarlett le regarda se ruer dans un bureau aux fenêtres à effet miroir. Elle observa la carte qu'il lui avait donnée. Elle disait « Diego Neri, assistant de l'éditrice en chef, *Gossip* » donc, son « maître », Veronica Bliss, devait être la patronne de ce magazine. Et à en juger par l'expression terrifiée de D quand il était parti précipitamment, elle devait être intimidante. Scarlett était certaine que Jane était bien placée pour comprendre sa réaction.

21

NOUS POURRIONS NOUS METTRE DE LA CHAIR FRAÎCHE SOUS LA DENT

Assise dans son fauteuil, Veronica Bliss admirait la couverture encadrée, grand format, du magazine *Gossip*, qui ornait le mur en face de son bureau. Celle du superbe acteur, Gus O'Dell, embrassant à pleine bouche son partenaire masculin alors que sa femme était enceinte de leur premier enfant… et l'autre de l'actrice au comportement irréprochable, Leda Phillips, debout près de sa Mercedes accidentée, quelques moments après la désormais célèbre conduite avec les facultés affaiblies.

Elle soupira en regardant la maquette de cette semaine étalée sur son bureau. Une autre semaine. Personne n'était en désintoxication… aucune nouvelle personne, du moins. Personne ne tentait de cacher sa liaison. Personne n'était devenu suffisamment désespéré pour diffuser ses propres photos de nudité sur Internet. Rien de nouveau. Elle s'ennuyait. Soit toutes les filles branchées avaient changé leur comportement, ou elles avaient tout fait, et plus rien ne pouvait surprendre les lecteurs.

Veronica garda les yeux fixés sur la cloison de verre de son bureau. Elle était recouverte d'une fine pellicule glacée à effet miroir qui lui permettait de voir à l'extérieur sans que personne ne puisse la voir.

Elle observa les deux filles assises dans le bureau de Tiffani qui bavardaient avec Diego. À qui pouvait bien parler son assistant ? La première fille était grande, brune et incroyablement belle. La deuxième fille était plus petite, jolie, avec de longs cheveux blonds bouclés. Elle ne reconnut aucune des deux.

Veronica souleva le récepteur de son téléphone et composa le numéro du poste de Tiffani.

– Demandez à Diego de venir dans mon bureau, je vous prie.

Un moment plus tard, Diego se rua dans le bureau.

– Désolé, désolé ! J'ai entendu dire que vous me cherchiez. Avez-vous besoin de quelque chose ?

L'inquiétude marquait son joli visage d'Américain asiatique.

Veronica lui adressa un sourire forcé.

– Quel sujet couvre Tiffani, aujourd'hui ?

– Tiffani ? répondit Diego d'un air confus. Elle, euh, elle fait une interview avec les deux filles de la nouvelle émission de téléréalité de Pop TV.

Veronica haussa les sourcils.

– Oh. Et qui sont-elles ? Que savons-nous d'elles ? demanda-t-elle d'un air détaché.

Elle avait entendu parler de cette émission, car ses espions à PopTV lui en avaient glissé un mot. Si c'était vraiment ce que prédisait la chaîne, ces filles allaient devenir des célébrités.

— Eh bien… elles s'appellent Scarlett et Jane. Scarlett est la brunette. Elle est étudiante à U.S.C. Jane est la blonde et elle est stagiaire chez une organisatrice d'événements.

— Vraiment ? Quelle organisatrice ?

— Euh… Je n'en suis pas sûr. Je peux me renseigner.

— Oui, je t'en prie. Et demande à Tiffani de m'envoyer par courriel les notes de son interview, dès que les filles seront parties.

— Oui, bien sûr.

— Très bien.

Veronica reporta son regard sur les filles. Elle observa Jane, qui tentait de dégager une mèche de cheveux de son doigt.

— Nous pourrions nous mettre de la chair fraîche sous la dent. Les choses sont plutôt ennuyeuses en ce moment.

Veronica savait que la seule chose que les Américains aimaient davantage que voir leurs vedettes atteindre la gloire, c'était de les voir faire des erreurs de comportement. Ces filles étaient si peu préparées à tout ce qui allait leur arriver – la célébrité instantanée – que leur inévitable ascension allait certainement être suivie rapidement d'une chute. Et capturer ces moments de crève-cœur, de tragédie et de chute du piédestal était ce que Veronica et le magazine *Gossip* faisaient le mieux.

22

JE M'APPELLE JANE

Jane s'engouffra dans une place de stationnement portant un panneau « RÉSERVÉ ». C'était le seul espace vide qu'elle avait pu trouver dans l'aire de stationnement du studio d'enregistrement. Même si c'était la fin de semaine, l'endroit était bondé.

Elle sortit précipitamment de sa voiture et se dirigea vers l'immeuble gris tout en longueur. Elle vit, sur le côté, plusieurs portes peintes et vernies, surmontées d'un numéro. Elle baissa les yeux sur son nouveau Blackberry et s'efforça de faire apparaître le courriel que l'assistante de Trevor lui avait envoyé. Elle ne savait toujours pas l'utiliser. Trevor avait donné un Blackberry à chacune des filles participant à l'émission quelques jours plus tôt, pour que Dana puisse plus facilement communiquer avec elles et leur envoyer leurs programmes.

– Immeuble 1, lut Jane à haute voix ; elle avait fini par retrouver le courriel.

Elle se dirigea vers la porte présentant un grand « 1 » peint au-dessus et pénétra à l'intérieur.

Au bout d'un long couloir, elle trouva la porte identifiée « STUDIOS SOUNDBOX » et pénétra en faisant claquer les talons de ses chaussures Miu Miu sur le sol en ciment. Elle n'avait jamais possédé une paire de chaussures à 400 $ auparavant. C'était sa première folie, une partie de sa nouvelle garde-robe pour l'émission.

— Puis-je vous aider ? demanda une jeune fille avec de longs cheveux noirs, assise derrière un bureau encombré, en souriant à Jane.

— Bonjour. Je dois rencontrer Dana de PopTV.

Jane regarda autour d'elle en espérant être au bon endroit.

— Studio 3, dit la fille en désignant la porte à la gauche de Jane. Je crois qu'elle est déjà arrivée.

— Merci.

Jane se glissa à l'intérieur et se retrouva dans une pièce faiblement éclairée. Dana était assise sur un canapé rouge et parlait à un homme chauve de grande taille. Dans un coin de la pièce se trouvait un grand écran de télévision, qui était éteint pour le moment. De l'autre côté, un panneau de contrôle éclairé par des centaines de boutons, d'interrupteurs et de cadrans près d'une grande vitre à travers laquelle Jane pouvait voir une autre pièce plus petite, insonorisée. Au centre de la pièce plus petite s'élevait un tabouret de bar en bois, et un micro rond pendait d'un support noir.

— Bonjour, Jane, dit Dana lorsqu'elle entra.

Dana semblait encore plus stressée et épuisée que d'habitude, si c'était possible. Elle avait sérieusement besoin de se détendre dans un spa, pendant au moins un mois. Elle portait un chandail bleu avec un jean, sans trace de maquillage.

Trevor avait mentionné que tous les producteurs avaient travaillé au montage des séquences jusqu'à 2h ou 3h du matin pour faire en sorte que l'émission soit prête pour la première, qui était alors dans deux semaines. Deux semaines! Jane avait du mal à y croire. Elle se rappelait qu'elle avait fait les magasins pour trouver une tenue à porter à la soirée qui devait se tenir dans un club appelé « Area ». Elle se souvint également qu'elle avait invité les membres de sa famille et ses amis, particulièrement Braden.

— Bonjour. Je suis désolée d'être en retard. Je n'arrivais pas à trouver l'immeuble, s'excusa Jane.

— Jane, je te présente Tim. Il va diriger la séance.

Jane donna une poignée de main à l'homme chauve. Il avait de grands yeux bruns sympathiques et un large sourire carnassier.

— Voilà.

Dana tendit une feuille de papier à Jane. Jane y jeta un regard rapide.

```
Voix hors champ de Jane

   Je m'appelle Jane. Je viens de m'installer
à Los Angeles avec ma meilleure amie,
Scarlett. Je suis stagiaire pour une des
meilleures organisatrices d'événements.
Jusqu'à présent, cela a été (pause) une
expérience enrichissante.
   Scarlett vient de commencer ses études à
l'U.S.C. La seule chose plus hot que ses
notes à son examen d'entrée au collège,
c'est elle.
   Gabrielle travaille dans une firme de
relations publiques appelée Ruby Slipper.
```

Elle va bien vite se rendre compte qu'elle n'est plus au Kansas.

Voici Madison. Elle est toujours entre deux emplois. Elle a essayé à peu près toutes les carrières qui existent, mais s'il y a une chose pour laquelle elle a toujours été douée (pause), c'est pour dépenser de l'argent.

Nous sommes toutes venues à Los Angeles cet été. Certaines pour travailler... et d'autres pour s'amuser. Alors, laissons le jeu commencer.

Jane éclata de rire en lisant attentivement chaque ligne.

— La seule chose plus *hot* que ses notes à son examen d'entrée au collège, c'est elle ? Sérieusement, qui a écrit ça ?

Dana ne sembla pas trouver ça drôle.

— Moi.

« Embarrassant », pensa Jane alors qu'elle tentait rapidement de se rétracter.

Elle aperçut Tim, qui essayait de ne pas sourire en entendant son commentaire.

— Non, c'est drôle. J'aime ça.

Jane sourit en essayant de cacher son malaise.

— Nous sommes légèrement en retard. Que dirais-tu de nous y mettre tout de suite ? lança Dana en se dirigeant vers la pièce plus petite de l'autre côté de la grande vitre.

Son attention était de nouveau toute concentrée sur le travail, et c'est peut-être la raison pour laquelle le commentaire de Jane ne l'avait pas décontenancée, à moins qu'elle ne prenne sa revanche dans la salle de doublage.

— Prends le scénario avec toi, d'accord ?

– D'accord.

Jane quitta la pièce et pénétra dans la salle plus petite, à la suite de Tim. Elle grimpa sur le tabouret tandis que Tim commençait à brancher et à débrancher différents fils qui sortaient du mur. Il se releva et lui tendit des écouteurs. Puis, il quitta la pièce en fermant la porte hermétiquement derrière lui. Jane s'entendait respirer dans les écouteurs.

– Nous entends-tu ?

La voix de Tim résonna fortement.

– Oui, répliqua Jane en sursautant devant le son amplifié de sa propre voix.

C'était bizarre.

– Très bien, souffla Tim en faisant quelques ajustements au panneau de contrôle. Commençons par la première ligne.

Il lui fit un signe de la main pour lui signaler le moment où elle devait débuter.

Jane baissa les yeux sur le scénario et se mit à rire.

– Je m'appelle Jane. Je viens de m'installer à Los Angeles avec ma meilleure amie, Scarlett. Je suis stagiaire…

– Jane ? l'interrompit la voix de Dana.

Jane leva les yeux du scénario. Elle pouvait voir Dana de l'autre côté de la vitre.

– Oui ?

– Peux-tu le lire un peu plus…

Dana pencha la tête sur le côté comme si elle cherchait un mot.

– Ça semble un peu plat. Essaye de le lire comme si tu racontais une histoire.

– D'accord, répondit Jane, perplexe.

En fait, elle ne comprenait pas vraiment ce qu'elle lisait et encore moins pourquoi elle devait le lire comme si elle racontait une histoire. Quel était le but de tout cela ? Tout ce que l'assistante de Trevor lui avait dit dans son courriel était que Jane devait se présenter à ce studio et qu'elle n'avait pas besoin de faire attention à sa tenue, car il n'y aurait pas de caméras. Quand elle avait demandé à Scar ce qu'elle pensait de tout cela, elle avait découvert que Scar n'était pas invitée. Jane avait été surprise, étant donné qu'elles avaient fait les interviews des quatre magazines ensemble la semaine précédente et qu'elles avaient, toutes les quatre, à leur programme une séance de photos *ensemble* le lendemain, pour l'affiche promotionnelle. Pourquoi Jane s'était-elle fait demander cela – quoi que cela signifie – sans Scar et les autres filles ?

– Je suis désolée, Dana. Je n'ai pas vraiment compris ce que vous attendez de moi. Vous voulez que je lise ces lignes comme s'il s'agissait d'une histoire ?

– Comme si tu racontais quelque chose. Cet enregistrement sera diffusé au tout début du premier épisode. Tu présentes toutes les filles. Trevor ne t'a rien expliqué ?

– Non, son assistante m'a simplement dit de me présenter ici et de demander à vous voir.

Dana poussa un soupir sonore d'un air frustré.

– Bon, Trevor était censé te l'expliquer. Au début de chaque épisode, nous faisons une récapitulation rapide de l'épisode de la semaine précédente. Plutôt que d'engager un acteur pour faire les voix hors champ, Trevor voulait que ce soit une des filles qui le fasse.

– Attendez, je vais faire ça pour tous les épisodes ? demanda Jane.

— Oui. Apparemment, tu es la meilleure pour le faire. Ils ont testé les pilotes auprès de plusieurs groupes.

— Des groupes ?

— Des groupes de consommateurs. Nous avons montré une partie du pilote à un échantillon de personnes se situant dans votre tranche d'âge pour recueillir leurs réactions. À leur avis, tu es la meilleure.

— Scarlett raconte beaucoup mieux que moi.

— À tes yeux, Jane. Pas aux yeux de l'Américain moyen.

— Vraiment ? s'écria Jane d'un air perplexe. Et Madison ?

— Personne ne croit que *cette* blonde sait bien raconter.

Jane éclata de rire. C'était vrai. Il n'y avait pas beaucoup de personnes comme Madison.

— Eh bien, Gaby n'est pas blonde.

— Gaby est merveilleuse. Elle est douce et très jolie, mais nous savons tous que Gaby n'est pas l'ampoule la plus brillante du lot.

Jane essaya de comprendre ce que Dana lui disait. Cela signifiait-il que l'histoire était racontée selon son point de vue ? Ou devait-elle se contenter de raconter ce qui était arrivé à chacune ? Et pourquoi Trevor ne lui avait-il pas parlé de tout cela avant qu'elle ne vienne ce jour-là ?

— Alors, tu comprends, Jane ? lui demanda Dana.

— Je crois, répondit Jane en ajustant ses écouteurs et en se remettant à lire.

— Je m'appelle Jane…

23

AU CENTRE DE L'ATTRACTION

Madison examina l'immense salle du plateau 5 des studios PopTV. La moitié de l'espace était entièrement blanc, et les angles étaient arrondis afin que les murs s'encastrent dans les planchers. Le fond était rempli de canapés, de postes de maquillage et de portants remplis de vêtements d'un côté et d'une table sur laquelle étaient posées des boîtes pleines de gobelets de café chaud Starbucks, de nourriture assortie — et beaucoup de monde — de l'autre. Elle sirota son café en s'assurant de ne pas abîmer son maquillage appliqué à la perfection. Rien n'allait gâcher sa journée. Elle portait même un peignoir en tissu éponge sur son ensemble, en cas de déversements accidentels. Non pas que Madison soit sujette aux accidents. Elle ne faisait jamais d'erreurs et ne laissait jamais rien au hasard.

Ce jour-là, on prenait la photo pour la publicité de l'émission *Les plaisirs d'Hollywood*. L'endroit fourmillait d'activité tandis que les gens préparaient le plateau, leurs voix résonnant étrangement dans le vaste espace et se mêlant à la musique des années 1980 qui sortait du iPod de quelqu'un.

Madison remarqua Dana, qui esquivait un portant de vêtements en se dirigeant vers la section réservée à la coiffure et au maquillage. Laissant tomber son gobelet de café à moitié plein dans une poubelle, Madison suivit Dana pour voir ce qui se passait. Surtout, elle était curieuse de voir à quoi ressemblaient les autres filles. À l'intérieur, Dana parlait à Jane et Scarlett, qui semblaient être arrivées seulement quelques minutes plus tôt. (Madison était arrivée tôt, bien sûr.) La maquilleuse était elle-même maquillée avec une ombre à paupières noire, de faux cils et un rouge à lèvres rose vif – à l'aurore, rien de moins –, ce qui rendait Madison doublement satisfaite d'avoir fait appel à sa propre maquilleuse, en avance. Chaque poste avait son propre miroir rectangulaire entouré d'ampoules lumineuses rondes, et chacun avait un vaste assortiment de produits (ombres à paupières, crayons, brillants à lèvres, fards à joues et bronzants dans toutes les teintes possibles).

– Bonjour, Madison ! lança Jane d'une voix fatiguée mais amicale. Tes cheveux et ton maquillage sont super.

– Merci !

Madison leva la main et tâta le halo de boucles serrées sur sa tête. Elle remarqua que Jane avait des cernes sous les yeux, que sa peau semblait pâle et marbrée et que ses sourcils étaient négligés. Grand Dieu, comment pouvait-elle quitter son appartement comme cela ? Elle avait de la chance que personne ne sache qui elle était.

– Où est Gaby ? demanda Jane.

– En retard, répliqua Madison.

– En retard ? Comment ça, en retard ? Je lui ai laissé trois messages, s'écria Dana en regardant sa montre.

Avec la première des *Plaisirs d'Hollywood* dans seulement deux semaines, elle était encore plus tendue et grincheuse que d'habitude.

— Elle va arriver, ajouta Madison. Elle m'a envoyé un texto, il y a cinq minutes. Elle ne s'est pas réveillée. Bonjour, Scarlett.

Scarlett fit un signe de tête, mais ne répondit pas. Elle portait un chandail bleu marine beaucoup trop grand, dont le capuchon était tiré sur ses cheveux humides, un jean et des lunettes de soleil. Elle tenait une assiette en plastique remplie d'œufs brouillés ramollis, de tranches de bacon et d'un demi-baguel à l'oignon. *Hum.* Comment cette fille pouvait-elle manger autant avant une séance de photos ? Était-elle toujours aussi cochonne ?

— Qui a eu l'idée folle de demander que l'on me réveille à 6 h du matin ? ronchonna Scarlett en ne s'adressant à personne en particulier.

Elle mordit dans le baguel, fit la grimace et le recracha dans son assiette bien remplie.

— Moi. Scarlett, je vous présente Lana. Elle va s'occuper de votre maquillage, dit Dana en désignant la femme qui portait le rouge à lèvres rose vif. Ann sera là dans quelques minutes. Elle fera le vôtre, Jane.

Elle marqua une pause pour écouter quelqu'un qui lui parlait dans son casque.

— Hein ? Oh, mon Dieu. Je reviens dans une seconde, les filles, souffla-t-elle en se précipitant hors de la pièce.

Scarlett lança un regard prudent vers Lana.

— Je n'aime pas être beaucoup maquillée.

— Ne vous en faites pas, ma chère. Je vais vous faire belle, la rassura Lana.

— Ouais, bon. Pensez au maquillage le plus léger que vous pouvez faire. Puis, faites-le encore plus léger, rétorqua Scarlett d'un air irrité.

« Ouais, bon plan, pensa Madison. Offenser la femme qui va s'occuper de ton visage. »

Même si, dans le cas présent, Scarlett avait raison d'être prudente. D'un autre côté… si Lana donnait à Scarlett l'allure d'un monstre, ce n'en était que mieux pour Madison.

Jane et Gaby étaient mignonnes, mais elles ne faisaient pas vraiment tourner les têtes. Mais Scarlett était splendide. Des trois filles, elle était la seule à pouvoir rivaliser avec Madison dans ce domaine.

Une petite femme blonde s'avança et adressa un grand sourire à Jane.

— Bonjour !

Madison entendit la femme se présenter comme étant Ann, sa maquilleuse.

— Mais en voilà un joli visage ! Vous allez me rendre la tâche facile ! dit-elle d'un ton chaleureux.

Apparemment, se faire réveiller à 6 h ne dérangeait pas Ann. Pas plus que de mentir au sujet de l'apparence physique de quelqu'un.

— Je n'en sais rien ! répondit Jane en riant.

Ouais, Madison n'en savait rien non plus.

Jane s'assit devant un des postes de maquillage, puis jeta un coup d'œil à Madison dans le miroir.

— Quand t'es-tu fait coiffer et maquiller, Madison ? Tu es arrivée à 4 h, ou quoi ? plaisanta-t-elle.

— Oh, j'ai mon propre personnel, répondit Madison. Je ne fais pas confiance à n'importe quelle styliste pour me coiffer et me maquiller. Elles ne le font jamais très bien.

Lana et Ann lui lancèrent toutes deux un regard noir. Peu importe.

– Eh bien, j'étais tellement excitée à propos de cette séance de photos que j'ai à peine dormi la nuit dernière, dit rapidement Jane à Ann. Alors, si vous pouvez me rendre belle, vous êtes un génie !

Madison regarda Ann, qui commençait à appliquer une crème hydratante sur le visage de Jane avec un pinceau de maquillage. Jane désigna quelques coupures de presse sur le miroir montrant divers mannequins, toutes avec de longs cils et des ronds de couleur sur les joues comme les poupées.

Puis, elle pointa du doigt Madison, qui avait les mêmes cils et les mêmes joues.

– Allons-nous toutes ressembler à ça ? demanda-t-elle à Ann.

– Oui. Vous allez être sensationnelles ! répliqua Ann.

– C'est rétro, un concept des années 1950. Trevor m'en a parlé, la fin de semaine dernière. Nous allons toutes avoir dans la main une grosse sucette ronde, expliqua Madison. *Les plaisirs d'Hollywood*, tu vois ? Il a dit que cette photo paraîtra dans tous les magazines. Et ils vont également en faire des affiches.

– Super ! dit Jane.

Scarlett roula les yeux.

– Nous allons toutes porter les mêmes, en différentes couleurs, ajouta Madison.

Elle ouvrit son peignoir blanc en tissu éponge pour révéler un maillot de bain en vogue dans les années 1950. Il était rose vif et épousait ses formes parfaites. De la dentelle rose pâle bordait le bord de son décolleté plongeant.

— Oh, Grand Dieu ! C'est vraiment joli ! s'écria Jane.

Scarlett sembla horrifiée.

— Qu'est-ce que tu portes ? demanda-t-elle.

Madison tourna sur elle-même et leur montra son derrière bronzé, qui sortait du bas de son maillot.

— Vous n'aimez pas ? Je suis obsédée ! Ils en ont fait faire pour chacune de nous.

— Tu dois te moquer de moi, répliqua Scarlett, dont l'expression horrifiée se changea en exaspération. Je ne fais pas de photos en maillots de bain. Et surtout pas en rose.

— Détends-toi, princesse des ténèbres. Nous allons toutes porter des couleurs différentes, insista Madison avec un petit sourire suffisant. Manifestement, le tien sera noir.

Scarlett quitta sa chaise d'un bond et bouscula Madison en passant près d'elle.

— Où est Dana ? J'ai à lui parler. Je ne porterai pas ça.

— Scarlett, je n'ai pas fini avec vous ! lui cria Lana en agitant son pinceau.

Mais Scarlett était déjà loin.

Madison sourit intérieurement. Des quatre filles, elle était manifestement la seule qui savait comment se comporter lors d'une séance de photos, ce dont elle était ravie.

— C'est de la merde ! lança Scarlett, debout, les bras croisés sur sa poitrine, avec une sucette aux couleurs brillantes dans une main.

Ses longs cheveux noirs avaient été bouclés et relevés en chignon. Son visage avait été maquillé pour ressembler à celui des autres filles.

— Sérieusement, pourquoi ne m'avez-vous pas dit que je devrais porter un maillot de bain aussi minuscule, au lieu de me mettre devant le fait accompli ?

— Je suis désolée, Scarlett, répondit Dana d'un air irrité. Je dois avoir manqué la partie de votre contrat où vous donnez votre autorisation pour les différentes tenues.

— Vous savez ce que Catherine McKinnon aurait à dire sur toute cette merde ?

— Catherine qui ?

Dana lança un coup d'œil impatient à sa montre.

— C'est une intellectuelle et une féministe très célèbre, et elle…

— Bon, je suis prête à commencer, l'interrompit Madison en arrangeant ses boucles serrées. Où voulez-vous que je me place ?

Elle désigna le centre du plateau. Elle se visualisa au centre de la photo, avec les autres filles disposées en demi-cercle autour d'elle.

Il avait fallu 20 minutes pour convaincre Scarlett d'enfiler son maillot de bain, et depuis, elle n'avait pas cessé de se plaindre. Jane avait également fait un commentaire sur le fait que le maillot de bain était trop échancré, même si elle n'en avait pas fait toute une affaire comme son amie. Elle s'était lamentée légèrement, jusqu'à ce qu'Ann applique de la crème bronzante sur ses jambes pas-vraiment-effilées pour la calmer.

Gaby, qui était finalement arrivée, tripotait le bord de son maillot jaune, apparemment inconsciente de toute l'agitation qui l'entourait. Madison devait reconnaître que la couleur était jolie contre la peau dorée de Gaby. Et Gaby, qui portait habituellement des tenues classiques, était bien faite en réalité. D'un autre côté, Jane pouvait se permettre de fréquenter la salle de gym. Elle était loin de la taille zéro de Madison. En vérité, elle semblait presque moche dans son maillot de bain bleu pâle avec un petit nœud blanc au milieu.

Gaby se pencha vers Madison.

— Tu veux faire quelque chose plus tard ? Je déteste les dimanches ; ils sont tellement ennuyeux, murmura-t-elle.

— Certainement, mon chou.

— Quoi, par exemple ?

— Je ne sais pas. Je vais y réfléchir.

Madison ne comprenait pas pourquoi Scarlett s'était énervée. Elle paraissait très bien dans son maillot noir.

— Alors, que vas-tu porter pour la première de la série ?

— Je ne sais pas encore… Gaby, laisse-moi me concentrer, d'accord ?

— Te concentrer sur quoi ?

— Sur la séance de photos.

Gaby fronça les sourcils.

— Sur quoi doit-on se concentrer ? Ils vont simplement prendre des photos de toi, n'est-ce pas ?

Madison, ne voulant rien dire de plus, agita la main d'un air dédaigneux. Bien sûr, elle devait se concentrer. Elle devait se concentrer pour s'assurer qu'elle était photographiée avec le meilleur éclairage et l'angle le plus flatteur, plus que les trois autres, pour garantir qu'elle serait la vedette incontestée des *Plaisirs d'Hollywood*. En fait, l'émission n'avait pas de vedette. Elle était censée tourner autour de quatre filles de façon égale. Mais une certaine dynamique dans une affiche promotionnelle ou une annonce publicitaire pouvait transmettre beaucoup de choses. Il était donc crucial que Madison fasse tout son possible pour que cette dynamique prenne forme.

Le photographe, Jeremy, était Anglais. Il semblait être dans la fin de la quarantaine, avec des cheveux poivre et sel et des sourcils broussailleux. Hétéro ? Homo ? C'était si difficile de distinguer cela chez les Britanniques. Juste au cas, elle ne manqua pas de lancer un sourire éclatant dans sa direction en rejetant les épaules en arrière, ce qui rendit ses seins… bon, plus proéminents.

Jeremy lui retourna son sourire. Puis, il fit un signe à Jane et lui dit :

– Jane ? Nous allons te demander de t'asseoir sur ce gros cœur ; avec ton dos contre celui de Scarlett. Ouais, c'est cela, chérie, c'est bien.

– Où voulez-vous que je me mette ? demanda Madison d'un ton aimable.

– Madison, Gaby… Je voudrais que vous vous asseyiez de chaque côté de Jane et Scarlett.

Madison s'exécuta et un moment plus tard, Jeremy commença à prendre les photos. Ce n'était pas une pose qu'elle aurait choisie.

Mais il ne s'agissait certainement que d'essais. Elle avait encore le temps de jouer des coudes pour occuper une meilleure place.

Les portes du studio s'ouvrirent, et Trevor entra sans se presser. Il fit un signe de la main tout en se dirigeant vers Dana, qui, debout derrière le photographe, observait la scène. Madison n'avait pas vu Trevor depuis un certain temps, même si elle lui avait téléphoné quelques fois au cours des deux dernières semaines, pour essayer de découvrir ce qui se passait avec le montage, les séances de photos, la première de la série et tout le reste. Il n'avait pas dit grand-chose au sujet des montages. Toutefois, il avait révélé qu'il était très, très, satisfait des séquences de Madison et de l'autre fille.

— Waouh ! Vous êtes superbes ! lança Trevor.

Dana pointa le doigt sur l'écran de l'ordinateur où les essais apparaissaient.

— Qu'en pensez-vous, Trevor ?

Madison observa Trevor et Dana, qui fixèrent l'écran pendant un instant. Puis, Trevor appela le photographe, et tous les trois se parlèrent calmement. Madison n'entendait pas ce qu'ils disaient, mais ils gardèrent les yeux rivés sur l'écran, puis se tournèrent vers les filles.

Un moment plus tard, Jeremy reprit sa position derrière l'appareil photo.

— Bon, nous allons vous changer légèrement de place, les filles.

« Ah, ah », pensa Madison. Quel homme intelligent ! Trevor savait que Madison devait être au centre, et non sur le bord de la photo.

— Mademoiselle Jane, poursuivit Jeremy, nous allons te prendre de face plutôt que de profil.

Il recula et regarda le groupe tandis que Jane déplaçait ses jambes et les posait sur le devant du gros cœur.

— D'accord, peux-tu glisser un peu plus vers l'avant ? Et mademoiselle Scarlett, va t'asseoir dans le coin arrière. Maintenant, j'ai besoin que vous vous serriez plus les unes contre les autres.

Madison sentit un frisson d'inquiétude.

— Euh, Jeremy ? dit-elle en s'efforçant de lui adresser un sourire charmeur. Pouvons-nous le faire autrement ? J'ai l'impression que Jane me cache. Je suis presque à l'arrière-plan.

— Madison, vous êtes bien là où vous êtes, s'écria Trevor. Nous voulons simplement que vous vous rapprochiez pour la photo de groupe.

— Mais…

— Maintenant, dites « ouistiti », lança Jeremy.

Madison tenta de cacher sa frustration. Cela ne se passait pas comme elle l'avait planifié.

Toutes les quatre s'installèrent dans leur nouvelle position, et le photographe prit la photo. Madison observa le visage de Trevor, qui regardait l'écran de l'ordinateur en attendant que l'image apparaisse.

Trevor attendit… se pencha… et afficha un sourire.

— C'est parfait, annonça-t-il. Merci, Jeremy.

Madison fulminait. Ses yeux se posèrent sur Jane, qui souriait et se sentait bien contente d'elle. Cette petite rien du tout, grassouillette, venait de voler le moment appartenant à Madison. Qui croyait-elle que Madison était ?

24

NOUS NE SOMMES **PAS** DES VEDETTES DE LA TÉLÉVISION

Jane vérifia une dernière fois son maquillage dans son miroir de poche rond en or, avant de se diriger vers l'Area. C'était étrange de ne pas avoir une longue file devant l'une des boîtes de nuit les plus branchées de Los Angeles, mais elle avait été fermée pour le visionnement et la fête privée de PopTV.

— Je suis un peu nerveuse, murmura-t-elle à Scarlett en cherchant sa main.

— Pour quelle raison es-tu nerveuse? souffla Scarlett avec un sourire. Des millions de gens à travers toute l'Amérique vont bientôt avoir un regard intime sur la vie privée de Jane Roberts et te voir sous toutes les coutures. La belle affaire.

— Et sur la vie privée de Scarlett Harp également! lui rappela Jane. Tu n'as pas peur?

— Non. Je n'ai rien à cacher.

– Je n'ai rien à cacher, moi non plus. C'est juste bizarre de savoir qu'un si grand nombre de personnes vont nous regarder.

– Ou peut-être que personne ne va nous regarder, renchérit Scarlett d'un ton joyeux.

Parfois, Jane avait l'impression que Scarlett désirait plus que tout que l'émission n'ait pas de succès. L'émission *Les plaisirs d'Hollywood* avait complètement pris le pas sur leur vie. Au cours du mois passé, les caméras les avaient suivies presque tous les jours : au travail, dans les boîtes de nuit, dans les magasins, dans les restaurants et partout ailleurs. Tous les dimanches, Dana leur téléphonait pour établir le programme de tournage de la semaine à venir. Jane ne songeait plus à une semaine typique comme allant du lundi au dimanche, mais comme allant d'un appel téléphonique pour établir le programme au prochain appel. Dana et l'émission faisaient désormais office de calendrier. Et elle ne pensait plus, non plus, à un ensemble comme étant complet sans un micro glissé sous ses vêtements et collé sur sa peau.

Jane n'avait aucune idée de ce que les producteurs de la série *Les plaisirs d'Hollywood* avaient fait de toutes les séquences. La seule chose qu'elle avait vue était la brève bande-annonce qui avait été présentée sur PopTV pendant toute la semaine – un montage rapide de Scarlett, Madison, Gaby et elle-même aux quatre coins de la ville. Plusieurs étrangers avaient déjà reconnu Jane à la suite de cette diffusion. Ce soir-là serait la première fois où les quatre filles verraient un épisode définitif. Aucune d'entre elles ne savait réellement à quoi s'attendre. Au fond d'elle-même, Jane avait encore des réserves sur le concept de l'émission. Après tout, comment pouvait être intéressant le fait de suivre la vie quotidienne, sans retouches, de quatre Californiennes ordinaires ? Une bande-annonce avec des extraits et de la musique entraînante était une chose. Les producteurs seraient-ils réellement capables de promouvoir une série entière ?

Le téléphone de Jane vibra. Elle y jeta un coup d'œil rapide. C'était Fiona qui disait qu'elle était vraiment désolée, mais qu'elle allait être dans l'impossibilité de venir à la soirée.

Jane n'avait pas beaucoup vu Fiona ces derniers temps, ou du moins c'était l'impression qu'elle avait. Les premiers jours après que Jane avait eu sa promotion, Fiona l'avait fait courir dans tous les sens comme une folle. Mais après cela, elle n'avait eu que peu de responsabilités – au moins aucune hors caméra.

Une affiche de deux mètres de haut des quatre filles avait été placée près de la porte de l'Area. C'était un cliché qui avait été pris lors de la séance de photos qui avait eu lieu deux semaines plus tôt, sur lequel les filles portaient ces minuscules maillots de bain et tenaient dans la main une grosse sucette ronde. L'affiche portait deux inscriptions : « *Les plaisirs d'Hollywood* », écrite en lettres rose vif, dans le haut, et « … tout sauf adorables » dans le bas.

La même image était apparue dans plusieurs magazines. Quand Jane avait vu la publicité pleine page pour la première fois, elle avait été agréablement surprise. La photo était moins vulgaire qu'elle avait pensé et plus suggestive.

Cependant, cela faisait un drôle d'effet de se voir sur une affiche de deux mètres de haut. C'était tellement… *grand.*

Jane et Scarlett restèrent un moment devant l'affiche à se regarder.

— C'est un moment bizarre, n'est-ce pas ? fit remarquer Scarlett. Le vrai « nous » regardant le faux « nous ».

— Je suppose qu'on peut dire ça comme ça.

À côté de l'affiche, un photographe se tenait devant une toile de fond blanche portant le logo PopTV. Quand il vit Jane et Scarlett, il s'empressa de leur faire un signe de la main.

— Posez avec moi sur le tapis rouge, lança-t-il.

— Où ? dit Jane d'un air perplexe.

Le photographe désigna la toile de fond blanche PopTV.

— Là.

— Euh, bien sûr.

Elle serra fermement la main de Scarlett.

Comme le photographe levait la caméra et commençait à les mitrailler, les filles firent de leur mieux pour paraître naturelles. Aucune d'elles ne savait comment prendre la pose. C'était son — leur — première expérience du tapis rouge. C'était vraiment étrange. Jane avait vu des photos de vraies célébrités devant des bannières publicitaires avec un essaim de photographes (bon, plus d'un photographe, en tout cas) qui les mitraillaient. Et à cet instant… c'était elle qui se faisait photographier. Elle avait l'impression de rêver, mais elle ne savait pas vraiment si c'était un rêve agréable, un cauchemar, ou quelque chose entre les deux.

À l'intérieur, la boîte de nuit était bondée. L'ambiance était la même que les autres soirs, sauf que la vingtaine de gens branchés qui occupaient les banquettes en cuir blanc avaient été remplacés par des gens d'affaires, des publicitaires et des membres de la famille.

— Wow, souffla Scarlett en balayant la salle du regard. On se croirait dans un magasin Men's Warehouse, et non à l'Area.

— Ouais.

Jane tenta de se frayer un chemin parmi la foule en cherchant des visages familiers. Scarlett la suivit. Jane trouva Trevor, Dana, Wendell et des membres de l'équipe de la série *Les plaisirs d'Hollywood*. Elle n'avait pas vu Wendell depuis l'interview qui avait eu lieu au mois d'août. Il croisa son regard et lui adressa un sourire accompagné d'un signe de la main.

Madison et Gaby discutaient avec un couple de personnes plus âgées. La femme ressemblait beaucoup à Gaby. C'était certainement sa mère et son beau-père. L'endroit était majoritairement rempli de gens que Jane ne reconnaissait pas. Elle savait que D allait venir tard. Quant à Braden, elle ne savait pas vraiment. Elle lui avait envoyé un texto pour l'inviter (avec une phrase désinvolte du genre « tu peux venir avec des amis ! » qui pouvait inclure Willow, ou non), et il avait promis « d'essayer de venir ».

Jane aperçut ses parents et ses sœurs, Lacie et Nora, près d'un buffet. Ils paraissaient aussi excités et nerveux qu'elle se sentait au fond d'elle-même. Elle était plus que ravie qu'ils soient venus. Elle les avait vus une seule fois depuis qu'elle s'était installée à Los Angeles, quand Scarlett et elle étaient allées deux jours en voiture à Santa Barbara pour fêter les 16 ans de Lacie.

— Salut ! lança Jane.

Elle saisit la main de Scarlett et se précipita vers sa famille en vacillant sur ses talons aiguilles de 10 centimètres.

— Jane ! Oh, mon Dieu !

Sa mère, Maryanne, lui ouvrit les bras et l'étreignit chaleureusement. Son père, Mark, fit de même. Les deux serrèrent également Scarlett dans leurs bras.

— Nous sommes tellement fiers de vous, les filles ! s'exclama son père en leur faisant un clin d'œil. Wow, des vedettes de la télévision ! C'est vraiment excitant !

— Papa, rétorqua Jane en rougissant. Nous ne sommes *pas* des vedettes de la télévision.

Elle se tourna et adressa un sourire à ses sœurs. Les longs cheveux blonds de Lacie étaient attachés en arrière, et ses grands yeux noisette étaient brillants d'admiration. Nora, qui avait 14 ans, avait les mêmes boucles brunes que son père (dont une mèche était à ce moment enroulée autour de son index, comme sa sœur… c'était de famille) et des yeux bruns dorés. Elle rendit son sourire à Jane en dévoilant son appareil orthodontique mauve.

— Alors, quelles célébrités allons-nous voir, ce soir ? demanda Lacie, qui ne mâchait jamais ses mots.

Jane rit et haussa les épaules.

— Je ne sais pas.

— J'ai entendu dire qu'Anna Payne devait venir, plaisanta Scarlett en donnant un coup de coude à Jane.

— Quoi ? s'écrièrent Lacie et Nora.

— Je plaisantais ! Je plaisantais ! souffla Scarlett en levant les mains.

Nora fronça le nez.

— Ce n'est pas drôle. Alors, sors-tu avec quelqu'un de célèbre ? demanda-t-elle à Jane.

Jane remarqua que ses parents avaient les yeux rivés sur elle, comme s'ils étaient pressés d'entendre ce qu'elle allait répondre à la question de Nora.

— Euh, non, répondit-elle d'un air embarrassé. Je ne sors avec personne.

Sa mère s'approcha et lissa un faux pli imaginaire sur la robe de Jane.

— Est-ce que tout va bien, ma chérie ? As-tu besoin de quelque chose ?

— Je vais très bien, maman.

Sa mère, ainsi que son père, s'inquiétait toujours à son sujet et était toujours aux petits soins pour elle. En fait, cela lui manquait, depuis qu'elle était livrée à elle-même.

— Oh, mon Dieu ! Est-ce que c'est Jesse Edwards ? s'exclama Nora.

— Il est tellement sexyyyy ! s'écria Lacie.

Jane se retourna. Sur le tapis rouge, où Jane et Scarlett avaient posé pour quelques photos, son bras entourant négligemment les épaules d'une fille qui avait tout d'un mannequin pour Victoria's Secret, se tenait un type magnifique, vêtu d'un costume noir et d'une chemise blanche habillée, sans cravate. Il était grand et large d'épaules, bien bâti, et il avait des cheveux bouclés châtain clair.

— Il m'est vaguement familier, dit Jane.

— Jane, tu n'y connais rien ! Jesse Edwards apparaît dans tous les magazines, l'interrompit Nora.

— Mais enfin, Jane, se moqua Scarlett avec beaucoup d'emphase, ce qui incita Nora à lui tirer la langue en riant.

— C'est le fils de Wyatt Edwards et Katarina Miller, expliqua Lacie après un roulement des yeux pas vraiment subtil.

Ah, oui – *lui*. À présent, Jane s'en souvenait. Jesse Edwards était la progéniture d'une vingtaine d'années de ces deux acteurs célèbres qui s'étaient rencontrés sur un plateau de cinéma et avaient passé les 20 dernières années à se séparer et à se réconcilier. Dans les tabloïds, Jesse était toujours avec une starlette de série B, devant un restaurant ou un club branché. Il avait décroché quelques rôles dans deux séries télévisées, mais il était surtout connu pour son image et ses petites amies. C'était un don Juan notoire.

Jane l'observa alors qu'il escortait sa copine vers le bar en faisant des signes de la main et en souriant à tous ceux qui passaient. Quel comédien ! Mais il était sexy.

– Scarlett !

Jane se retourna. Monsieur et madame Harp – en fait docteur et docteure Harp – venaient vers elles, un verre de champagne à la main. Le père de Scarlett, vêtu de son costume gris d'apparence luxueuse, se fondait parfaitement dans la foule. La robe argentée de la mère de Scarlett moulait son corps très mince.

– Vous êtes venus.

Scarlett semblait très excitée. Jane savait que sa meilleure amie n'avait jamais été proche de ses parents. En fait, après la fête d'anniversaire de Lacie, Scarlett avait préféré passer la nuit chez les Roberts plutôt que d'aller chez ses parents.

– Ton père ne manque jamais une soirée, s'exclama la mère de Scarlett d'un air ironique. Comment vas-tu, Scarlett ?

– Qu'en est-il de la série *Les plaisirs d'Hollywood* ? Ce n'est pas comme cette affreuse téléréalité où les jeunes rivalisent pour sortir avec les filles, n'est-ce pas ? lança le père de Scarlett.

— Non, papa. En fait, c'est la première émission de téléréalité classée X de PopTV, répliqua Scarlett. Ils ont installé un poteau de danse dans notre salon.

Ses parents la regardèrent, bouche bée. Les parents de Jane échangèrent un regard embarrassé. Lacie et Nora se contentèrent de ricaner.

— Elle plaisante, ajouta rapidement Jane.

Les doigts froids de quelqu'un se posèrent sur son épaule. Elle se retourna et constata que c'était Madison. Gaby était là, elle aussi, tenant un verre de martini dans chaque main. Madison portait une mini-jupe dorée garnie de perles. Ses cheveux décolorés tombaient en boucles libres. La robe bustier noire de Gaby descendait jusqu'aux genoux, et ses cheveux étaient remontés en un chignon souple. Son maquillage était parfait. Jane n'avait vu aucune des deux depuis la séance de photos.

— Jane ! lança Madison. Scarlett ! Êtes-vous toutes les deux emballées par la soirée ?

Elle parlait plus fort que d'habitude et semblait légèrement éméchée.

— Salut, vous deux, dit Jane en les embrassant. C'est complètement fou, n'est-ce pas ?

— C'est merveilleux ! acquiesça Gaby. Quelqu'un veut un martini ? J'en ai commandé deux par mégarde.

— Je vais le prendre ! lança Madison avec un petit rire nerveux.

Jane remarqua que ses parents haussaient les sourcils. Ils acceptaient sans problème qu'elle boive du vin en mangeant à l'occasion et en aucune façon, ils ne pouvaient savoir qu'elle avait goûté à plus, mais quand même, il était heureux que Scarlett et elle n'aient pas eu le temps de prendre un verre. Sa mère et son père allaient plutôt la voir boire au moins une fois sur l'écran géant qui trônait à l'avant de la salle — ce n'était pas la peine de leur en montrer plus que ce qu'ils allaient déjà voir.

Jane et Scarlett présentèrent Madison et Gaby à leurs parents.

— Ma mère et mon père sont là-bas, en grande discussion avec Trevor, dit Gaby en les désignant de la main. Madison, quand tes parents vont-ils arriver ?

— Ils ne viendront pas. Ils sont à Pékin.

Avec un haussement d'épaules, Madison but une gorgée de son martini et en renversa un peu.

— Ils sont partis conclure une affaire pour un complexe hôtelier qu'ils construisent là-bas. Ils voulaient prendre l'avion privé pour venir à la fête, mais je leur ai dit que nous pourrions faire la fête la prochaine fois qu'ils seraient en ville.

— Vos parents sont des promoteurs dans le domaine hôtelier ? demanda la mère de Scarlett à Madison, avec intérêt.

Madison se pencha et prit une gorgée d'un des martinis de Gaby.

— Entre autres choses.

Les Harp se mirent à parler aux parents de Jane d'un hôtel de luxe qui venait d'ouvrir à Londres, dans lequel ils avaient récemment séjourné. Lacie et Nora partirent faire le tour de la salle, à la recherche de célébrités. Jane se tourna vers Scarlett, Madison et Gaby pour qu'elles puissent se raconter des échos concernant les autres personnes présentes dans la salle quand elle remarqua un personnage familier qui pénétrait dans le club. Son cœur bondit presque hors de sa poitrine. C'était Braden ! Après sa réponse évasive, elle se demandait s'il allait venir. Il était vêtu d'une chemise noire et d'un jean noir. Il semblait perdu et désemparé, comme s'il n'avait jamais mis les pieds dans une boîte de nuit, ce qui, le connaissant, était totalement possible. Plus Jane apprenait à le connaître, plus elle comprenait qu'il ne s'adaptait vraiment pas à l'ambiance d'Hollywood.

Elle était sur le point de crier son nom quand la voix de Trevor résonna dans les haut-parleurs. Il se tenait à l'avant de la salle, près de l'immense écran plasma. Les gens se tournèrent pour lui faire face.

– Puis-je avoir l'attention de tout le monde ? s'écria Trevor. Jane, Scarlett, Madison et Gaby, pouvez-vous venir ici ?

Jane adressa à ses parents un sourire excité et nerveux, et suivit les autres filles à l'avant de la salle.

– Il reste exactement 1 minute et 22 secondes avant le grand moment, ajouta Trevor en arborant sa Rolex. Avant que nous puissions voir les toutes premières images de cette nouvelle excitante série, je voudrais simplement dire quels instants merveilleux nous avons tous partagés en préparant cette émission. Et cela ne fait que commencer ! Ces dernières semaines ont été difficiles, mais nous y avons survécu. Alors, j'espère que vous allez prendre plaisir à regarder la série *Les plaisirs d'Hollywood* autant que nous avons pris plaisir à la réaliser.

Les lumières s'éteignirent.

– J'invite chacun de vous à visionner le tout premier épisode d'une série qui, je l'espère, en connaîtra beaucoup d'autres. Mesdames et messieurs, *Les plaisirs d'Hollywood* ! annonça Trevor.

Les applaudissements et les acclamations fusèrent. Trevor recula au moment où l'écran s'anima. Le visage de Jane apparut, souriant à quelqu'un ou quelque chose au loin. « Je m'appelle Jane », s'entendit-elle dire dans les haut-parleurs en son ambiophonique. Elle était fascinée.

Puis, le générique d'ouverture commença à défiler sur une chanson de Rihanna et un montage des quatre filles faisant différentes choses, et enfin l'image finale de Jane vidant une boîte dans le nouvel appartement avant de s'effondrer dans le canapé avec Scarlett en souriant.

Jane s'appuya contre Scarlett.

— Oh, mon Dieu ! C'est nous, murmura-t-elle.

— Ouais, ouais, répondit Scarlett.

Elle faisait semblant d'en avoir assez, mais Jane savait qu'elle était, elle aussi, fascinée.

Les filles restèrent tranquilles tandis que le générique d'ouverture s'estompait, suivi par une photo de Jane entrant chez Événements Fiona Chen. Naomi, à son bureau, disant à Jane que Fiona voulait la voir. Puis, Fiona offrant une promotion à Jane. Fiona disant à Jane qu'elle lui faisait confiance pour ne pas tout gâcher. Puis, une photo de Jane avec une expression soucieuse. Autour d'elle, tout le monde se mit à rire. Ensuite apparut une scène où Jane s'installait à son nouveau bureau. Puis, Paolo s'arrêtant et lui demandant de sortir avec lui. Jane ne pouvait pas croire qu'il montrait cet extrait. Elle supportait difficilement Paolo et elle n'avait jamais plus entendu parler de lui après leur première soirée désastreuse.

Ensuite, on pouvait voir Gaby à son travail à la firme de relations publiques appelée Ruby Slipper. Elle était à la réception où elle répondait aux appels téléphoniques et mêlait les noms des gens pour en faire des noms drôles. Cette scène fit s'élever de nombreux rires. (Jane était contente que son premier jour chez Fiona Chen n'ait pas été filmé !) Puis, Madison s'entraînant à la salle de gym avec son entraîneur personnel, Byron... qui était sexy ! Jane ressentit un besoin urgent de se mettre en forme. Ensuite, Scarlett prenant des notes durant un de ses cours à l'U.S.C. Elle leva la main et répondit d'un air sarcastique. La caméra se fixa sur les visages de quelques-uns des autres étudiants, puis revint se poser sur le professeur. À l'air stupéfait. Autour d'elle, tout le monde se mit à rire de nouveau.

Quand arriva la scène des quatre filles dans la boîte de nuit, Jane put se regarder sans se sentir gênée. Excepté... *Oh, merde* ! Jane savait de quelle nuit il s'agissait. Elle serra le bras de Scarlett. Allaient-ils la montrer chez Madison, lorsqu'elle avait trop bu ? Avec ses parents et ses sœurs à deux pas d'elle ? Les yeux rivés sur l'écran, elle les vit retourner à l'appartement de Madison, accompagnées par un groupe de garçons. Il y eut des photos des filles qui dansaient, riaient, buvaient du champagne. À la surprise de Jane, cela semblait plutôt innocent. Ouf ! Puis, on vit deux garçons qui annonçaient qu'ils allaient tous chez Jane et Scarlett, suivi d'un plan rapproché où ils serraient les poings et se lançaient des regards entendus.

« Euh, pensa Jane. Ces gars sont tellement stupides ! »

La musique se mit à jouer pour accompagner Jane, Scarlett et les deux garçons qui se dirigeaient vers la porte. L'épisode se termina sur une vue aérienne du centre-ville de Los Angeles tout éclairé.

L'inscription « Réalisé et produit par Trevor Lord » apparut à l'écran, puis le générique commença à défiler.

Des applaudissements enthousiastes éclatèrent, et Scarlett s'approcha de Jane.

— As-tu vu ? murmura-t-elle.

— Je sais ! Ils ont fait comme si nous étions rentrés à l'appartement avec les garçons, murmura Jane à son tour. Ne les avons-nous pas quittés devant l'ascenseur ?

— Bien sûr, répondit Scarlett. Je ne peux pas croire qu'ils ont fait ça.

Jane se tourna vers Madison et Gaby.

— Que pensez-vous de ça ? dit-elle à voix basse.

— C'était *génial*, s'écria Madison, bien que cela semble un peu forcé. Alors, quand as-tu fait l'enregistrement de la scène du début ?

— Oh, ça a été fait à la dernière minute, expliqua Jane.

Scarlett était la seule à qui elle avait dit que les producteurs lui avaient demandé de faire la narration.

— Tu as fait du bon travail. C'était vraiment bien !

Levant son verre de martini, Gaby se mit à tourbillonner en faisant quelques pas de danse.

— Madison, veux-tu aller en chercher un autre ?

— Bien sûr, mon chou !

Tandis que les deux filles s'éloignaient, Jane et Scarlett échangèrent un regard. Scarlett haussa les épaules et fit la moue

— Qu'est-ce que ça veut dire ? lança Jane en haussant les épaules à son tour.

— Jane ! Scarlett ! Oh, mon Dieu !

D s'avançait précipitamment vers elles, suivi d'un garçon plus âgé que Jane ne reconnut pas. Il salua Jane et Scarlett d'une étreinte ferme.

— C'était formidable ! Je vais enregistrer tous les épisodes !

Puis, D se tourna vers le gars qui se tenait derrière lui.

— Je veux vous présenter mon ami, Quentin Sparks.

— Enchanté, dit Quentin en tendant la main.

— Quentin est animateur de boîtes de nuit, continua D. Il fait une nuit au club Les Deux et une nuit au Teddy's. C'est lui qui anime toutes les meilleures soirées.

— J'ai dit à D que vous êtes les bienvenues dans n'importe lequel de mes clubs. Nous pouvons vous offrir une table et une bouteille. Il vous suffit de me faire savoir quand vous voulez venir, ajouta Quentin.

— Super ! rétorqua Scarlett.

D et Scarlett engagèrent une conversation, mais Jane fit le tour de la salle du regard. Il y avait quelqu'un à qui elle *devait* parler. Jane trouva Braden, qui était assis au bar, seul.

— Excusez-moi, dit-elle à Scarlett, Quentin et D. Je viens de voir mon ami. J'ai été ravie de vous rencontrer !

— Tiens-toi loin des ennuis, lui cria D.

— Elle y fonce la tête la première, souffla Scarlett.

— Parle pour toi ! riposta Jane en les saluant d'un signe de la main et en se précipitant vers le bar.

Les yeux de Braden rayonnèrent quand il la vit.

— Salut !

— Salut ! s'écria Jane en lui passant les bras autour du cou et en le serrant fermement contre elle.

Il l'enlaça à son tour. Elle ne l'avait pas vu depuis un bon moment, pas depuis cette nuit chez Lola's. Elle avait été tellement occupée par son travail et ses autres activités.

— Je n'arrive pas à croire que tu sois venu ! lui dit-elle.

— Bien sûr, je suis venu. Je n'aurais voulu pour rien au monde manquer ta grande soirée, répondit Braden en souriant. L'émission est sensationnelle. Bon, et toi, tu es sensationnelle.

Jane rougit légèrement.

— Ouais, bon, ils ont fait le montage d'une étrange façon. Comme la scène finale ? Ce n'est pas comme cela que ça s'est passé.

— Je crois que c'est typique des émissions de téléréalité. Tiens.

Braden lui tendit une boîte recouverte de papier de soie bleu pâle.

— Je t'ai apporté un cadeau.

— Un cadeau ? Sérieusement ? Mais il ne fallait pas !

— Ce n'est pas grand-chose.

Jane déchira le papier en essayant de cacher son empressement à ouvrir la boîte. Enfouie dans un nid de papier de soie blanc, elle découvrit un petit chiot en peluche. Il était blanc avec des oreilles pendantes brunes et des taches brunes.

— Oooh ! s'écria Jane en le brandissant. Braden ! Tu m'as offert un chiot !

— J'ai pensé qu'il pourrait te tenir compagnie, jusqu'à ce que tu en aies un vrai, expliqua Braden.

— C'est tellement gentil. Je vais l'appeler B en ton honneur.

— Tu ne vas pas faire ça !

— Trop tard, je lui ai déjà donné son nom.

Jane lui sourit. Oubliez « amis ». Elle l'aimait tellement.

— Sérieusement, Braden, je ne peux pas croire que tu as fait ça. Merci beaucoup !

Jane le serra de nouveau contre elle. Elle savait que n'importe quel autre garçon aurait apporté des fleurs ou un cadeau banal, mais pas Braden. Il était différent des autres garçons qu'elle avait rencontrés. Pourquoi Willow devait-elle être dans le paysage ?

Elle savait qu'elle devrait demander à Braden où il en était avec Willow ces derniers temps.

Mais pas ce soir-là. De plus, il était venu seul.

Alors qu'elle serrait fermement Braden contre elle, Jane sentit le regard de quelqu'un fixé sur eux. Par-dessus son épaule, elle remarqua quelqu'un qui les observait attentivement de l'autre côté de la salle.

Pendant un instant, ses yeux se rivèrent dans ceux de Trevor. Elle lui fit un petit signe de la main en se libérant de son étreinte. Mais Trevor n'y répondit pas. Il aurait dû être heureux, non ? Son émission connaissait un énorme succès, du moins si cette foule pouvait servir d'indice. Alors, pourquoi avait-elle l'impression qu'elle allait avoir des ennuis ?

dant... son esprit ne cessait pas de bouillonner.

25

UNE SOLUTION CRÉATIVE

Le réveil affichait 3 h 05. Trevor ne pouvait pas dormir. C'était toujours la même chose après les premières. Il ne saurait pas avant des heures si la série *Les plaisirs d'Hollywood* était un succès ou un échec. Mais en attendant… son esprit ne cessait pas de bouillonner.

Il pensa à l'ambiance de la soirée à l'Area. Il n'y avait pas à dire — elle avait été électrique. Tout le monde avait aimé le pilote. Mais en dernière analyse, il n'y avait aucune façon de savoir avec certitude d'après la réaction d'un groupe d'amis, de membres de famille, des acteurs et des membres de l'équipe de la série et d'une poignée d'industriels si la série allait être une réussite ou non. Par conséquent, il devrait attendre.

Il lança de nouveau un coup d'œil au réveil : 3 h 06, 3 h 07.

Si la série devait être un succès, il allait avoir un problème mineur sur les mains. En fait, ce n'était pas tant un problème qu'un défi intéressant. Et lui plus que tout autre aimait les défis.

Il concentrerait son esprit sur celui-là et trouverait une solution créative, comme il le faisait toujours.

Jane jouait un rôle très important dans le succès des *Plaisirs d'Hollywood*, ce qui signifiait que sa vie amoureuse était, elle aussi, très importante.

26

NOUS ALLONS TOUTES LES **QUATRE** DEVENIR FOLLEMENT RICHES ET CÉLÈBRES !

Scarlett jeta un coup d'œil au cadran de sa montre, puis sur le menu, puis de nouveau sur le cadran de sa montre. Elle tapa nerveusement du pied.

Jane se pencha vers elle.

— Qu'est-ce qui ne va pas, Scar ? Y a-t-il un autre endroit où tu dois te rendre ?

— Où sont-ils tous ?

— Nous sommes en avance. Trevor ne devrait pas tarder à arriver, ainsi que Madison et Gaby.

Scarlett se laissa aller dans son fauteuil et balaya les autres tables du regard en essayant de ne pas se sentir totalement contrariée. Trevor l'avait convoquée avec les autres filles pour une réunion autour du repas de midi au restaurant Toast. Que leur voulait-il, de toute façon ? Ne s'étaient-ils pas assez vus à la soirée de première de la série la veille ? De plus, elle était toujours d'une humeur massacrante, à la suite de l'épisode qui avait été diffusé. Il n'avait pas reflété sa « réalité », absolument pas. Jane avait été dégoûtée, elle aussi, mais pas pendant très longtemps. Braden avait fait son apparition à la soirée, et après cela, elle s'était montrée beaucoup trop enjouée par tout — incluant le fait que Trevor et le reste de l'équipe avaient tout déformé, comme le rendez-vous galant avec Paolo, qui avait mal tourné, et cette stupide soirée bien arrosée à l'appartement de Madison.

Scarlett n'était pas pressée de… quoi ? Neuf autres épisodes de la même veine ? Elle se demanda s'il était trop tard pour que Jane et elle rompent le contrat qui les liait à la série.

— Hé, les voilà !

La voix de Jane interrompit ses pensées.

Scarlett vit que Jane faisait de grands signes avec enthousiasme vers Trevor, Madison et Gaby, qui s'avançaient vers leur table. Jane semblait… excitée. Heureuse.

« Elle aime peut-être faire partie de tout ça, se dit Scarlett. Elle ne veut peut-être pas rompre son contrat. »

Le téléphone cellulaire collé à l'oreille, Trevor s'approchait à grands pas de leur table. Madison et Gaby suivaient, à quelques pas derrière lui. Les deux filles portaient des lunettes et semblaient étrangement pâles, comme si elles avaient encore fait la fête quelques minutes plus tôt. Ce qui était un scénario possible, étant donné la façon dont elles avaient descendu les martinis la nuit précédente.

— Jane ! Scarlett !

Trevor ferma son téléphone cellulaire d'un geste brusque et embrassa chacune des filles sur la joue.

— Il y avait beaucoup de circulation sur l'autoroute 101…, dit-il en réponse à Scarlett, qui avait regardé sa montre. J'ai retrouvé Madison et Gaby devant la porte principale.

— Vous n'êtes pas obligé de crier, gémit Gaby en se frottant les tempes tandis que l'hôtesse tirait sa chaise pour elle.

— Mon chou, veux-tu que j'aille te chercher des Advil ou autre chose ? proposa Madison.

Gaby acquiesça d'un signe de tête.

— Oui, s'il te plaît. Je me sens vraiment mal.

— Pouvez-vous demander à la serveuse de nous apporter de l'eau le plus rapidement possible ? Plate ? demanda Trevor à l'hôtesse. J'ai des nouvelles, dit-il aux filles d'un air mystérieux.

Scarlett haussa les sourcils.

— Des nouvelles ?

— Vous allez nous augmenter ? plaisanta Gaby.

Trevor éclata de rire.

— Mieux que ça.

Une serveuse se présenta quelques moments plus tard avec des verres d'eau. Trevor attendit qu'elle ait fini de poser les verres devant chacun d'entre eux et qu'elle soit partie.

— Bon. Je tiens à vous dire personnellement que la série *Les plaisirs d'Hollywood* est un succès ! Elle s'est classée numéro un dans la catégorie des femmes âgées de 18 à 34 ans hier soir, et de façon étonnante, dans celle des hommes âgés de 18 à 34 ans également.

— Oh, mon Dieu ! s'écria Madison en levant les bras, ce qui fit tinter ses bracelets. C'est *extraordinaire* !

Gaby regarda fixement les bracelets et se frotta la tête.

— Alors, qu'est-ce que ça signifie ? lui demanda Scarlett. Pour nous.

— Cela signifie que les choses vont être différentes à présent, répliqua Trevor. Vingt-quatre heures plus tôt, personne ne savait qui vous étiez. À partir d'aujourd'hui, vous ne pourrez pas sortir de votre appartement sans être reconnues. En voici un parfait exemple…

Il fit un signe de tête dans la direction de deux filles dans la jeune vingtaine qui attendait l'hôtesse. Elles regardaient toutes les deux dans notre direction en se parlant à voix basse.

Scarlett leva les yeux sur les filles avant de les reporter sur Jane. Son amie n'avait pas dit un mot. Elle semblait abasourdie. La tête lui tournait tandis qu'elle essayait d'assimiler les nouvelles de Trevor. La série *Les Plaisirs d'Hollywood* était un succès ? Vraiment ?

Trevor se tourna, lui aussi, vers Jane.

— Jane ? Ça va ? dit-il d'un air inquiet.

Jane cligna des yeux.

— Oui. Je vais bien. C'est juste… bon… c'est juste que je ne m'attendais pas à ça. Je suis soufflée. Sans vouloir vous vexer, je croyais que personne n'allait regarder cette émission.

Elle éclata de rire.

Trevor se pencha et lui serra le bras.

— Eh bien, tout le monde a regardé, hier soir. Et ça ne fait que commencer. Je vous assure que durant les prochains jours et les prochaines semaines, ça va devenir un peu fou. Vous n'en avez pas idée. C'est une grosse affaire. Votre visage sera partout. Vous feriez mieux de vous y préparer, car ça va arriver très vite.

Scarlett lança un coup d'œil à Trevor, puis à Jane et de nouveau à Trevor. Elle remarqua qu'il adressait ses commentaires à Jane. Pourquoi ne disait-il pas tout cela également à Madison, à Gaby et à elle aussi ?

Madison semblait avoir remarqué cela, elle aussi, car elle s'éclaircit la gorge bruyamment et leva son verre.

— Bon, nous allons toutes les quatre devenir follement riches et célèbres ! lâcha-t-elle.

Scarlett se tourna vers Trevor.

— Tout ça est plutôt excitant, s'écria-t-elle en semblant moins que sincère, mais permettez-moi de vous demander une chose. Dans l'épisode d'hier soir ? Pourquoi vos monteurs ont-ils voulu faire croire que Jane et moi étions rentrées à l'appartement avec les garçons ?

— Scarlett, répondit lentement Trevor. C'était juste la prise finale. Personne n'a dit que vous étiez tous rentrés ensemble. Ils vous ont peut-être seulement accompagnées jusqu'à votre porte. De plus, je n'étais pas là, mais vous êtes tous partis ensemble. Et nous avons filmé Jane, qui les invitait à aller chez vous. Nous n'avons pas inventé d'histoires.

— Mais..., commença Scarlett.

Mais Trevor l'interrompit.

— Honnêtement, Scarlett, ce n'est pas un problème. Vous faites partie d'une émission qui est numéro un dans les sondages. C'est excitant. Faites-moi confiance. Contentez-vous d'apprécier la balade et laissez-moi m'occuper de la façon dont la série est montée, d'accord ?

Scarlett était sur le point de discuter encore un peu plus avec lui, mais Jane lui lança un coup d'œil entre le regard implorant qui suggérait « Pouvons-nous parler de tout ça plus tard, en privé ? » et le regard frustré qui signifiait « Dois-tu toujours être aussi casse-pieds ? ». Non pas que Jane la traite ouvertement de cette façon, mais Scarlett savait qu'elles n'avaient pas le même point de vue au sujet de l'émission, du fait d'être « amies » avec Madison et Gaby, et à propos de tout ce qui était arrivé au cours du dernier mois, depuis le premier tournage au club Les Deux. La majeure partie du temps, Jane était très impliquée - et même quand elle ne l'était pas totalement, elle était au moins ouverte à vivre cette expérience et prête à s'intégrer dans l'équipe. Pour sa part, Scarlett commençait à regretter sérieusement d'avoir signé le contrat.

Jane continuait à l'observer avec ce *regard*. Scarlett soupira, puis se tourna vers Trevor.

– Peu importe. Mais ne faites plus ça, d'accord ? Ne laissez pas suggérer que des choses se sont passées, alors qu'elles ne sont jamais arrivées.

Trevor lui adressa un sourire charmeur.

– C'est entendu.

« Ouais, c'est ça », songea Scarlett.

27

C'EST VOUS QUI ALLEZ À L'U.S.C., N'EST-CE PAS ?

Le téléphone cellulaire de Jane vibra sur son bureau, dérangeant bruyamment la « sérénité » des bureaux de Fiona Chen. Elle s'en empara vivement avant que ses collègues le remarquent. Les derniers jours, elle avait reçu des appels et des textos de gens qu'elle ne soupçonnait même pas d'avoir son numéro de téléphone. Elle se frotta les yeux et regarda fixement l'écran d'un air absent en se demandant qui voulait lui parler. Elle décida de laisser l'appel basculer dans sa boîte vocale.

Mis à part les membres de sa famille et quelques amis proches, Jane n'avait presque pas parlé du fait qu'elle participait à la série. Elle n'avait pas de grandes attentes, donc elle ne voulait pas en faire toute une histoire. Mais il semblait bien que beaucoup de ses connaissances regardaient PopTV, à en juger par tous les appels téléphoniques et les messages textes inopinés qu'elle recevait depuis que la série était diffusée. Désormais, elle savait ce que les gens voulaient dire quand ils déclaraient que leurs vies allaient changer.

– Jane ? Pouvez-vous venir, je vous prie ?

C'était Fiona qui la convoquait par l'interphone. Jane s'empressa de ranger son téléphone cellulaire dans son sac et se dirigea vers le bureau de Fiona avec un carnet et un stylo dans les mains.

Fiona était assise derrière son bureau et feuilletait un catalogue d'échantillons de tissu. Derrière elle, un des caméramans des *Plaisirs d'Hollywood* réglait ses lentilles pour obtenir une image plus nette de Jane, qui entrait dans la pièce. Sur le coin du bureau de Fiona était posé un caisson lumineux d'environ 60 centimètres de haut, qui diffusait une lumière douce sur le visage de Fiona. Le directeur lui avait mentionné que Fiona n'était pas satisfaite de la façon dont elle apparaissait à l'écran. Par conséquent, depuis ce temps, ils éclairaient son visage différemment pour qu'elle semble plus « fraîche ». Traduction : Fiona n'aimait pas qu'ils fassent faire la navette à l'objectif de son visage à celui de Jane, car elle sentait qu'elle paraissait plus âgée. De plus, Fiona avait embauché une artiste de la coiffure et du maquillage pour les jours où le tournage se déroulait au bureau.

– Jane ! Asseyez-vous, dit Fiona en levant les yeux de ses échantillons. Je voulais vous parler d'un nouveau client très important.

– Bien sûr !

– Anna Payne a requis nos services pour organiser une soirée de Nouvel An, expliqua Fiona.

Jane resta interloquée. Anna Payne ? Elle se souvenait que l'actrice s'était montrée désagréable envers elle au club

Les Deux. Mais même si elle n'était pas la personne la plus polie du monde, elle était une célébrité de catégorie A. Jane savait que ce travail était un piège. De plus, Jane ne travaillait jamais directement avec les clients de Fiona. À vrai dire, elle n'avait généralement aucun contact avec eux.

— Elle vient nous rencontrer mardi prochain, ajouta Fiona. Je veux que vous assistiez à la rencontre. En fait, vous serez impliquée dans l'organisation de la soirée, du début à la fin. Ce sera une excellente expérience pour vous.

« Tant pis pour si peu d'interaction », songea Jane.

Fiona lui demandait de rencontrer Anna Payne et de l'aider à organiser la soirée de Nouvel An.

— Qu'en pensez-vous, Jane ? Êtes-vous prête à passer à un autre stade de responsabilité ?

Depuis que les caméras de la série *Les plaisirs d'Hollywood* avaient commencé à tourner dans les bureaux d'Événements Fiona Chen, Fiona s'était mise à parler de cette façon. Elle avait développé un talent pour faire paraître la plus simple des tâches comme un défi impossible à relever, alors que tout pouvait mal tourner et que Jane n'allait pas la laisser tomber. « Êtes-vous prête à passer à un autre stade de responsabilité ? » « Avez-vous le courage de relever ce défi ? » « La vie est une série de choix. » « Quel choix ferez-vous aujourd'hui ? » « Ne me laissez pas tomber, Jane. Je compte sur vous. » Jane aidait à choisir les centres de tables et les thèmes de couleur, pas à soigner le cancer.

— Absolument, répondit Jane en hochant la tête et en ouvrant son carnet à une page vierge. Y a-t-il quelque chose que vous voulez que je fasse pour préparer la rencontre ?

— Je m'en occupe. Le budget est d'un quart de million, mais Anna Payne semble flexible. Il faut que nous lui présentions quelques concepts préliminaires lors de notre rencontre. Pourquoi ne pas revenir avec quelques idées, disons vendredi, et nous pourrons discuter ?

— Pas de problème.

Jane pouvait à peine respirer alors qu'elle retournait vers son minuscule bureau. Fiona allait vraiment la laisser organiser une soirée de Nouvel An, du début à la fin. Jane savait très bien que la présence des caméras avait été pour une grande part dans la décision de Fiona de lui permettre de participer, mais elle s'en fichait.

Et ce n'était pas n'importe quelle soirée. Jane allait aider à organiser la soirée d'Anna Payne. Bien sûr, Anna était une véritable garce, mais Jane devrait se tirer d'affaire. Jane avait l'impression qu'elle allait finalement avoir l'occasion de faire ce qu'elle voulait.

Elle cherchait déjà des emplacements sur Internet quand son téléphone cellulaire vibra, de nouveau. Jane lança un coup d'œil autour d'elle avant de le sortir de son sac. C'était indiqué MADISON PARKER.

Jane prit la communication.

— Salut !

— Salut, Jane !

— Je suis contente que ce soit toi. Mon téléphone sonne sans cesse. Mon professeur de troisième année m'a envoyé un courriel ce matin, lança Jane en riant. Sérieusement, la femme a à peu près 60 ans maintenant. Que diable fait-elle à regarder PopTV ? Est-ce que tout le monde est en train de te rendre folle ?

Il y eut un court silence.

— Ouais, c'est vraiment embêtant, répondit Madison après un instant. Écoute. Es-tu en tournage aujourd'hui ?

— Ouais, mais ils viennent juste de terminer. Pourquoi ?

— Oui, moi aussi. Je me demandais. Ne serait-ce pas amusant de sortir sans se faire voir des caméras et d'aller prendre un verre, juste toi et moi ?

— Dana est-elle à l'écoute ? Tu vas avoir des problèmes, ma chère.

Madison n'avait jamais invité Jane, seule, à sortir. Elle se demanda s'il lui arrivait quelque chose.

— Non. Je suis dans les vestiaires. J'ai retiré ce stupide micro et je l'ai fourré dans mon sac de gym. Alors, qu'en dis-tu ? Allons-nous prendre un verre ?

Jane jeta un coup d'œil à l'écran de son ordinateur.

— Bien sûr. Dis-moi où et quand.

— Parfait !

Jane admira la nuance pêche de son Bellini avant d'en boire une gorgée.

— Quel est cet endroit ? demanda-t-elle en laissant errer son regard sur le Bar Marmont, aux lumières tamisées.

Elle remarqua les lanternes rouges bordées de franges qui pendaient au-dessus d'elles et un paon empaillé dans un coin de la salle. De petits papillons artificiels couvraient le plafond. Jane et Madison étaient assises au bar.

— C'est un de mes endroits préférés de Los Angeles, répliqua Madison en trinquant avec Jane. Donc, à notre célébrité ! Quelle garce, n'est-ce pas ?

— C'est fou ! Des gens viennent vers moi et me demandent de prendre des photos. Et, oh, mon Dieu ! Aujourd'hui, une femme m'a arrêtée dans la rue et m'a demandé de signer sur son bras. C'est bizarre, non ?

Madison ne répondit pas.

— Ça va ? lui demanda Jane.

Madison leva la main et laissa courir ses doigts dans ses cheveux.

— Ouais. C'est juste que… bon, je ne suis pas sûre d'être très impliquée.

— Que veux-tu dire ?

— Je ne sais pas. Je plaisante sur le fait de vouloir être célèbre, mais je ne suis pas venue à Hollywood pour devenir une célébrité. Je suis venue pour essayer de me trouver. Je sais que ça sonne un peu ridicule, expliqua Madison d'un air contrit.

Jane hocha la tête. Elle n'aurait pas été étonnée d'entendre cela de la part de Scarlett, mais Madison ?

— Non, pas du tout.

— C'est juste que j'ai grandi dans une famille très riche, tu vois ? Mes parents ont plus de maisons que je n'ai de doigts pour les compter. J'ai passé mon enfance à fréquenter des bals de charité et à voir mon nom paraître dans les rubriques mondaines ainsi qu'à m'assurer que je prenais la bonne fourchette au restaurant Le Cirque. Je voulais m'éloigner de tout ça pendant quelque temps, m'installer sur une toute nouvelle côte et trouver ce que je voulais faire pour le reste de ma vie.

Jane hocha la tête.

— Oui, ça se comprend. Je crois que c'est la raison pour laquelle nous sommes toutes venues ici.

Madison but une gorgée de sa boisson.

— Je suis ici depuis environ un an. J'ai occupé quelques emplois et à présent, je songe à reprendre mes études. Ce n'est pas comme si je n'étais pas reconnaissante de ce que mon père et ma mère m'ont donné, enfin me donnent. C'est juste que je ne veux pas devenir une sale gamine trop gâtée qui passe tout son temps à dévaliser les magasins et à faire la fête. Je veux faire quelque chose, tu vois ? Je veux accomplir quelque chose par moi-même. Je veux que ma vie ait un sens.

Jane la regarda fixement d'un air impressionné. C'était une facette totalement différente de Madison. Elle était habituée à considérer Madison comme une fille riche, qui aimait faire la fête, qui vivait dans un appartement-terrasse de prestige, qui sortait sa carte noire Amex à la moindre occasion et qui ne disait jamais non à un martini. Elle ne savait même pas que cette autre facette de Madison existait.

– Je ressens la même chose, souffla Jane d'un air sérieux. Ma famille n'est pas follement riche comme la tienne, mais mes parents sont plutôt aisés. Ils ne m'ont jamais gâtée et ils ont toujours insisté pour que je travaille. Cependant, j'ai l'impression que l'on ne peut jamais vraiment savoir qui on est avant de s'être plongé dans un environnement complètement différent. Nous devenons ce que nous sommes à cause de l'endroit où nous avons grandi et par qui nous avons été élevés. Je voulais m'éloigner de tout ça pour voir par moi-même qui j'étais en réalité.

– Et découvrir qui sont nos vrais amis ? ajouta Madison. Hollywood regorge de profiteurs. Il est tellement difficile de savoir à qui nous pouvons faire confiance ici. Et comme s'il n'était pas assez difficile de se faire des amis, trouver des garçons est presque impossible. Je donnerais n'importe quoi pour rencontrer un garçon qui m'aimerait juste pour ce que je suis.

Jane acquiesça d'un signe de tête.

— Oui, j'en prendrais bien un, moi aussi.

Les yeux de Madison étincelèrent.

— Quelqu'un en vue ?

Les pensées de Jane volèrent vers Braden. Elle sentit une rougeur envahir ses joues.

— Eh bien… il y a un garçon que j'aime bien, reconnut-elle. Mais il a déjà une petite amie. Enfin, pas vraiment une petite amie, mais une fille avec qui il n'arrête pas de rompre et de se réconcilier.

— Un petit détail, plaisanta Madison. Comment s'appelle-t-il ?

— Braden. Il est vraiment mignon. Et il est tellement gentil. Il m'a offert un chiot en peluche à la soirée de première de notre série, parce qu'il savait à quel point j'aime les chiens.

— Wow ! Ce n'est pas sérieux ! s'écria Madison en éclatant de rire. Mais oui, c'est très gentil.

— Il l'est !

Mis à part Scarlett, Madison était la première personne à qui Jane parlait de Braden.

Elle ne voulait pas en parler, car elle se trouvait stupide d'avoir des sentiments pour un garçon qui avait des sentiments pour quelqu'un d'autre. Mais le Bellini avait fait son effet, et Madison était une bonne confidente. C'était bien agréable d'être là, assises dans ce petit bar, à parler des garçons, des carrières, d'Hollywood, de la vie… de tout. Elle ne pouvait pas faire des choses comme ça avec Scarlett. Scarlett passerait la majeure partie de la soirée à se moquer de ceux qui les entouraient et à se plaindre que le bar était trop m'as-tu-vu.

Pourtant, assez parlé de Braden. Jane changea de sujet.

— Alors, depuis combien de temps Gaby et toi êtes-vous amies ?

Madison fit tourner le pied de sa flûte de champagne presque vide. Ses ongles avaient une forme parfaite et étaient recouverts d'un vernis violet foncé.

— Je ne sais pas. Environ deux mois ? répondit-elle en haussant les épaules.

Jane fut surprise d'entendre cela. Elle avait eu l'impression que les deux filles se connaissaient depuis toujours.

— Oh, je croyais que vous étiez de grandes amies.

— Ouais, bon, Gaby est gentille.

— Et Trevor ? Je ne me rappelle pas… vous a-t-il découvertes dans une boîte de nuit, vous aussi. Vous a-t-il fait, à vous aussi, le discours sur les opportunités ?

Madison éclata de rire.

— Non. Je l'ai rencontré à la salle de gym. En fait, sa femme est mon entraîneuse personnelle. Elle…

— Sa femme ? demanda Jane, surprise. Trevor est marié ?

— Oui. Tu ne le savais pas ?

Une voix interrompit leur conversation.

— Excusez-moi !

Jane leva les yeux. Deux collégiennes s'approchèrent d'elles au bar. Elles adressaient un sourire timide à Jane et tenaient des serviettes de papier et un stylo à bille.

— Euh, vous êtes Jane des *Plaisirs d'Hollywood*, n'est-ce pas ? dit l'une d'elles. Nous ne voulons pas vous déranger, mais pouvons-nous avoir un autographe ?

— J'aime votre émission ! s'exclama l'autre fille.

— Merci, répondit Jane d'un ton hésitant.

Pourquoi le lui demandaient-elles à elle, et non à Madison ? Elles ne l'avaient certainement pas reconnue.

— Voici Madison. Elle apparaît dans la série, elle aussi, dit-elle en désignant Madison.

— Exact ! lança la première fille en regardant fixement Madison. Super ! C'est vous qui allez à l'U.S.C., n'est-ce pas ?

— Pouvons-nous avoir également votre autographe ? renchérit la deuxième fille.

Madison cligna des yeux. Elle semblait plutôt furieuse.

— Non. C'est Scarlett.

— Oh, dit la fille d'un air embarrassé. Désolée. Je ne sais plus où j'en suis. Puis-je avoir le vôtre ?

Tandis que Madison signait son autographe pour les filles, le téléphone cellulaire de Jane vibra près d'elle, sur le bar. Elle baissa les yeux sur l'écran. C'était un texto de Braden.

JE DONNE UNE PETITE FÊTE CHEZ MOI SAMEDI SOIR À 21 H JUSQU'AU PETIT MATIN. PEUX-TU VENIR ? AMÈNE SCAR ET QUELQU'UN D'AUTRE, SI TU VEUX.

— Merci ! dirent les deux filles à Jane et à Madison avant de s'éloigner.

— Qui t'a envoyé un texto ? demanda Madison à Jane en regardant les deux filles, qui retournaient à leur table. Ça doit être quelqu'un d'important, car ton visage s'est illuminé.

— C'est Braden. Il nous invite toutes à une fête, samedi soir.

— Nous ? Que veux-tu dire par nous ?

— Il dit que je peux amener qui je veux. Tu dois venir. Je veux te le présenter. Je vais demander également à Scar et à Gaby.

— Bien sûr, répondit Madison en finissant son verre. Je veux rencontrer sa soi-disant petite amie pour que nous puissions analyser comment nous pouvons nous en débarrasser.

— Madison ! C'est affreux !

Jane fit semblant d'être choquée, mais elle ne put s'empêcher de rire.

— Le gars t'a donné un animal en peluche ?

— Et alors, ça aurait pu signifier « je suis content que nous soyons amis » et non « je t'aime vraiment ».

— Non, Jane. Crois-moi, je connais les garçons. J'ai pratiquement un doctorat en la matière.

Jane haussa les sourcils.

— Oui ? Eh bien, si tu t'y connais autant, où est ton prince charmant ?

Madison sourit méchamment.

— J'y travaille.

28

DISHARMONIE

Scarlett laissa tomber son sac à dos sur le sol et jeta ses clés sur le comptoir de la cuisine. Grand Dieu, quelle matinée! Ce crétin de professeur Cahill lui avait donné un B+ pour son exposé sur *Speed-the-Plow,* de David Mamet. B+, comment osait-il? Cet exposé était bien meilleur que n'importe lequel de ses cours magistraux pathétiques durant lesquels on avait bien du mal à rester assis. La seule partie agréable de sa journée avait été quand Dana avait annulé sans explication le tournage qui était prévu. Les caméras étaient censées filmer deux de ses cours, puis la suivre pour prendre des scènes générales sur le campus. Mais ce matin, elle avait téléphoné pour dire qu'ils allaient reporter certaines scènes et qu'elles recevraient un nouveau calendrier de tournage très bientôt. Scarlett détestait la façon dont les changements étaient faits à la dernière minute, mais était vraiment contente de ne pas avoir de tournage ce jour-là.

Scarlett avait aimé ne plus être suivie par les caméras. Elle trouvait vraiment difficile d'être obligée d'arriver une demi-heure en avance, afin de se faire poser un micro seulement pour se rendre dans des salles de cours remplies d'étudiants qui soit ne supportaient pas sa présence, soit voulaient devenir amis avec elle et la questionnaient au sujet de l'émission.

Le problème était que, même si elle détestait les caméras, il semblait que ce soit le seul moment où elle réussissait à voir Jane. Entre ses cours et le travail de Jane, la majeure partie du temps qu'elles passaient ensemble était pendant le tournage de l'émission. Depuis la première de la série, et même avant cela, elle avait senti qu'elle n'était plus en harmonie avec sa meilleure amie. Jane s'entendait bien avec Madison et Gaby, que Trevor et Dana avaient pratiquement imposées à Scarlett et Jane. Mais Scarlett n'aimait pas sortir avec elles. Gaby était bien gentille, mais elle avait le quotient intellectuel d'un ver des sables. Scarlett avait tenté à plusieurs reprises, sans succès, d'avoir une conversation normale avec elle. Et Madison se comportait comme une vraie garce, se faisant passer pour – quoi ? Elle n'arrivait même pas à garder un emploi. Toutefois, c'était peut-être difficile à faire lorsque vos talents se limitaient à boire, à dépenser l'argent de vos parents et à faire subir à vos cheveux de multiples décolorations. En tout cas, elle ne l'aimait pas. Elle ne lui faisait pas confiance, non plus.

Scarlett savait que Jane était ennuyée lorsqu'elle était grossière avec Madison et Gaby ou lorsqu'elle disait du mal d'elles dans leur dos. Cela n'avait aucun sens. Jane et elle avaient toujours fait front ensemble à des filles comme elles. Qu'est-ce qui avait changé ?

La porte d'entrée s'ouvrit avec un cliquetis bruyant de clés, et Jane fit son apparition.

– Salut, Scar, lança-t-elle.

Ses mèches blondes s'étaient échappées de sa barrette, et elle semblait complètement épuisée.

— Salut, Janie. Mauvaise journée au travail ?

Jane posa son sac sur le comptoir de la cuisine.

— Ça a été. J'ai retrouvé Madison dans un bar après. Et devine quoi ? Fiona va finalement me laisser l'aider pour l'organisation d'une soirée. Mais tu ne devineras jamais pour qui.... Anna Payne !

Scarlett la regarda fixement. Elle ne savait pas vraiment quelle partie de cette déclaration traiter en premier : les verres avec Madison, ou la soirée d'Anna Payne.

Elle choisit l'option la plus acceptable.

— Anna Payne ? Ça va être super-intéressant ! dit-elle d'un ton sarcastique.

— Ouais, bon, j'ai dit à Fiona que nous lui avons presque rentré dedans quand nous l'avons vue au club Les Deux, et..., plaisanta Jane.

— Je crois avoir lu qu'elle s'était récemment mariée.

— Oh, oui. Avec Noah Moody, n'est-ce pas ? J'ai vu ça dans *Gossip*...

Noah Moody. Scarlett essaya de se rappeler ce qu'elle savait de lui. C'était un acteur, sexy, un peu plus âgé, et il avait eu des problèmes de drogues. Ouais, tout à fait le genre de mari idéal.

Jane s'approcha du réfrigérateur, l'ouvrit et prit une boîte de nouilles au sésame à emporter. Elle sortit une fourchette du lave-vaisselle et se pencha sur le comptoir.

— Madison m'a emmenée dans ce bar sur Sunset. Nous devrions y aller de temps en temps, c'est vraiment chouette, dit-elle entre deux bouchées. Oh, et Madison dit que nous devrions nous renseigner sur ce cinéma qui s'appelle Arclight. Elle dit que c'est le meilleur endroit pour voir des films à Los Angeles. On peut réserver son siège en avance, et…

– Je ne savais pas que tu avais un tournage ce soir, l'interrompit Scarlett.

– Je n'en avais pas. Je l'ai retrouvée au bar Marmont après le travail, juste pour le plaisir.

Scarlett fronça les sourcils tandis que Jane continuait à parler. Madison a dit… Madison a dit… Elle sentait monter une légère nausée. Depuis quand Jane et Madison étaient-elles devenues de grandes amies ?

– Je dois prendre une douche, la coupa Scarlett en levant le pouce dans la direction de la salle de bain.

Jane la regarda fixement.

– Oh, d'accord ! Je vais voir ce qu'il y a à la télévision.

– D'accord.

Scarlett se dirigea vers la salle de bain pour prendre la douche dont elle n'avait pas vraiment besoin, si ce n'est pour échapper au monologue incessant de Jane concernant Madison.

Scarlett savait qu'elle devrait essayer d'expliquer à Jane ce qu'elle ressentait… au sujet de leur amitié, de la série, de leurs nouvelles amies, de tout cela. Mais elle ne le pouvait pas. Du moins, pas à ce moment. Il lui suffisait d'y penser pour se sentir fatiguée. Elle entra sous la douche et elle se sentit plus loin de Janie que jamais.

29

UNE PETITE FÊTE, HEIN ?

— Alors, qui sera présent à cette fête ? demanda Madison.

Elle appliqua une couche de brillant à lèvres sur sa bouche, puis embrassa bruyamment la vitre du côté passager de la BMW de Gaby : « smac ! » L'empreinte rose vif sembla fantomatique contre l'obscurité percée de néons à l'extérieur.

— Braden a dit que c'était petit, répliqua Jane, qui était assise près de Scarlett, sur la banquette arrière.

Elle battit le pied d'un air absent au rythme de la chanson *Disturbia* de Rihanna, qui sortait des haut-parleurs.

— Petit ? C'est nul. J'espère que je n'ai pas gâché une belle tenue, gémit Gaby.

— Je ne sais pas si je la qualifierais de « belle », rétorqua Madison en jetant un coup d'œil sur le chemisier blanc à volants de Gaby. Arrives-tu tout droit de l'église ? Comment s'est passée la répétition de la chorale ? As-tu pensé dire à Monseigneur que je le saluais ? plaisanta-t-elle.

Gaby dévisagea Madison tout en défaisant un bouton de plus de son chemisier.

— Gaby, ça va être super ! Nous allons manger des sandwichs en jouant au bridge. Nous jouerons peut-être même aux charades, si les choses se déchaînent, plaisanta Scarlett.

Gaby regarda devant elle d'un air absent. Cela ne l'amusait pas.

Tandis que les trois filles plaisantaient, Jane vérifia sa tenue pour la troisième fois depuis que Gaby était venue les chercher, Scarlett et elle, devant leur appartement. Elle trouva un grand fil sur l'ourlet de son haut à fleurs en soie et tira dessus d'un coup sec. Elle lissa son haut sur son jean moulant noir avec un revers au-dessus de ses chaussures noires à talons hauts. Elle était nerveuse au sujet de son ensemble, qu'elle avait passé au moins deux heures à choisir. Était-il trop habillé ? Pas assez habillé ? Elle ne savait ce qui était approprié pour une petite fête dans une maison sur les collines. Elle voulait être jolie, mais sans avoir l'air de se donner trop de mal pour y arriver.

Elle était également nerveuse parce que Gaby avait dit à Dana qu'elles allaient ensemble à une fête, et Dana avait réussi à obtenir le numéro de Braden par l'intermédiaire de son agent. Par conséquent, la soirée allait être filmée. Jane espérait que Braden n'était pas trop contrarié. Elle se sentait coupable, comme si elle avait gâché sa fête.

— Oh, il y a Dana, déclara Gaby en garant sa voiture sur le bord de la rue.

Elle descendit la vitre de sa portière tandis que Dana venait vers elle en parlant rapidement dans son Bluetooth.

— Allez immédiatement vous faire poser un micro, dit-elle sans se soucier de les saluer. Ouais, elles viennent juste d'arriver, dit-elle à la personne qui se trouvait à l'autre bout du fil.

L'une après l'autre, les filles se firent poser un micro avant d'entrer. Comme d'habitude, la tenue de Madison s'avéra être celle qui posait le plus de problèmes.

— Je représente tout un défi ce soir, souffla-t-elle en baissant les yeux sur sa minirobe rouge moulante et en adressant un sourire charmeur au technicien.

— J'ai tout un tas de mots qui pourraient être utilisés pour décrire Madison. Mais « défi » n'en fait pas partie, murmura Scarlett à Jane.

— Sois gentille, Scarlett, répondit Jane.

Elle essayait d'être patiente avec Scarlett, mais ce n'était pas facile. Quand il s'agissait de sortir avec Madison et Gaby, le comportement de sa meilleure amie était loin de s'améliorer. Pourquoi ne pouvait-elle pas être un peu plus... coopérative ? C'était une partie importante de l'émission. Trevor s'attendait à ce que les quatre filles sortent ensemble de temps en temps.

Après quelques minutes et quelques essais infructueux pour le fixer sur sa jambe, Madison réintégra le véhicule pour qu'elles puissent se garer plus près du lieu où se déroulait la fête et sortir officiellement de la voiture. Le boîtier de son micro, qui était collé dans le dos de sa robe, formait une grosse bosse.

— Ils vont essayer de faire en sorte que ça ne se voie pas, expliqua Madison en haussant les épaules.

Gaby conduisit encore pendant une autre minute, jusqu'à ce qu'elles atteignent la maison de Braden. Jane regarda par la vitre teintée alors qu'elles avançaient. Elle n'était jamais venue chez Braden auparavant. C'était un peu loin des rues tortueuses de Laurel Canyon. De devant, la maison semblait grande. Braden lui avait dit qu'il vivait avec son meilleur ami, Jesse, celui dont il lui avait parlé lorsqu'ils étaient à Cabo Cantina.

C'était une très jolie maison pour un aspirant acteur et un… quoi ? En fait, Braden n'avait jamais mentionné ce que faisait Jesse. Mais quoi que ce soit, il ne semblait pas éprouver des difficultés.

Jane remarqua deux caméramans de l'équipe des *Plaisirs d'Hollywood* près de la porte d'entrée, attendant de filmer les filles, qui sortaient de la voiture de Gaby et se dirigeaient vers la fête.

— C'est l'heure du spectacle, s'écria Madison en observant encore une fois son reflet dans le miroir de courtoisie.

— Oh, génial.

Scarlett roula les yeux.

— *Scar* ! souffla Jane d'un ton ferme.

Les filles sortirent de la voiture et se frayèrent un chemin vers la porte d'entrée. Elles frappèrent, et après un instant, Braden vint à la porte. Du bruit provenant de derrière lui se fit entendre : de la musique forte, des voix et des rires.

— Salut ! dit-il d'un ton joyeux quand il vit Jane. Vous avez réussi à venir.

— Bien sûr, répondit Jane en l'étreignant.

Il était vraiment beau, ce soir-là, vêtu simplement d'un jean et d'un t-shirt bleu clair.

— Tu connais Scarlett. Je te présente Madison et Gaby. Gaby, Madison, je vous présente Braden.

Madison se pencha et embrassa Braden sur la joue.

— Merci de nous avoir invitées, dit-elle d'une voix douce.

Madison se retourna pour lancer un regard à Jane et lui adressa un sourire approbateur. Jane pria pour que Braden ne s'en soit pas rendu compte.

— Alors, où sont les boissons ? demanda Gaby à Braden.

— Par là.

Braden fit signe aux filles d'entrer. Il posa la main sur le bras de Jane.

— Il y a deux caméramans de l'équipe de ton émission, plus une fille qui s'appelle Alli, dit-il à voix basse. Mais tu le sais probablement déjà ?

— Ouais. Ils me l'ont dit. Mais ils n'ont pas demandé l'autorisation. Désolée, ils ne t'ont pas dérangé, n'est-ce pas ?

— Non. Ils sont discrets. Cette fille, Alli, a fait signer des formulaires d'autorisation à quelques personnes, ajouta Braden.

Puis, il se pencha et murmura à l'oreille de Jane :

— Jesse et moi avons accepté qu'un épisode soit tourné ici. Mais je n'ai pas signé le formulaire les autorisant à me filmer personnellement. J'espère que ça ne te fait rien.

— Non, pas du tout.

Euh. Elle se sentait affreusement mal de lui avoir infligé cela.

— Ouais, dit-il en écartant sa tête, mon agent m'a dit que ce n'était pas une bonne idée. Si j'apparais dans une émission de téléréalité, il me sera plus difficile d'obtenir des rôles.

Jane s'empressa de changer de sujet.

— Pas de problème. Alors, comment vas-tu ?

— Super ! Entre et viens saluer mes amis.

Braden l'accompagna dans le couloir menant à une vaste salle de séjour qui donnait sur un magnifique patio avec une belle vue et un jardin. L'endroit était joliment décoré. C'était la garçonnière idéale : des canapés en cuir brun, des meubles en bois foncé et plusieurs œuvres d'art de grandes dimensions ornaient les murs aux couleurs pâles. Ils passèrent devant deux planches de surf qui étaient alignées dans un coin de la salle de séjour.

« Voilà qui explique pourquoi il sent la plage », pensa Jane.

L'endroit était rempli d'invités — environ 50 à 60 personnes, selon Jane. Si c'était l'idée que Braden se faisait d'une « petite fête », elle détesterait voir à quoi ressemblerait un banquet.

Une musique bruyante sortait des haut-parleurs. Dans le jardin, quelques invités barbotaient dans la piscine avec, en arrière-fond, les lumières de Los Angeles.

— Une petite fête, hein ?

Jane taquina Braden.

— C'était censé être une petite fête, riposta Braden. C'est la faute de Jesse. C'est toujours comme ça avec lui.

— Vous semblez avoir besoin d'une boisson, tous les deux !

Jane entendit une voix derrière eux.

Elle se retourna pour découvrir un garçon à l'allure familière qui tenait deux Margarita glacées dans des coupes en plastique. Jane essaya de cacher sa surprise. C'était Jesse Edwards, le don Juan qu'elle avait vu avec le mannequin de Victoria's Secret au club Area.

— Hé, nous parlions justement de toi, lança Braden en posant la main dans son dos. Jesse, je te présente Jane. Jane, je te présente Jesse.

Jane lui adressa un sourire en essayant de garder son calme et de ne pas se laisser émouvoir par sa présence. C'était le Jesse avec qui vivait Braden ? Était-elle censée faire comme si elle ne le connaissait pas ?

Jane était stupéfaite de constater que Braden – monsieur anti-Hollywood – soit le meilleur ami de quelqu'un comme Jesse, qui définissait fondamentalement le mode de vie hollywoodien. D'un autre côté, Braden lui avait dit qu'ils étaient amis depuis l'enfance et qu'ils étaient totalement différents. Pourtant, cela faisait un choc.

Jesse tendit à Jane une des coupes en plastique.

— Braden m'a parlé de toi.

— C'est vrai ? lança Jane en regardant Braden d'un air surpris.

— Ouais. Et je t'ai vue dans *Les plaisirs d'Hollywood*. C'est plus une émission pour les filles, mais c'est chouette. J'étais à l'Area pour la première, mais je ne t'ai pas vue là-bas. Il y avait beaucoup de monde.

— Ah, tu étais là ? dit Jane en faisant comme si elle ne l'avait pas vu.

— Voilà, donne-le-moi, souffla Braden en saisissant l'autre boisson des mains de Jesse. Comment ça se passe du côté de la nourriture ?

— Bien, je suppose. La pizza est partie vite ; j'ai donc téléphoné pour qu'on en livre d'autres, répliqua Jesse.

Le regard de Braden courut sur les invités.

— Oh, mon Dieu, il y a Andrew. Je dois lui parler. Excuse-moi, Jane, je reviens tout de suite.

— D'accord.

Jane sirota son cocktail et balaya la salle du regard en se demandant si elle allait apercevoir Willow. Mais l'endroit était bondé, et il était difficile de discerner le visage de quelqu'un. Il y avait Scarlett, déjà entourée d'une demi-douzaine de garçons. Madison et Gaby étaient installées au bar et faisaient les yeux doux au barman. Jane essaya de trouver une excuse polie pour s'éloigner de Jesse. Elle ne voulait pas se montrer impolie, surtout parce qu'il était le meilleur ami de Braden. Mais à en croire les tabloïds, il flirtait avec tout ce qui bougeait, et elle n'avait pas vraiment envie d'attendre qu'il fasse la même chose avec elle. C'était une bonne raison pour se débarrasser de lui.

— Alors, Jane. Aimes-tu Los Angeles ? demanda Jesse en l'interrompant dans ses pensées.

— J'aime beaucoup cette ville, répliqua Jane en s'efforçant de garder un air distant dans sa voix.

Elle ne voulait pas lui donner même la plus légère impression qu'elle s'intéressait à lui.

— Scarlett est ma meilleure amie de Santa Barbara. Nous sommes arrivées toutes les deux il y a environ deux mois.

— Scarlett fait partie de l'émission, elle aussi, n'est-ce pas ?

— Ouais.

Jane ne s'habituerait jamais à ce que des étrangers connaissent sa vie.

— Oui, c'est la fille sexy avec les cheveux noirs.

— Que dis-tu ? Vous êtes toutes sexy, rétorqua Jesse en lui adressant un sourire. Alors, tu travailles pour Fiona

Chen. Comment c'est ? J'ai entendu dire qu'elle était folle, mais les événements qu'elle organise sont extraordinaires.

– Exactement ! Les deux points sont exacts.

Jane fut impressionnée en constatant que Jesse se souvenait pour qui elle travaillait.

– Ah oui ? Alors, que fais-tu pour elle ?

Pendant que Jane décrivait ses tâches à Jesse, elle remarqua qu'une des caméras des *Plaisirs d'Hollywood* était braquée sur eux. Elle se demanda si Jesse avait signé un formulaire d'autorisation. Elle essaya de voir s'il portait un micro. Si un garçon en portait un, elle était normalement en mesure de le savoir, car le ruban adhésif sortait du bas de sa chemise et faisait une marque. Ces jours-ci, elle ne savait jamais qui ils avaient prévu de munir d'un micro.

Jesse raconta à Jane des histoires drôles sur les soirées organisées par Fiona Chen auxquelles il avait assisté. Malgré sa détermination à s'éloigner de lui, elle se rendit compte qu'elle riait et passait du bon temps. Il n'avait pas du tout l'air de jouer la comédie. C'était juste un garçon gentil et amusant. Elle lui dit que Fiona Chen lui avait demandé de l'aider à organiser la soirée de Nouvel An d'Anna Payne. Jane lui confia aussi combien elle était nerveuse à l'idée de rencontrer l'actrice le mardi suivant.

– Détends-toi. Assure-toi simplement qu'il y a suffisamment de pinard à la soirée, lui conseilla Jesse. Et quand tu ne travailles pas et que tu n'es pas en tournage, que fais-tu ?

– Pas grand-chose, mais le tournage de la série nous tient bien occupées, répliqua-t-elle.

— Bon, écoute. Si tu crois que tu peux trouver une place dans ton emploi du temps bien chargé, nous pourrions aller souper. Peut-être loin de ton entourage ?

Jesse désigna une autre caméra qui était pointée sur eux.

Jane le regarda fixement.

— Hum…

Elle ne savait pas vraiment quoi dire. D'un côté, elle n'avait aucun intérêt à sortir avec le célèbre/tristement célèbre Jesse. D'un autre côté, en personne, il semblait être vraiment gentil. Son image de presse n'avait peut-être rien à voir avec le vrai Jesse ? Si elle avait appris une chose depuis qu'elle évoluait dans le monde de la télévision, c'était que les choses ne sont jamais ce qu'elles paraissent.

De plus, c'était le meilleur ami de Braden. Il n'était pas question qu'elle sorte avec le meilleur ami de Braden. C'est avec Braden qu'elle voulait sortir. D'un autre côté, si Braden désirait sortir avec elle, ne l'aurait-il pas dit à Jesse ? Si c'était le cas, Jesse ne lui aurait pas proposé d'aller souper. Ce qui signifiait que Braden ne pouvait en aucune façon s'intéresser à elle. Super.

Elle aurait aimé que Braden soit déjà revenu. Jane balaya la salle du regard et elle l'aperçut sur un des canapés. Willow était assise sur ses genoux, et ils étaient en train de… s'embrasser. Jane sentit son estomac se tordre. Ainsi, Willow était là. Elle n'avait pas disparu de la surface de la Terre. Elle était là, à cet instant, plus proche que jamais de Braden.

Jane cligna des yeux et se força à reporter son attention sur Jesse. Il continuait à la regarder en souriant… attendant toujours sa réponse. Il semblait ne pas remarquer le désappointement qui emplissait les yeux de Jane.

– Oui, j'aimerais beaucoup aller souper avec toi, s'entendit-elle répondre. Mais les caméras et moi sommes inséparables. Je sais que ce n'est pas l'idéal, mais ce sont les conditions que j'ai signées.

– Bon, si c'est la seule solution, je suppose que je n'ai qu'à accepter. Devrai-je payer leur repas, à eux aussi ? plaisanta-t-il.

Jane fut surprise de constater qu'il avait accepté sans hésiter.

– Non. Arrangeons-nous pour que ça ne gâche pas notre premier rendez-vous.

Tandis qu'elle rentrait ses coordonnées dans le Blackberry de Jesse, elle vit du coin de l'œil que Braden avait cessé de se tortiller sur le canapé avec Willow, mais qu'il était assis avec son verre à la main. Près de lui, Willow ajustait son décolleté et vérifiait ses messages sur son téléphone cellulaire. Braden les avait remarqués, Jesse et elle, et il avait une expression intense sur son visage qu'elle ne réussissait pas vraiment à déchiffrer. Si elle le devait, elle dirait que c'était de la désapprobation mêlée à de la colère. Mais elle se trompait peut-être.

« Peu importe, pensa Jane. Braden n'a aucun droit d'être en colère. Il avait choisi Willow, n'est-ce pas ? »

30

LE DON JUAN D'HOLLYWOOD, AMOUREUX DE... LA FILLE D'À CÔTÉ

– Jesse Edwards ? dit Trevor à Dana à l'autre bout du fil. Et il a signé un formulaire d'autorisation ?

Trevor écouta pendant encore quelques minutes, la remercia, puis raccrocha. Il croisa les mains sous son menton et regarda le paysage par la fenêtre de son bureau d'un air songeur. Les lumières brillantes du centre-ville de Los Angeles étincelaient comme des diamants contre le ciel obscur. Jane Roberts et Jesse Edwards. C'était une relation qui allait faire monter les cotes d'écoute. Le don Juan d'Hollywood, amoureux de la fille d'à côté. C'était une chose pour Jane de sortir avec cet aspirant photographe. D'accord, il avait une belle allure, mais ils avaient dû couper environ 90 % de ce qu'il disait. Il ne savait parler que de sa passion pour la cuisine italienne. Pas du tout ce que demandait le public. Pas du tout ce que voulait Jane. Il avait été presque impossible de remodeler ces scènes pour faire comme si Jane était même vaguement intéressée par lui. Le flirt décontracté au club Les Deux et ailleurs n'avait pas fait grand-chose non plus pour le scénario.

Trevor avait été nerveux à l'idée que Jane puisse être intéressée par son soi-disant « ami », Braden James. Braden est un acteur, et les acteurs refusent en général de signer les formulaires d'autorisation pour les émissions de téléréalité. Apparemment, Braden ne faisait pas exception à la règle. Si Jane avait décidé de sortir avec lui, Trevor devrait, d'une façon ou d'une autre, mettre un terme à cette relation. Si quelqu'un ne pouvait être filmé, alors ce quelqu'un ne pouvait faire partie de la réalité de Jane. C'était aussi simple que cela.

Mais Jesse Edwards... c'était autre chose. Bien sûr, il avait signé le formulaire d'autorisation, ce qui signifiait qu'il allait avoir deux des choses qu'il aimait le plus – une jolie fille et de l'attention.

Trevor décrocha de nouveau son téléphone et composa un numéro.

– Le tournage de ce soir. Je veux le voir immédiatement. Envoyez-le au studio de montage.

Trevor pouvait presque *voir* les cotes d'écoute crever le plafond.

31

LE COUP DE FOUDRE

– Sam Roca Chica, dit Jesse en levant son verre pour porter un toast.

Jane écarta sa salade avec sa fourchette.

– Hein ? Qu'est-ce que c'est ?

– Mon nom de vedette du porno, répliqua-t-il avec ses yeux lumineux qui souriaient. C'est le nom de ton premier animal de compagnie combiné avec le nom de la rue où tu as grandi ? Quel est le tien ?

Jane réfléchit pendant un instant.

– Fluffy Santa Cruz, dit-elle en éclatant de rire. Sexy, hein ?

C'était une conversation bizarre à tenir avec Jesse lors de leur premier rendez-vous. Elle était habituée à jouer à ce jeu au secondaire avec ses amies.

– Fluffy était un chat ou un chien ? lui demanda Jesse.

– Euh, c'était un hamster, dit Jane en se sentant légèrement embarrassée. Je ne pouvais avoir ni chat ni chien, car maman est allergique aux deux. Et Sam ?

— Sam était mon chien, répondit Jesse avec ce qui semblait être un sourire triste. C'était un mélange de colley et de berger allemand, et de quelque chose comme 20 autres races. Ma mère voulait que je cherche un chien de race pure ou un chien issu d'un croisement hybride comme un puggle. Mais j'ai trouvé Sam, quand je suis allé avec Braden à la fourrière, et ça a été le coup de foudre. C'était la meilleure.

Jane hésita.

— Était ?

Jesse baissa les yeux.

— Oui. Elle est morte l'année dernière. Elle avait 14 ans. J'allais prendre un autre chien, mais je me suis rendu compte que je ne pouvais pas remplacer Sam, tu sais ?

— Oui, je sais.

Jane regarda attentivement Jesse pendant un moment et l'étudia alors qu'il était occupé à couper sa côte de bœuf de Kobe. Il était totalement différent de ce à quoi elle s'attendait. Mais à quoi s'était-elle attendue ? Un gentil garçon qui a des choses à dire sur tout ? Un enfant dysfonctionnel de parents célèbres avec des problèmes ? Un égocentrique qui n'arrêtait pas de parler de lui-même (aussi connu sous l'avatar de Paolo 2.0) ?

Mais Jesse n'était rien de tout cela. Il n'avait été rien d'autre qu'un gentleman depuis le moment où il lui avait téléphoné deux jours plus tôt pour lui demander d'aller souper. Il était venu la chercher dans sa Range Rover noire et pendant le trajet, il lui avait fait jouer une compilation qu'il venait de faire avec des chansons de groupes tels que Death Cab for Cutie, MGMT et Postal Service. Il était toujours à l'aise devant les caméras des *Plaisirs d'Hollywood,* qui les avaient suivis partout et étaient à cet instant installées dans les coins les plus éloignés de la salle du restaurant Geisha House. Jane aimait beaucoup ce restaurant. La salle baignait dans une chaleureuse lumière rouge, et une colonne spectaculaire abritant deux cheminées sur chacun de ses côtés trônait au centre de la salle et s'élevait jusqu'au deuxième étage.

De temps en temps, Jesse tapait des mots drôles dans son téléphone, qu'il lui envoyait pour éviter les micros et la faire rire.

Jesse était vraiment un mystère. Elle ne réussissait pas à le cerner. Son comportement de bon garçon était-il une partie de sa personnalité de comédien ? Ou était-il tout simplement un gentil garçon ?

— Alors, comment sont tes parents ? lui demanda Jane. Je crois que j'ai vu la plupart des films de ta mère. Elle a remporté l'Oscar de la meilleure actrice l'année dernière, n'est-ce pas ?

Dès qu'elle eut prononcé ses mots, elle devint muette.

« Cesse de te comporter comme une admiratrice, Jane. Tu devrais lui demander un autographe, pendant que tu y es. »

Mais Jesse ne semblait absolument pas intimidé. Il se contenta de boire une autre gorgée de sa boisson et lui adressa un sourire.

— Ouais, elle m'a obligé à les regarder tous, plaisanta-t-il. Elle est plutôt bonne, de toute façon. Je me souviens qu'elle travaillait toujours très fort durant mon enfance. Mes deux parents étaient toujours en tournage quelque part.

— C'est tellement chouette. As-tu beaucoup voyagé ? demanda Jane.

— Non, j'allais à l'école, donc je restais avec des bonnes d'enfants. En fait, c'était plutôt super, parce que je pouvais faire ce que je voulais sans que mes parents crient après moi ou me disent quoi faire.

Jane haussa les sourcils.

— Des bonnes d'enfants, au pluriel ? Combien en avais-tu ?

— Je ne sais pas. Je crois que j'en avais une nouvelle tous les six mois. J'étais, tu sais, ce qu'ils appellent un « défi ».

Jesse afficha un sourire.

Il termina son verre et fit signe au serveur de lui en apporter un autre.

— Je vais en demander un pour toi aussi.

— Non, ça va, protesta Jane, mais Jesse secoua la tête et lui adressa un sourire charmeur. Bon, un autre, céda-t-elle en lui souriant à son tour.

Jane ne voulait pas compter, mais ce serait sa troisième boisson en moins d'une heure. Elle avait seulement bu la moitié de son premier verre. Le gars supportait bien l'alcool. Il buvait du Jack Daniel's pur et ne semblait pas du tout éméché.

— Alors, comment s'est passée ta rencontre avec Anna Payne ? lui demanda Jesse.

— Oh, elle a dû reporter le rendez-vous. Fiona est stressée, car le Nouvel An est dans seulement deux mois, tu sais.

— Je suis sûr que vous réussirez. J'espère que je vais recevoir une invitation, ajouta Jesse avec un sourire.

— Je vais voir ce que je peux faire.

Après que Jesse eut payé la note, Dana vint à leur table et leur dit qu'ils avaient besoin d'un moment pour installer les caméras à l'extérieur pour filmer leur sortie. Jesse était en train de tirer la chaise de Jane. Il s'arrêta et se rassit.

– D'accord. Premier rendez-vous de Jane et Jesse, sortie du restaurant Geisha House, prise deux, plaisanta-t-il.

Jane sourit.

– Oui, à Los Angeles, une soirée romantique n'est pas complète, si vous n'attendez pas que les caméras filment le moment où vous entrez dans une voiture.

– Nous devrions peut-être faire semblant de nous disputer pendant le trajet de retour. Les disputes sont bonnes pour les cotes d'écoute, n'est-ce pas ?

– Ouais, mais pas lors du premier rendez-vous.

– Bon point. Nous pouvons garder cela pour le troisième ou le quatrième rendez-vous.

Jane sourit, sans savoir quoi dire. Troisième ou quatrième rendez-vous ? Se pouvait-il qu'il l'aimait autant qu'elle l'aimait ?

Dana envoya un texto à Jane, lui indiquant qu'ils étaient prêts. Tandis que Jesse escortait Jane jusqu'à la voiture, elle se sentit suffisamment sonnée par ses deux martinis et glissa le bras sous le sien pour conserver son équilibre.

– Tu es fatiguée ? lui demanda Jesse.

– Mmm. J'ai eu une longue journée, répliqua Jane en laissant aller sa tête contre son épaule.

Jane ne se rendit pas compte qu'un photographe se tenait derrière un des caméramans des *Plaisirs d'Hollywood* installés à l'extérieur. Dès qu'ils mirent le pied sur le trottoir, le photographe se jeta devant le caméraman et se mit à prendre des clichés. Jane protégea instinctivement son visage de sa main. Elle pouvait à peine voir quelque chose à travers les flashes.

Jesse ne semblait pas troublé lorsqu'il lui ouvrit la portière de la voiture, mais Jane était plutôt angoissée. Elle entendit Dana crier quelque chose au photographe tandis que Jesse faisait le tour de la voiture. Jane se tourna vers lui lorsqu'il se glissa dans le siège du conducteur et fit tourner le moteur. C'était la première fois qu'elle était prise en embuscade par les paparazzis. C'était vraiment effrayant.

– Tu me ramènes à la maison? dit-elle en essayant de reprendre ses esprits.

– Bien entendu.

Jesse s'arrêta devant son immeuble. Ils n'avaient pas beaucoup parlé pendant le trajet, et tout était calme dans la voiture quand Jesse se gara et se tourna vers Jane. Ce n'était pas un de ces mauvais silences embarrassants. C'était un de ces bons silences qui donnaient la chair de poule, contenant cette tension romantique et la grande question sans réponse : allait-il y avoir un baiser avant de se quitter? Le cœur de Jane battait la chamade. Elle était contente que les caméramans ne les aient pas suivis jusque chez elle.

– J'ai passé une bonne soirée. Les caméras, et tout, dit Jesse d'une voix douce.

– Moi aussi.

– Alors… quelles sont les chances que tu me laisses sortir avec toi un autre soir?

– Je dirais qu'elles sont plutôt bonnes.

– Vraiment?

– Oui. Vraiment, répondit-elle en riant.

– Que dirais-tu de samedi prochain?

Jane fit semblant de réfléchir.

– Hum. *Peut-être.*

Jesse sourit, puis glissa ses mains sur son visage et se pencha vers elle pour l'embrasser. Son cœur fit un bond. Grand Dieu, il savait embrasser. Jane capitula devant cette sensation en souhaitant que cela dure toujours.

32

NUMÉRO UN

Trevor s'enfonça dans son fauteuil alors qu'il regardait le film de la soirée. « Parfait », pensa-t-il avec enthousiasme. Il n'aurait pas pu prédire la relation de ces deux-là, mais Jane et Jesse apparaissaient bien vivants sur l'écran. Il voyait qu'ils avaient beaucoup d'affinités. Ce genre de drame romantique pouvait faire grimper les cotes d'écoute jusqu'au ciel. Ils étaient déjà numéro un et avec cela, ils allaient battre des records. Du moins, s'il réussissait à faire durer la relation suffisamment longtemps pour accrocher les téléspectateurs avant que les choses tournent mal. Il connaissait trop bien l'histoire de Jesse Edwards. Comme tout le monde à Hollywood.

Même si la laideur qui ne manquerait pas de se manifester pouvait être contenue, modérée d'une certaine manière.

Fasciné, il regarda attentivement les images qui continuaient à défiler sur son écran, de Jesse touchant le bras de Jane et lui murmurant quelque chose (que le micro n'a pas capté) alors qu'il quittait leur table. Les caméras firent alors un gros plan sur le visage de Jane.

Elle avait ce regard doux, merveilleux et amoureux que la direction d'acteurs, le montage ou les retouches ne pouvaient fabriquer. Trevor pouvait déjà visionner l'épisode dans son esprit… entre la musique qu'il choisirait pour le fond sonore tandis que Jesse et Jane se regardaient (quelque chose d'Eliott Smith, peut-être *Say Yes*)… voir l'image s'estomper jusqu'à disparaître tandis que le générique défilait… imaginer les téléspectateurs assis sur le bord de leur siège alors qu'ils en voulaient plus… et qu'ils sentaient qu'ils allaient devoir attendre une semaine entière pour voir ce qui allait arriver à leur couple préféré et que cela les rendrait fous.

Cela n'aurait pas pu mieux se passer, s'il l'avait écrit lui-même.

33

QUI SONT LES PROFESSEURS SÉDUISANTS, ICI ?

Scarlett descendit le couloir précipitamment, son sac à dos battant contre son flanc, en essayant de ne pas prêter attention aux bavardages de Madison et de Gaby. Son téléphone cellulaire vibra dans sa poche – *encore*. Elle était à 99,9 % sûre que c'était Dana – *encore*. La productrice lui envoyait un autre message lui demandant de ralentir et de parler aux deux filles. Scarlett décida de l'ignorer. Juste devant, le beau caméraman – elle croyait qu'il s'appelait Liam – heurta un étudiant alors qu'il essayait d'avancer en suivant le rythme frénétique de Scarlett et de filmer en même temps. Scarlett se sentit mal, mais continua de marcher pendant qu'il réajustait son matériel derrière elle. Lui et les autres la rattraperaient plus tard. Et s'ils ne réussissaient pas ? Eh bien, ils avaient assez de pellicule.

– Attends, Scarlett ! Ces Manolo ne sont pas conçues pour faire du jogging, tu sais ? gémit Madison d'un air léger.

– J'aime l'U.S.C. Je vais m'y inscrire ! dit Gaby.

Elle observa à travers une porte ouverte un laboratoire de biologie rempli d'étudiants et fit un signe de la main.

— À qui fais-tu des signes ? lui demanda Madison.

— Je ne sais pas. Quelqu'un m'a fait un signe de la main, répondit-elle en haussant les épaules.

Scarlett soupira. Pourquoi avait-elle accepté de faire faire le tour du campus à Madison et Gaby pour l'émission ? Probablement pour la même raison qu'elle avait accepté de porter un maillot de bain affreux pour la photo de l'affiche : elle semblait ne pas avoir le choix. Qui avait eu cette stupide idée de « réalité » ? Comme si Madison pensait vraiment sérieusement à aller à l'université. Comme si Madison pensait sérieusement à quoi que ce soit. Gaby ne désirait pas aller à l'université, mais était là « juste pour le plaisir ». Scarlett lança un regard impatient sur le cadran de sa montre en se demandant pendant combien de temps encore elle allait devoir traîner les deux filles.

Madison sortit son téléphone cellulaire de son sac et regarda fixement l'écran.

— Alors, qui sont les professeurs séduisants, ici ? demanda-t-elle à Scarlett.

Scarlett s'arrêta et lança à Madison un regard cinglant.

— Sérieusement ?

— J'ai vu un gars vraiment mignon qui donnait un cours magistral dans la salle 100 quelque chose. Je veux suivre son cours, dit Gaby.

Madison regarda dans le couloir l'équipe de tournage, qui n'avait pas encore recommencé à filmer.

— Mon chou, je ne crois pas que l'université soit pour toi, déclara Madison à Gaby. Il faut avant tout que tu obtiennes ton diplôme secondaire.

Les yeux de Gaby s'agrandirent sous l'effet de la souffrance.

– Gaby, tu aimerais mon cours de photographie. Le professeur est mignon… *et* il donne des devoirs intéressants, l'interrompit Scarlett.

Pourquoi était-elle gentille avec Gaby ? Elle ne l'aimait pas, pourtant. De plus, elle aimait encore moins Madison. Pourquoi Madison devait-elle se comporter si méchamment envers Gaby, même quand les caméras ne filmaient pas ? Et souvent quand Jane n'était pas dans les parages, pendant qu'elle y pensait.

Gaby adressa un sourire de gratitude à Scarlett.

– Vraiment ? J'aime la photographie. Quand j'étais petite, je voulais devenir une célèbre photographe de mode, comme pour *Vogue*.

– C'est drôle, parce que…, commença Madison.

– C'est super, Gaby, l'interrompit Scarlett.

En voyant que le caméraman mignon et l'équipe les avaient rattrapées et filmaient à partir d'un angle derrière Madison, Scarlett eut une idée. Il était temps de freiner la bimbo blonde.

– Alors, Madison ? Dans quelle école secondaire as-tu été ?

Le fait de demander à Madison de parler de son enfance sembla faire ressortir son côté malveillant et prétentieux.

Madison ne fut pas déçue. Elle repoussa ses cheveux derrière ses épaules.

– Je suis allée dans un internat privé en Suisse, répondit-elle d'un ton sec.

– Vraiment ? Quel internat ?

— Je suis certaine que tu n'en as jamais entendu parler. Tu ne sembles pas être du genre à fréquenter les internats privés.

— Ah, oui ? Et quel est au juste le genre de filles qui fréquentent les internats privés ?

— Eh bien, pas toi, ma chère. Sans vouloir t'offenser, Jane et toi, vous portez la mention « école publique » inscrite en plein milieu de votre front...

Madison s'interrompit brusquement d'un air inquiet quand elle remarqua les caméras.

Scarlett lui adressa un sourire glacial. Trop tard, petite garce. Ils ont tout enregistré. Et c'était juste le genre de remarque méchante qui résisterait aux coupures lors du montage. Elle était pressée que Jane voie cette séquence. Elle en sera quitte pour une grande surprise quand elle verra Madison se comporter comme une grande prétentieuse. Une véritable garce et une véritable prétentieuse. Jane cessera peut-être alors de parler de cette fille comme si c'était Dieu fait femme.

Arrivées au bout du couloir, elles se dirigèrent vers la sortie. Scarlett espérait que cela marquerait la fin de leur promenade, mais les caméras les suivirent. L'air de début novembre était agréablement frais, dans les 17 °Celsius. Au loin, Scarlett aperçut Cammy — vêtue d'un débardeur et d'un short très court —, qui parlait avec deux garçons. Oh, oh, mieux valait faire un détour. Après leur première rencontre en août (quand Cammy l'avait invitée à se presser) et jusqu'à ce que débute le tournage de la série *Les plaisirs d'Hollywood* sur le campus, la fille avait eu un comportement glacial envers elle. Mais après le premier tournage dans le cours du professeur Cahill, Cammy avait commencé à harceler Scarlett. Elle l'invitait à participer à des fêtes et à aller au cinéma et à étudier en groupe, et tout ce qui existe sous le soleil. Il y avait quelques autres étudiantes qui se comportaient comme elle – des camarades de classe qui n'avaient jamais prêté attention à Scarlett avant l'émission et qui depuis se pressaient autour d'elle, chaque fois qu'elle pénétrait dans une salle de classe, et se battaient pour s'asseoir près d'elle.

Bien sûr, tout cela entrait en complète contradiction avec le groupe de ceux qui lui lançaient des regards méchants chaque fois que les caméras étaient présentes.

Mais malgré son nouveau (petit, il faut bien en convenir) cercle d'admirateurs, Scarlett ne s'était toujours pas fait de véritables amis à l'U.S.C. – c'est-à-dire des amis qui l'aimaient pour ce qu'elle était et n'avaient aucun intérêt à être vus à la télévision, et ce, pour une bonne raison : elle était trop occupée avec toutes les autres choses, comme les cours, les devoirs (qui lui prenaient entre quatre et six heures par jour), et jongler avec les programmes et les TOC de Dana. Elle avait également commencé à fréquenter chaque jour la salle de gym – c'était une excellente façon de se défouler – et à relire les romans de Gabriel García Márquez dans leur version originale, l'espagnol. Juste pour le plaisir.

Mais le manque de temps n'était pas le vrai problème. La vérité était qu'elle ne voulait pas faire supporter à ceux qu'elle aurait voulu voir devenir ses amis les interviews et les caméras – comme la série *Les plaisirs d'Hollywood* et tout ce qui venait avec.

Scarlett avait même ralenti ses activités dans le domaine de la séduction. Elle avait pensé à l'origine qu'elle se réjouirait de choquer les téléspectateurs avec les détails de sa vie sexuelle active, mais elle s'était vite aperçue qu'elle n'appréciait pas l'invasion de sa vie privée. Elle ne voulait pas que l'Amérique voie ses conquêtes comme quelque chose de « réalisé et produit par Trevor Lord ».

Son téléphone cellulaire vibra : « Bzzz ! » Scarlett baissa les yeux sur l'écran en fronçant les sourcils.

PEUX-TU PARLER À M ET À G À PROPOS DE L'UNIVERSITÉ ? ET PEUX-TU SOURIRE UN PEU PLUS ? avait écrit Dana.

« Peu importe », pensa Scarlett d'un air las.

Plaquant un grand sourire forcé sur son visage, elle se tourna d'abord vers les caméras, puis vers Madison et Gaby.

— Alors ! Voulez-vous que nous allions chercher des cafés et que nous nous rendions ensuite à la bibliothèque ? Vous pourriez m'aider à faire des recherches pour mon prochain exposé sur la période Tokugawa de l'histoire du Japon, lança-t-elle d'une voix qu'elle se força à rendre radieuse.

— Quoi ? s'écrièrent Madison et Gaby en même temps.

Le téléphone cellulaire de Scarlett vibra de nouveau. Apparemment, elle n'avait pas fait ce qu'il fallait.

Mais c'était justement cela. Elle ne voulait pas faire ce qu'il fallait.

Cette fois-ci, son sourire n'était pas forcé.

34

ALORS, TU SORS AVEC JESSE, MAINTENANT ?

Jane glissa son bras sous celui de Jesse avant de pénétrer dans le cinéma Arclight. Ils n'étaient sortis que deux fois ensemble, mais elle se sentait déjà très bien avec lui. C'était un vendredi soir, et le vaste hall moderne était rempli de gens qui avaient les yeux levés vers l'immense panneau lumineux qui présentaient les titres des films à l'affiche ainsi que les horaires des séances. Du coin de l'œil, elle aperçut plusieurs caméramans de l'équipe de tournage qui filmaient leur arrivée.

— Tu es sûre que tu es prête pour ça ? la taquina Jesse. Tu peux toujours t'en aller, tu sais.

— J'aime les films d'horreur, répliqua Jane. Tu vas voir.

Vêtu d'un jean et d'un chandail gris en cachemire qui accentuait la largeur de ses épaules, Jesse était vraiment beau ce soir-là. Jane, quant à elle, portait un haut en soie blanc de style paysan sur un jean moulant et des chaussures marron à semelles compensées. Comme ils se frayaient un chemin à travers le hall, les gens les pointaient du doigt et chuchotaient en s'agitant. Certains d'entre eux prenaient même des photos d'eux avec leur téléphone cellulaire.

La série était diffusée depuis environ un mois, mais Jane n'était toujours pas habituée à l'attention qu'elle suscitait à cause de cela. Et marcher au bras de Jesse Edwards… eh bien, cela ne faisait que renforcer cette attention.

Jesse et elle achetèrent du maïs éclaté et du soda qu'ils partageraient, puis se dirigèrent vers la salle. Un jeune employé leur offrit, à chacun, une paire de grosses lunettes jaunes.

– C'est en 3D ? demanda Jane, surprise.

– Ouais. Maintenant, tu veux te sauver ? répondit Jesse en souriant.

– Absolument pas. Je n'ai pas vu un film en 3D, depuis… je ne me souviens pas quand.

– Ce film doit être stupéfiant en 3D. Les trois autres fois où je l'ai vu, c'était dans un cinéma normal.

– Tu l'as déjà vu trois fois ?

– Ouais. Avec Braden. C'est une tradition pour nous de regarder les films d'horreur ensemble.

Devant l'expression de doute de Jane, il éclata de rire.

– Durant toute notre enfance, nous les avons regardés ensemble. Chaque fois que je venais chez lui, nous restions éveillés très tard à regarder des films d'horreur.

Jane sourit d'un air détaché en essayant de ne pas réagir en entendant mentionner le nom de Braden. Elle lui avait parlé une seule fois depuis la fête chez lui. Il l'avait appelée le lendemain du jour où Jesse l'avait emmenée au restaurant Geisha House. Leur conversation avait été… bon, difficile serait une façon modérée de dire les choses.

– Alors, tu sors avec Jesse maintenant ? avait-il dit.

— Euh, nous sommes allés au restaurant, hier soir.

Elle ne lui avait pas parlé d'un rendez-vous romantique, car l'idée de l'appeler pour lui dire « Jesse m'a demandé de sortir avec lui, et j'ai dit oui » semblait nulle, alors que les chances étaient qu'il ne s'en soucierait même pas.

Ce serait comme tenir une pancarte qui dirait « Je t'aime, et tu ne ressens pas la même chose. »

« T'aimais, se reprit-elle. Je t'aimais. »

— Il m'a dit que vous alliez vous revoir la fin de semaine prochaine.

— Oui, dit-elle en notant une tension dans la voix de Braden qu'elle n'avait jamais entendue auparavant. Où veux-tu en venir, Braden ?

Il prit une profonde inspiration.

— Je sais que c'est bizarre de dire ça de mon meilleur ami, mais ce n'est pas ton genre. Ne te méprends pas, j'aime Jesse comme un frère. Mais je ne vous imagine pas ensemble.

— Que veux-tu dire ?

Elle sentit une petite bulle d'espoir à ce qui ressemblait à de la jalousie, ce qui était plutôt frustrant, car Braden faisait partie du passé. Elle aimait Jesse maintenant.

— Eh bien, tu es mon amie. Je me fais du souci pour toi. Je ne veux pas te voir malheureuse.

« Oh, bien sûr. Ton amie », pensa Jane, et la petite bulle d'espoir éclata, la laissant encore plus frustrée.

— Je suis une grande fille, rétorqua-t-elle d'un ton glacial. Je sais prendre soin de moi-même.

Et cette riposte avait marqué la fin de leur entretien. Il ne lui avait pas téléphoné et ne lui avait envoyé aucun texto depuis cette conversation, c'est-à-dire depuis presque deux semaines plus tôt. Jane s'était demandé plus d'une fois pourquoi Braden avait essayé de la dissuader de sortir avec Jesse. Était-ce de la jalousie ? Ou simplement à cause du passé de Jesse avec les filles ? Jesse lui avait dit, quand ils étaient sortis le samedi précédent, qu'il s'agissait d'une phase stupide, une chose du passé. Jane ne le connaissait pas assez pour dire s'il était totalement honnête et sincère. Mais il avait semblé totalement honnête et sincère. Et cela lui suffisait.

De plus, ils commençaient seulement à se fréquenter. Ce n'était pas comme s'ils étaient sur le point de se marier.

Jane suivit Jesse dans la salle déjà obscure, et ils prirent place dans leurs sièges réservés. Quand elle sursauta et poussa un cri rapide devant une partie particulièrement effrayante (heureusement, elle n'était pas la seule ; tous les autres spectateurs s'agitèrent également), Jesse passa son bras autour de ses épaules. Son bras, solide, chaleureux et protecteur, la rassura. Jane se blottit plus près de lui et sentit son visage caresser ses cheveux, ce qui la fit frissonner.

Après le film, Jesse l'accompagna au Arclight Bar, qui occupait la moitié du hall. Trois caméramans de l'équipe de tournage des *Plaisirs d'Hollywood* étaient positionnés dans les coins et filmaient sans cesse. Jane se demanda ce qu'ils avaient fait pendant qu'elle regardait la projection dans la salle. Peut-être étaient-ils allés manger tous ensemble ?

Jane et Jesse discutèrent pendant une heure en sirotant leurs martinis. Il lui révéla qu'il avait abandonné ses études à l'U.C.L.A. pour travailler dans la finance avec un ami de son père, mais qu'il avait quitté cet emploi et songeait alors à retourner à l'université, peut-être pour se spécialiser dans les affaires. Elle dit que de son côté, elle n'avait pas non plus totalement éliminé cette possibilité. Il déclara qu'il passait beaucoup de temps chez Braden quand ils étaient enfants parce que ses propres parents étaient souvent partis en tournage. Il lui raconta quelques histoires drôles à propos des ennuis dans lesquels Braden et lui avaient l'habitude de s'attirer, et elle lui raconta à son tour des histoires sur Scarlett et elle.

Au cours de leur conversation, Jane se rendit compte que la mention du nom de Braden avait de moins en moins d'effet sur elle. Braden était son ami. Il ne lui avait jamais laissé entendre qu'il attendait plus que de l'amitié.

Mais Jesse était là, désormais. Il était beau, il était gentil et il était drôle. Et il l'aimait plus que comme une amie. Jane comprit qu'il était vraiment temps qu'elle se libère des sentiments qu'elle avait nourris pour Braden, afin de passer à quelque chose de vrai — Jesse et tout ce que cette soirée (et leur prochain rendez-vous et le rendez-vous après celui-là) pouvait leur réserver.

La voix de Jesse interrompit ses pensées.

— Es-tu prête à rentrer ?

Jane haussa les épaules. Elle avait bu deux martinis — un de moins que lui — et elle commençait à en ressentir les effets.

— Oui, je suis un peu fatiguée. J'ai passé les derniers jours à aller en voiture aux quatre coins de Los Angeles pour les affaires de Fiona. Les affaires avaient été calmes pendant un moment, mais maintenant, c'est de nouveau de la folie. Je savais que j'allais avoir beaucoup de travail, mais j'avais espéré que je ne serais pas cantonnée à faire les courses, tu vois ?

— Tu dois être patiente, lui conseilla-t-il. Je suis sûr que Fiona finira par comprendre que tu es super, et elle te confiera des choses plus intéressantes à faire.

— J'espère que tu as raison.

— Oh, j'ai raison. Tu es vraiment super.

Il lui adressa un grand sourire, et elle s'efforça de ne pas rougir.

— Tellement super que je parle de toi à mes amis depuis des semaines. Je veux absolument que tu les rencontres.

— Tes amis ? répéta Jane.

Son esprit se reporta immédiatement sur Braden. Elle se demanda si Jesse parlait d'elle avec lui. Elle n'osa pas le lui demander.

— Mon anniversaire est dans deux semaines, ajouta Jesse.

Jane se pencha vers lui et l'embrassa légèrement sur la joue.

— Vraiment ? Joyeux anniversaire !

Jesse sourit et l'attira vers lui pour un autre baiser. Jane sourit à son tour.

Interrompant brusquement un baiser, Jesse poursuivit :

— Donc, comme je le disais, je vais avoir 21 ans. J'ai pensé réunir quelques amis chez Goa. Bien sûr, tu connais déjà Braden, mais j'ai d'autres amis que tu n'as pas encore rencontrés. J'aimerais beaucoup que tu puisses venir. Tu pourrais aussi inviter tes amies. Comme Scarlett. Et Madison, et Gaby, et d'autres personnes, si tu le désires. J'aimerais faire leur connaissance.

Jane se demandait si Jesse se doutait de ce que ses amies pensaient de lui. Le fait que Scar le boude chaque fois qu'il venait chercher Jane à l'appartement aurait pu lui mettre la puce à l'oreille.

— Tout à fait, dit Jane. J'enverrai un texto à tout le monde, dès que tu m'auras donné la date et l'heure.

Elle s'arrêta pour l'analyser. Il la regardait fixement avec une expression qu'elle ne pouvait déchiffrer.

— Quoi ? Pourquoi me regardes-tu comme ça ?

— Désolé. C'est juste parce que tu es tellement jolie.

— Non, je ne le suis pas.

— Tu l'es. Tu sais que je suis fou de toi, n'est-ce pas ?

— Hum… ou tu es peut-être fou tout court, point final, le taquina Jane.

Jesse se pencha vers elle et l'embrassa de nouveau.

« Je suis folle de toi aussi », pensa Jane tandis qu'ils s'embrassaient.

35

ÇA VA PASSER

Scarlett était dans sa chambre, où elle regardait *Les plaisirs d'Hollywood* sur TiVo. Jane et elle avaient regardé les deux premiers épisodes ensemble, Jane excitée et riant en déclarant qu'il était fou de voir leurs vies compartimentées en segments d'une demi-heure parfaitement répartis, et Scarlett jurant et horrifiée de constater que les producteurs avaient choisi de les réduire à des clichés. Mais Scarlett regardait l'épisode diffusé ce soir dans un but bien précis : pour voir si c'était celui où elle avait piégé Madison en la forçant à dévoiler sa vraie nature lors du tour du campus de l'U.S.C. Elle espérait que c'était le cas et elle espérait que les producteurs avaient eu le bon sens de ne pas couper ces séquences. Elle essayait de régler l'appareil sur avance rapide quand elle entendit Jane passer la porte d'entrée. L'horloge du lecteur DVD affichait 1 h 14. Scarlett s'empressa d'arrêter la diffusion et se reporta sur la chaîne Comedy Central – elle voulait le voir seul en premier, avant de révéler la vraie nature de Madison à Jane. Elle tendit l'oreille pour s'assurer que Jane était seule.

Entendant une seule série de pas, elle cria :

– Salut ! Tu veux venir regarder la télévision ?

Pas de réponse. Un moment plus tard, Jane entra en fouillant dans son sac. Elle jeta un coup d'œil dans la direction de Scarlett. Scarlett s'aperçut que ses joues étaient embrasées et que ses yeux étaient… lumineux. Rêveurs. Scarlett l'observa pendant une minute d'un air désorienté. Elle n'avait pas vu Jane dans cet état depuis des lustres. Pas depuis Caleb, durant la première année idyllique, avant qu'il ne parte pour Yale et qu'il ne décide de donner un autre sens au mot « monogamie ». C'était la théorie de Scarlett à son sujet, en tout cas.

– Hum… Comment s'est passé ton rendez-vous avec ton don Juan ? lança Scarlett de sa chambre.

Jane sortait avec Jesse Edwards depuis environ deux semaines, et depuis ce temps, Scarlett lui tenait des propos durs à ce sujet. Elle avait vu tous les articles des tabloïds qui parlaient de Jesse.

Jane recula de quelques pas et passa la tête par la porte.

– Il s'appelle Jesse, la reprit-elle d'une voix glaciale. C'était bien.

– Ah, oui ?

– Ouais.

Jane sourit.

Elle entra dans la pièce et se glissa dans le lit à côté de Scarlett tout en lisant un message texte. Scarlett se pencha pour y jeter un coup d'œil. Il disait :

J'AI VRAIMENT PASSÉ UNE BONNE SOIRÉE. J'AI HÂTE DE TE REVOIR.

MOI AUSSI, texta Jane.

« Beurk, pensa Scarlett. Bien joué, Jesse. »

— Hum, Janie ? Je ne veux pas être rabat-joie, mais nous parlons de Jesse Edwards, non ? dit Scarlett d'une voix aussi gentille que possible. Combien de fois avons-nous vu sa photo dans le magazine *Gossip* ? Et combien de filles différentes avons-nous vues à ses côtés sur ces photos ? Je dis simplement…

— Il m'a dit qu'il avait connu une phase stupide et qu'il essayait de s'échapper de tout ça, rétorqua Jane, sur la défensive. Je crois qu'un de ses amis du secondaire est mort dans un accident alors qu'il avait trop bu il y a quelques mois, que ça l'a beaucoup changé et que depuis, il voit les choses d'une autre façon.

— Sérieusement ?

— Ouais, sérieusement.

Jane reporta son attention sur son téléphone et appuya attentivement sur les boutons. Scarlett ne savait pas quoi faire. Sa meilleure amie avait un mauvais parcours avec les garçons, ainsi qu'un mauvais jugement. Caleb l'avait anéantie. Braden, avec sa petite amie presque invisible mais bien réelle (elle ne voulait pas savoir comment l'appelait Braden, elle était sa petite amie) avait failli l'entraîner dans une impasse. Jane était probablement en train de se remettre de son histoire avec Caleb et de son attirance pour Braden, et était vulnérable à une attention masculine quelle qu'elle soit — tout spécialement l'attention d'un homme aussi sexy que Jesse.

« Cela lui passera peut-être », pensa Scarlett.

Puis, elle observa Jane, qui lisait un autre message en riant joyeusement.

« Peut-être pas. »

— Bon, alors, sois prudente, répliqua Scarlett en éprouvant un besoin de protéger Jane et en se sentant agacée à l'idée que Jane entamait une autre relation en portant des œillères.

— Que veux-tu dire ?

— Je veux dire qu'il s'agit de *Jesse Edwards*. Tu sais qu'il doit probablement sortir avec quatre autres filles en même temps. C'est un don Juan.

Jane se tourna pour affronter Scarlett.

— Tu sais quoi ? Je l'aime, et il est vraiment très gentil avec moi, lâcha-t-elle. Passons à autre chose, d'accord ? Comment va ta vie amoureuse ?

Scarlett n'avait pas envie de répondre à cette question. En fait, elle était intéressée par le caméraman plutôt mignon qu'elle avait remarqué lors du tour du campus de l'U.S.C., Liam. Non seulement il était sexy, mais il semblait également intelligent. Aujourd'hui, elle l'avait aperçu alors qu'il lisait *Cent ans de solitude*, un de ses romans préférés, durant une pause.

Elle savait que le « talent » n'était pas censé fréquenter les membres de l'équipe — Dana avait mis l'accent dès le début sur ces règles de base —, mais il y avait peut-être une façon de détourner cette interdiction.

Attendant une réponse à sa question, Jane la regardait fixement. Scarlett fit semblant de ne pas avoir entendu et quitta le lit.

— J'ai envie de grignoter quelque chose. Veux-tu quelque chose à la cuisine ?

— Je vais y aller avec toi, répondit Jane en quittant la chambre à sa suite. Alors, comment va ta vie amoureuse ? répéta-t-elle.

— Hum.

Scarlett ouvrit le réfrigérateur. Elle réfléchit un instant, puis décida que même si elle était fâchée de constater que Jane ne porte pas attention à son jugement sur Jesse, elle devait répondre à la question. Toutefois, elle ne voulait pas parler de son attirance inappropriée pour Liam. Pas encore.

— Rien à signaler pour le moment.

— Pas de garçons mignons à l'université ?

— Non, pas vraiment.

— Tu veux dire qu'il n'y a pas de beaux garçons à l'U.S.C. ? la taquina Jane. Il y a, disons, des milliers d'étudiants, n'est-ce pas ?

— Ouais, bon. Je ne sais pas. J'ai été très occupée avec les exposés, les examens et tout le reste. Et…, Scarlett hésita, puis saisit une grappe de raisin. Ne trouves-tu pas étrange de voir les caméras te suivre partout ? Je n'ai pas envie que le pays tout entier sache qui je fréquente, tu vois ?

Jane haussa les épaules.

— Je m'y suis habituée. Et puis, ce n'est pas comme si elles nous suivaient sans cesse.

— J'ai cette impression quelquefois.

Au même moment, le téléphone cellulaire de Jane se mit à vibrer. Elle baissa les yeux sur l'écran.

— Oh, je dois prendre l'appel. Allô ? dit-elle d'un air ravi. Salut, Jesse !

Jane écouta pendant un instant, puis éclata de rire.

— Oui, je sais. Quoi ? Tu veux m'emmener où, lundi soir ?

Elle rit de nouveau.

Scarlett regagna sa chambre en soupirant et ferma la porte.

36

UNE NOUVELLE COLLÈGUE

Le lundi matin, après s'être fait poser un micro, Jane eut deux surprises qui l'attendaient au travail. Elle avait un nouveau bureau *et* une nouvelle collègue dans ce bureau.

— Voici Hannah, lui dit TV Fiona en présentant Jane à une grande fille mince, avec des cheveux raides d'un blond doré attachés en queue de cheval et des yeux bruns pétillants d'intelligence. (« TV Fiona ». C'était ainsi que Jane s'était mise à surnommer sa patronne lorsqu'elle s'apercevait qu'elle était bien coiffée et bien maquillée les jours où les caméras étaient sur place.) Hannah était assise à un bureau de l'autre côté de l'endroit où quelqu'un (des petits farfadets ?) avait déplacé le bureau de Jane pendant la fin de semaine, ainsi que son Mac, ses meubles de classement tout désorganisés et sa plante verte à moitié morte. Les deux bureaux se faisaient face et étaient séparés par une large allée. Le bureau était trois fois plus grand que son bureau/placard précédent. Deux caméramans des *Plaisirs d'Hollywood* étaient installés dans les coins, leurs caméras suivant Jane, Hannah et Fiona. Au moins, ils allaient avoir un peu plus de place désormais.

— Bonjour.

Jane prit la main que lui tendait Hannah en analysant sa tenue : un pantalon bleu marine à taille haute, un chemisier blanc en soie et une simple rangée de perles. Hum, classique, mais très joli.

— Bonjour, enchantée de te rencontrer, dit Hannah avec un sourire doux et amical.

— Hannah va venir à temps partiel pour m'aider — et vous aussi — pour organiser certains événements, expliqua Fiona.

— Super ! s'écria Jane, pleine d'enthousiasme, même si elle se demandait s'il fallait vraiment deux personnes pour aller chercher les vêtements au nettoyage à sec, les repas, le miel brut ou quoi que ce soit d'autre dont la Fiona « hors des ondes » aurait envie.

— J'ai pensé que vous pourriez lui parler de notre programme de tous les jours. Pourquoi ne commenceriez-vous pas par lui expliquer le fonctionnement du téléphone et du classement, puis je vous verrai dans mon bureau dans une heure, dit Fiona.

— Entendu, répondirent Jane et Hannah en même temps.

— Et Jane ? N'oubliez pas qu'Anna Payne sera là à 15 h.

— Oui, bien sûr.

Après le départ de Fiona, Jane se tourna vers Hannah. Si la fille avait été impressionnée en entendant citer Anna Payne, elle ne le montrait pas.

— Alors, est-ce ta première expérience dans l'organisation d'événements ? lui demanda Jane.

— Non, la seconde, répondit Hannah.

Elle étudia le Mac sur son bureau et l'alluma. Elle décrocha le téléphone qui était posé sur son bureau, appuya sur quelques boutons et hocha la tête.

— J'ai été stagiaire chez David Sutton.

Jane reconnut immédiatement le nom. David Sutton était probablement le plus important concurrent de Fiona dans le marché de Los Angeles.

— Pourquoi es-tu partie ?

— J'ai été stagiaire là pendant environ un an. David était génial, mais il ne pouvait pas m'embaucher. Il m'a prévenue que travailler pour Fiona pouvait être difficile, mais c'était une occasion que je ne pouvais pas laisser passer. Cela me permettra de sortir de ma zone de confort et de me lancer un défi. Tu vois ce que je veux dire ?

Jane écarquilla les yeux. Les mots d'Hannah lui rappelaient ce qu'elle avait dit à Wendell et à Dana lors de l'interview pour *Les plaisirs d'Hollywood*.

— Oui, je sais très bien ce que tu veux dire, rétorqua-t-elle avec un enthousiasme véritable, cette fois-ci.

Jane passa la demi-heure suivante à montrer à Hanna les systèmes de téléphone et de classement. Mais Hannah apprenait vite, et elle n'avait presque pas besoin d'être formée. Elle était déjà familière avec la plupart des systèmes.

Elle semblait aussi apprendre très vite devant les caméras. Elle ne donnait pas l'impression d'être nerveuse ou intimidée.

« Certaines personnes réagissent comme si c'était naturel », décida Jane.

— Et dans quelle partie de Los Angeles habites-tu ? lui demanda Jane pour faire la conversation tandis qu'elles s'asseyaient à leur bureau respectif en triant des piles de factures de traiteur.

— Troisième rue près de Grove Drive. Et toi ?

— Je vis à Hollywood Ouest, moi aussi. Tout près de là. Un appartement au Palazzo.

Hannah siffla.

— Wow ; je vis à la résidence Les Villas. Nous sommes voisines. J'aime cette partie de la ville.

— Ouais, ma colocataire et moi avons eu beaucoup de chance de le trouver, renchérit Jane, sans mentionner que Trevor l'avait trouvé ; et que PopTV en payait le loyer.

Hannah regarda fixement l'écran de son ordinateur.

« Elle admirait sans aucun doute l'écran de veille représentant un gros Bouddha », pensa Jane, amusée.

— Alors, tu vis avec une vraie colocataire et pas avec ton petit ami ? demanda Hannah après un moment. Désolée, est-ce personnel ?

— Non, pas du tout.

Jane rit en se demandant si Hannah ne le savait pas ou si elle se renseignait au profit des caméras. Non pas que Jane ait commencé à présumer que tout le monde la connaissait, mais elle supposait que Hannah devait le savoir puisqu'elle était filmée et apparaîtrait bientôt dans la série *Les plaisirs d'Hollywood*. La signature du formulaire d'autorisation avait même certainement fait partie du processus d'embauche.

— Je vis avec mon amie Scarlett. Je n'ai pas de petit ami. Il y a bien un garçon que je fréquente, mais nous ne sommes pas, disons, ensemble.

Elle rougit avec bonheur en pensant à Jesse.

Hanna sourit.

— Oh, tu es radieuse. Comment s'appelle-t-il ?

— Jesse.

— Depuis combien de temps sortez-vous ensemble ?

— Juste deux semaines, répondit Jane. Mais c'est...

— Oui ? dit Hannah en se penchant.

Jane secoua la tête. Elle ne voulait pas parler à Hannah, qu'elle venait tout juste de rencontrer, des détails de sa relation (pouvait-elle seulement appeler déjà cela une relation ?) avec Jesse ou des impressions de son amie par rapport à lui.

Malheureusement, Scarlett continuait à avoir une mauvaise attitude envers lui — et elle ne se gênait pas pour lancer ses critiques chaque fois qu'elle était dans l'appartement, ce qui n'était pas souvent le cas, ces derniers temps. (Les études la tenaient-elles vraiment aussi occupée ?) Même Madison et Gaby semblaient être contre lui. Madison l'avait appelée quelques jours plus tôt pour lui dire d'être « prudente ». Gaby lui avait envoyé un message texte l'informant qu'elle connaissait personnellement cinq filles avec qui il était sorti pendant quelques jours avant de les quitter. Et bien sûr, Braden avait clairement fait savoir ce qu'il en pensait.

Mais Jane sentait que ses amis avaient tort. Jusqu'alors, il n'avait rien de l'image que les tabloïds donnaient de lui. Quand ils étaient ensemble, il ne la quittait pas des yeux. Il la traitait très bien. Et le vendredi soir, après la séance au Arclight, quand il l'avait déposée à son appartement, il avait murmuré dans son oreille qu'elle était différente des autres filles qu'il avait rencontrées. Il avait dit qu'elle était spéciale.

Jane n'avait encore rien confié à personne, parce qu'elle savait comment tout le monde réagirait. Mais Hannah ne connaissait pas Jesse, ou Scarlett, ou Madison, ou Gaby. Elle était de l'extérieur, ce qui signifiait qu'elle pourrait être objective. Après tout, Hannah était peut-être la personne idéale à qui elle pouvait en parler.

— Anna, voici mon assistante, Jane Roberts. Jane, voici Anna. Jane va m'aider à organiser votre soirée de Nouvel An, expliqua Fiona.

Jane se tenait sur le pas de la porte de la salle de conférence, dévisageant la jolie actrice, qui était assise en face de Fiona.

Elle se demandait si Anna se souviendrait de leur rencontre au club Les Deux. Ou peut-être était-elle trop soûle cette nuit-là pour se rappeler quoi que ce soit. De l'autre côté de la pièce, un caméraman ajusta un objectif avant de faire un gros plan sur Jane.

Anna adressa un sourire à Jane. Les tabloïds l'avaient qualifié de « sourire à un million de dollars » à cause de ses lèvres pleines et de ses dents parfaitement alignées. Jane ne put s'empêcher d'être fascinée par ce sourire, même si Anna s'était comportée comme une garce envers elle dans la boîte de nuit.

— Enchantée de vous rencontrer, Jane, dit Anna.

— Oui, je suis enchantée de vous rencontrer, moi aussi, répondit Jane en lui retournant son sourire.

— Jane, pourquoi ne pas vous asseoir et nous parler des endroits disponibles ? lança Fiona.

— Bien sûr.

Jane prit un siège près de Fiona, sortit son carnet et l'ouvrit à la première page.

— J'ai fait des recherches et j'ai relevé quelques possibilités, commença Jane. Une idée est de faire cette fête sur un bateau.

S'apercevant que ni Anna ni Fiona ne réagissaient, elle poursuivit :

— ... ou au restaurant Rick's Place de l'Hôtel Figueroa au centre-ville, qui est un endroit très chouette.

Davantage de regards fixes et absents.

— Une autre idée est la terrasse sur le toit de l'Hôtel SLS. Je me suis dit que puisque nous avons une température clémente durant l'hiver, il fallait en profiter.

Les yeux bleus d'Anna étincelèrent.

— J'aime cette idée ! Jane, tu es bonne.

Jane rougit.

— Merci.

— Je devrais peut-être en parler à Noah.

Anna fouilla dans son énorme sac argenté Prada et en sortit son téléphone cellulaire.

Pendant qu'elle était occupée avec son appel, Fiona se tourna vers Jane et leva le pouce en signe d'approbation.

Hein ? Depuis quand la patronne avait-elle commencé à lever le pouce en signe de victoire ? Lorsque la réunion fut terminée, le caméraman prit rapidement quelques photos alors qu'elles se saluaient et se donnaient une poignée de main en sortant de la salle de conférence.

Dès que les caméras s'éteignirent, Anna jeta un coup d'œil par-dessus son épaule à Jane. Elle sourit et fit un clin d'œil.

– Je voulais juste dire... j'aime votre émission, lança-t-elle.

– C'est très gentil, merci ! J'admire, moi aussi, beaucoup ce que vous faites, répliqua Jane.

« Oh, mon Dieu. »

Elle était pressée de raconter cette rencontre à Lacie et à Nora, qui étaient toutes les deux de ferventes admiratrices d'Anna Payne.

Anna salua d'un signe de la main et descendit le couloir en passant devant des douzaines de bureaux à cloisons, apparemment inconsciente des regards adorateurs qu'elle laissait dans son sillage. Tandis que Jane la regardait s'éloigner, elle réfléchit à l'ironie dégagée par tout cela. Juste deux mois plus tôt, Anna Payne avait été très désagréable au club Les Deux. À présent, elle était une des admiratrices de Jane. Elle n'en revenait pas.

37

UNE BOMBE À RETARDEMENT PRÊTE À EXPLOSER

Veronica passait en revue les photos que son préféré de l'équipe de photographes, Manny, venait de livrer. Jane Roberts entrant dans une Range Rover, Jesse Edwards prenant son bras d'un air protecteur. Le couple quittant, main dans la main, le Café Luxxe à Santa Monica, se tenant enlacé, achetant du maïs éclaté au cinéma Arclight.

Veronica regarda le tas de photos une nouvelle fois. Excellentes. Elle en sélectionna trois. Elles feraient une belle double page. Elle nota de réserver deux pages pleines.

– Veronica ?

C'était son assommant petit assistant, Diego.

– Madison Parker demande à vous voir.

Madison Parker ? Que voulait cette chasseuse de publicité ? Madison avait abordé Veronica à la première d'un film et s'était présentée. Depuis, elle était venue deux fois dans les bureaux de *Gossip* pour la voir, essayant de négocier des « potins de coulisses » contre des articles flatteurs sur sa propre « carrière en plein essor ».

Malheureusement, l'idée que se faisait Madison du mot « potins » n'était jamais suffisante. Et « sa carrière en plein essor » ? Des filles comme elle, on en trouvait à la pelle à Los Angeles. Elle serait chanceuse, si elle avait un avenir dans la vente de traitements contre la cellulite ou de nourriture biologique pour chat par le biais de Télé-achat. Cependant, Veronica savait par expérience qu'une bonne exclusivité venait parfois d'une source jugée peu fiable.

« Vous ne savez jamais ce que vous allez trouver dans la poubelle. »

— Très bien. Faites-la entrer.

Un moment plus tard, Madison passait la porte. Comme toujours, elle était impeccablement vêtue : ce jour-là, elle portait une robe moulante gris perle avec un décolleté en V plongeant.

— Veronica, dit Madison d'une voix douce en se glissant doucement dans un fauteuil en cuir. Merci beaucoup de me recevoir.

— J'ai une réunion dans cinq minutes.

— Pas de problème. Je voulais juste vous faire part de quelques faits qui pourraient vous sembler … intéressants.

Veronica replaça quelques feuilles de papier sur son bureau.

— Oui ? Quoi ?

Madison se pencha et baissa la voix d'un air conspirateur.

— Il s'agit de Gaby Garcia. Elle était au club Les Deux hier soir pour la soirée de lancement du jeu vidéo *Dead at Dusk* et elle est rentrée chez elle avec Aaron Daly. J'ai des photos d'eux en train de s'embrasser.

— Madison, dit Veronica d'un ton flatteur. Que vous puissiez penser que je m'intéresse aux habitudes douteuses de reproduction des nullités d'Hollywood est une chose qui me dépasse.

Veronica observa Madison, qui passait par ce qui semblait être les cinq phases du chagrin, avant que ses petits yeux perçants se posent sur le jeu de photos posées sur le bureau — des photos de sa partenaire Jane Roberts. Veronica remarqua que la future starlette plissait les yeux. « N'est-ce pas intéressant ? »

— Jane et vous êtes bonnes amies, n'est-ce pas ? demanda Veronica.

Madison leva les yeux. Elle sembla y réfléchir avant de répondre :

— Vous avez vu la série. Qu'avez-vous en tête ?

« Ce n'est pas en te montrant insolente avec moi que ton nom apparaîtra dans le magazine, ma chère. »

— Je vais le dire autrement : jusqu'où iriez-vous pour voir votre visage dans *Gossip* ? demanda Veronica.

Elle savait qu'elle prenait un risque, mais après des années passées à Hollywood, elle savait aussi quelle puissante motivation pouvait engendrer la jalousie. Et quelque part dans la charmante petite histoire au sujet de la charmante petite romance entre Jane et Jesse, il y avait une bombe à retardement prête à exploser. Il ne tenait qu'à Veronica d'être là quand cela se produirait, de façon à ce que *Gossip* soit le premier magazine à en parler — avec de nombreux, fabuleux et croustillants détails. Et si, par hasard, il n'y avait pas de bombe à retardement… eh bien, provoquer des explosions était une chose à laquelle Veronica excellait.

Fidèle à elle-même, Madison hésita à peine avant de demander :

— Que voulez-vous que je fasse ?

— Trouver ce qui se passe réellement entre Jesse et Jane, répondit Veronica. Ce n'est pas possible qu'il ne soit pas en train de la tromper. Je veux des noms et je veux des photos.

Madison sembla y réfléchir.

— Je pourrais le faire.

— Bien, lança Veronica en jetant un regard insistant sur le cadran de sa montre. Ne revenez pas avant d'avoir quelque chose d'intéressant.

— Très bien.

Veronica attendit que la fille soit partie pour se laisser aller à sourire lentement d'un air satisfait. Elle savait d'instinct que cet arrangement pourrait produire des résultats, et en général, ses instincts ne la trompaient pas.

« Cette petite rien du tout pourrait servir à quelque chose. »

38

LE FÊTÉ

— Je suis nerveuse, murmura Jane à Scarlett tandis qu'elles pénétraient dans la boîte de nuit Goa. Un des caméramans des *Plaisirs d'Hollywood* était à la porte pour filmer leur entrée.

Scarlett dévisagea Jane des pieds à la tête.

— Pourquoi ? Tu es très jolie dans cette robe, et ces talons hauts troués sont très sexy.

— À bouts ouverts, la reprit Jane en lissant sa minirobe noire en soie.

Scarlett s'enorgueillissait de son ignorance au sujet de la mode. D'un autre côté, depuis que la série *Les plaisirs d'Hollywood* était diffusée, Jane avait reçu toutes sortes de robes et de chaussures gratuites — incluant celles qu'elles portaient ce jour-là — de la part de publicitaires représentant divers créateurs. Tout cela pour obtenir une gamme dans un magazine du genre « Jane Roberts au magasin Il Sole, vêtue d'une minirobe noire de tel créateur. » Jane avait commencé à arracher les étiquettes des boîtes et à dire qu'elles leur avaient été envoyées, à toutes les deux. Cela n'avait pas d'importance, car Scarlett aurait certainement préféré enterrer la plupart des choses qui étaient envoyées plutôt que de les porter. Ce soir, Scar était vêtue de ses jeans habituels avec un t-shirt noir en soie.

— Parce que c'est la première fois que mes amies et Jesse vont se rencontrer, tu vois? poursuivit Jane. Sans dire que nous sommes très en retard. Et c'est son anniversaire. Alors, je voudrais que tout le monde s'amuse bien.

Scarlett posa les mains sur ses hanches et pencha la tête.

— Traduction : tu veux que je sois gentille avec lui.

Jane regarda fixement son amie d'un air entendu.

— Quelque chose comme ça.

— Entendu.

« Vraiment? », pensa Jane.

Dernièrement, Scarlett s'était montrée encore plus entêtée et difficile que d'habitude. Ces derniers temps, Jane avait bien du mal à se connecter à sa meilleure amie et à lui confier des choses — surtout concernant sa relation avec Jesse. Elles avaient été à Santa Barbara en voiture le jeudi précédent pour passer la journée de l'Action de grâce avec leur famille respective. Scar avait fait tellement de commentaires sarcastiques sur Jesse durant le trajet que Jane avait eu l'impression qu'elle devait dire quelque chose. Mais il y avait quelque chose qui faisait en sorte que les conversations difficiles devenaient plus faciles en conduisant.

— Je sais que tu ne fais pas confiance à Jesse à cause de sa réputation, avait dit Jane à Scarlett. Mais c'est moi qui sors avec lui depuis un mois. Ne crois-tu pas que je le connais mieux que les tabloïds? Pourquoi ne peux-tu pas être heureuse pour moi?

Pendant un instant, Scarlett avait regardé dehors, silencieuse, et Jane ne savait pas si elle allait répondre. Puis, Scarlett avait fini par se tourner vers elle et avait dit :

– D'accord. Tu as raison. Je vais lui laisser une chance. S'il est vraiment tel que tu dis qu'il est, alors je suis heureuse pour toi.

Elles en étaient restées là. Et Scarlett n'avait pas fait de remarques désobligeantes depuis ce jour. Mais elle n'avait pas été particulièrement chaleureuse les quelques fois où ils avaient été en contact. Jane savait que Scarlett n'avait pas changé d'état d'esprit envers Jesse, mais qu'elle essayait de garder ses critiques pour elle-même.

« Si Scarlett ne se comporte pas bien ce soir… »

Jane n'alla pas jusqu'au bout de ses pensées. Elle ne savait pas où tout cela la menait. Devrait-elle donner un ultimatum à Scar, comme « sois gentille avec Jesse, ou nous ne serons plus amies » ? Cela semblait un peu extrême. Pourtant, pour plus d'une raison, elle avait l'impression qu'elles suivaient des chemins séparés, ces derniers temps. S'agissait-il seulement d'une phase qu'elles traversaient ou de quelque chose d'autre ?

Une fois à l'intérieur, Jane glissa sa pochette rouge sous son bras et balaya la salle du regard pour trouver la table de Jesse.

– Puis-je vous aider ? leur demanda un serveur tout de noir vêtu.

– Je cherche la table de Jesse Edwards.

– Suivez-moi.

Le serveur mena Jane et Scarlett au premier étage, dans une salle plus intime, où Jesse était assis à une table en coin couverte de cadeaux et de cocktails de toutes les couleurs. Deux jeux de lumière pendaient au-dessus de leur tête. Plusieurs caméras étaient déjà sur place et filmaient.

— Jane!

Jesse l'appela en faisant de grands signes de la main. Il se leva précipitamment en vacillant légèrement. Malgré cela, il était toujours aussi magnifique dans son costume noir et sa chemise à col blanc, sans cravate. Jane lui adressa un sourire incertain. Scarlett et elle n'avaient que 20 minutes de retard, mais Jesse avait clairement mis ce temps à contribution pour faire main basse sur ses cocktails d'anniversaire. Il semblait… éméché. Elle l'avait déjà vu boire. Mais ils avaient passé la plupart de leurs soirées dans des restaurants calmes et des cinémas, pas dans des boîtes de nuit.

Jane s'approcha de lui et l'embrassa sur la joue.

— Joyeux anniversaire, chuchota-t-elle à son oreille.

Jesse l'enserra dans ses bras en une étreinte trop ferme et trop intense.

— Je suis bougrement content que tu sois là, murmura-t-il à son tour, ses mots semblant légèrement feutrés. Ce n'était pas une vraie fête sans toi. Hé, laisse-moi te présenter à mes amis.

— D'accord, dit Jane.

Elle ne savait pas quoi faire avec Jesse dans cet état. D'un autre côté, c'était son anniversaire. Son 21e anniversaire, en fait. Peut-être avait-il le droit? C'est simplement qu'elle aurait été plus décontractée, si tout cela n'était pas filmé.

« Détends-toi, Jane », se dit-elle.

Elle se tourna et observa attentivement la table. Madison et Gaby étaient déjà là, assises à l'autre bout. La robe bustier en satin magenta de Madison contrastait avec la robe de style nuisette rose pâle de Gaby. Elles lui envoyèrent des baisers, puis se remirent à flirter avec deux garçons plutôt mignons ayant la même coupe de cheveux.

De l'autre côté des deux garçons se tenaient D et Hannah, que Jane avaient invités à la dernière minute. Elle était contente qu'ils aient pu venir.

– Salut, les filles ! s'écria D en trinquant avec Jane et Scarlett, avec son cocktail martini.

Était-ce bien une veste de smoking en velours violet qu'il arborait ?

– Vous êtes toutes les deux à *mourir.* Et Jane ? Ta nouvelle amie Hannah ? Un amour !

– Salut, Jane ! lança Hannah en arborant un sourire timide.

Elle était vraiment jolie dans sa robe fourreau couleur moka avec un nœud qui accentuait le décolleté en V.

– Salut, tout le monde ! Hannah, je te présente mon amie Scarlett, dont je t'ai parlé. Scar, voici Hannah, ma collègue de bureau, dit Jane.

– Bonjour, Hannah, la collègue de bureau. Enchantée de te rencontrer, lança Scarlett en faisant un signe de la main.

Jane resta sans voix quand elle remarqua qui était assis de l'autre côté de D et de Hannah : Braden. Et à côté de lui, Willow. Le regard de Jane croisa celui de Braden pendant un instant. Il sourit et lui fit un signe de la main. Elle lui sourit en retour. En voyant Willow à ses côtés, il lui vint à l'idée que son silence ou son absence, ou quoi que ce soit, n'avait peut-être rien à voir avec elle et Jesse. Il avait peut-être été trop occupé avec Willow.

— … et voici mes copains du secondaire, Antonio, Nelson, Howard et Zach, disait Jesse en désignant les deux gars avec la même coupe de cheveux et deux autres garçons assis près d'eux. Et voici Tracey…

— Trish, rectifia la fille, une blonde voyante, en ricanant.

— Désolé, Trish, Winona, Ella, Starlie et Lela, poursuivit Jesse en suivant une rangée de jolies filles, blondes pour la plupart. Tu connais déjà Braden et Willow. Hé, tout le monde, je vous présente Jane. Et son amie Scarlett.

— Salut, dit Jane avec un signe de la main.

— Alors, je vais avoir besoin d'un verre et d'un siège, cher fêté, lâcha Scarlett à Jesse.

Jane sourit au fond d'elle-même. Bien. Au moins, Scarlett essayait.

— Direct au but, hein ? Exactement mon genre de fille. Viens t'asseoir près de moi, répondit Jesse en prenant la main de Scarlett et en la tirant vers lui.

Jane fronça les sourcils d'un air perplexe. Au même moment, Madison leva son téléphone cellulaire dans les airs et prit rapidement une photo de Jesse et Scarlett.

— Scarlett, j'aime ton t-shirt ! lança Madison d'un ton chaleureux.

Scarlett ignora Madison et jeta un coup d'œil vers Jane, puis Jesse.

— Euh… ce n'est pas que je veuille te contredire le jour de ton anniversaire, mais c'est la place de Jane. Je vais aller m'asseoir là-bas, dit-elle en désignant le bout de la table où D faisait de grands gestes pleins d'enthousiasme dans sa direction.

— Bien sûr, peu importe ! Zach, je dois aller aux toilettes. Tu dois aller aux toilettes ?

— Ouais, je dois aller aux toilettes.

Le gars qui s'appelait Zach se leva et fit un signe de la tête en direction des toilettes. Il disparut avec Jesse avant que Jane ait eu la chance de s'asseoir.

Jane leur lança un regard insistant et s'installa à sa place. Que diable se passait-il ? Pourquoi Jesse avait-il demandé à Scarlett de s'asseoir à côté de lui ? Et depuis quand les gars vont-ils aux toilettes ensemble ? Elle enroula une mèche de cheveux autour de son doigt. Ce n'était pas ainsi qu'elle s'était imaginé la soirée. Absolument pas. Elle saisit nerveusement sa pochette et glissa les doigts sur le cadeau destiné à Jesse, qui se trouvait à l'intérieur.

Jane commanda une vodka soda au serveur et s'enfonça dans son fauteuil. Elle observa attentivement une des lumières clignotantes posées sur la table tandis que les conversations et les rires fusaient autour d'elle. Cinq minutes passèrent, puis dix. Diverses personnes lui posèrent des questions (« Depuis quand sors-tu avec Jesse ? » « Où as-tu acheté cette robe ? » « Vis-tu à Los Angeles ? »), et elle était vaguement consciente d'y répondre, mais son esprit était ailleurs. Où était Jesse ? Il était parti depuis bientôt 15 minutes. Du coin de l'œil, elle remarqua que Braden l'observait. Il semblait… désolé. Compatissant.

Se sentant plus gênée à chaque seconde qui passait, Jane se mit à scruter la salle de restaurant à la recherche de Jesse. Du balcon, elle l'aperçut alors qu'il sillonnait à travers les tables occupées de l'étage en dessous. Il avait passé son bras autour d'une grande blonde avec de gros seins. Zach était juste derrière lui, pris en sandwich entre deux autres grandes blondes avec de grosses poitrines. Jane eut l'impression de recevoir un coup de poing dans le ventre. Elle se mordit les lèvres en essayant de ne pas pleurer. Elle tourna la tête pour voir si quelqu'un d'autre avait remarqué le comportement de Jesse. Elle vit que Scarlett avait été témoin de la scène, elle aussi.

D et Hannah avaient les yeux posés sur elle avec une expression soucieuse.

« Super, j'ai des témoins pour ma scène d'humiliation », pensa-t-elle. Madison appuyait sur les boutons de son téléphone cellulaire et faisait semblant de ne s'être rendu compte de rien.

Scarlett quitta son siège et se précipita vers Jane.

— Jane ? Tu veux partir ? Cette fête fait pitié, dit-elle d'une voix basse et furieuse.

Jane se leva fiévreusement.

— Je vais aller aux toilettes avant, marmonna-t-elle. Attends-moi là.

Elle partit au moment même où Jesse et son entourage arrivaient à la table. Elle ne voulait pas être là pour ça.

Quand elle atteignit les toilettes pour femmes, elle aperçut une longue file de filles de mauvaise humeur.

— Y en a marre. Pourquoi y a-t-il toujours une toilette brisée dans tous les clubs ? se plaignit une des filles.

— Si ça continue, je vais pisser dans cette plante décorative en pot là-bas, déclara une autre fille.

— Allez sniffer votre coke ailleurs ! cria une troisième fille à la porte fermée arborant le panneau « Femmes ».

Ignorant le brouhaha, Jane croisa les bras sur sa poitrine et attendit. Elle essaya de ne pas penser à Jesse. Durant les quelques semaines qu'avait duré leur relation, il avait toujours eu un comportement parfait. Elle était si près de tomber amoureuse de lui. Elle savait qu'il aimait boire. Et alors, elle aussi. Mais elle ne l'avait jamais vu boire autant. Et elle ne l'avait jamais vu poser les yeux sur une autre fille, et encore moins laisser une fille se frotter ainsi contre lui. Qu'est-ce qui avait changé ? Ou était-ce le véritable Jesse ?

Jane avait la tête qui tournait lorsqu'elle finit par entrer dans la cabine des toilettes et qu'elle ferma la porte. Une fois seule, elle se pencha pendant quelques minutes au-dessus de la porcelaine blanche glacée, oublieuse de la longue file de filles qui s'impatientaient à l'extérieur, oublieuse de tout, sauf de l'anxiété qui croissait en elle. Des bouffées de chaleur coloraient ses joues, et son visage était couvert de sueur. Ses mains tremblaient. « Respire profondément », se dit-elle. Mais cela ne fit rien pour apaiser la crise de panique qui montait. Elle se sentait vraiment mal. Elle sentit une vague de nausée la submerger.

Il faisait nuit à l'extérieur quand Jane se réveilla en entendant son téléphone cellulaire sonner sur sa table de nuit. Encore lourde de sommeil, elle grogna et s'en empara pour voir qui l'appelait. Jesse. Encore. Il l'avait appelée et lui avait envoyé des messages toute la nuit.

— Laisse-moi tranquille, marmonna-t-elle au téléphone avant de le jeter par terre.

Jane se sentait vraiment mal. Elle en voulait beaucoup à Jesse de l'avoir fait paraître tellement pathétique devant tout le monde. Mais elle s'en voulait encore plus à elle-même. Elle n'avait pas prêté attention à ce que tout le monde lui disait et avait permis à Jesse de lui faire la même chose qu'il avait probablement faite aux autres filles avec qui il était sorti.

Ce qui était si difficile, c'était que malgré son comportement, elle tenait encore beaucoup à lui. Il l'avait blessée, mais une partie d'elle avait quand même envie de le revoir.

« Tu es stupide », se dit Jane en posant les yeux sur le cadeau emballé qui était sur le sol.

Il y avait, à l'intérieur, une photo encadrée où ils apparaissaient tous les deux. La photo provenait d'une de ces cabines de photos automatiques (Jesse et elle s'étaient laissés tenter après une séance de cinéma). La photo – quatre photos, en réalité – était une petite bande de photos noir et blanc : Jane et Jesse souriant ; Jane et Jesse riant ; Jane et Jesse s'embrassant en levant les mains comme pour se protéger des paparazzis. Les photos les montraient vraiment... tels qu'ils étaient. Jane avait encadré la bande elle-même, l'avait emballée dans un joli papier-cadeau et l'avait glissée dans sa pochette, pour lui donner après sa fête d'anniversaire, lorsqu'ils seraient seuls.

C'était la façon qu'avait choisie la folle-timide-complètement-maladroite Jane pour lui dire ce qu'elle ressentait pour lui. Parce qu'elle était – ou du moins, elle avait été – presque sûre qu'il ressentait la même chose pour elle.

Son téléphone se mit à sonner de nouveau. Jane le saisit et l'éteignit. Puis, elle le lança contre le mur en espérant qu'il allait se casser en mille morceaux.

39

LA NOUVELLE COQUELUCHE D'HOLLYWOOD

— Crois-tu qu'elle va le quitter ? demanda Gaby à Madison le lendemain matin devant des cafés au lait au chez Starbucks. C'est ce que je ferais. Ou peut-être avait-elle *déjà* rompu ? Lui as-tu parlé ?

— Hum, fit Madison d'un air absent.

Elle était trop occupée à consulter le dernier numéro du magazine *Talk*. On y trouvait à l'intérieur une photo de Jane avec la légende « La nouvelle coqueluche d'Hollywood ! »

« Ah, non ! », pensa Madison d'un air irrité.

— D'un autre côté, il est super-sexy et il est super-riche, hein ? ajouta Gaby en observant ses ongles. Alors, peut-être qu'avec un gars comme ça, tu le laisses se soûler et flirter avec d'autres filles de temps en temps, pourvu qu'il revienne vers toi plus tard avec de beaux cadeaux. Quelque chose qui brille, par exemple !

Elle se mit à ricaner.

Madison tourna la page et tomba sur la double page pleine consacrée à Jane et « sa série numéro un, *Les plaisirs d'Hollywood.* »

Sa série ? Quand était-ce devenu *sa* série ?

C'était censé être une série présentant quatre filles comme vedettes. Bien sûr, la partie de Scarlett devenait de plus en plus restreinte, au fur et à mesure que la saison avançait. Les producteurs devaient constamment couper la plupart de ses séquences parce que les téléspectateurs ne l'appréciaient pas. Bien sûr, elle était magnifique. Mais elle était différente. Trop différente. Et surtout incontrôlable. Dans la série, elle était censée être vue, et non pas entendue. Madison se demandait si elle serait toujours présente à la prochaine saison. Bon, si ce n'était pas le cas – alors, bon débarras.

Madison poursuivit sa lecture de l'article. Il expliquait encore et encore que les téléspectateurs se retrouvaient dans le personnage de Jane parce que, même si elle vivait une vie de rêve, elle avait conservé son côté « ingénu ».

– Son côté « ingénu » ? Fais-moi rire.

Puis, la ligne suivante attira son regard.

– Jane est la vedette incontestée de la série *Les plaisirs d'Hollywood*.

Madison sentait le sang qui bouillonnait dans sa tête.

« Calme-toi », se dit-elle en sentant qu'elle était à deux doigts de saisir sa tasse de café au lait chaud et de le lancer à travers la terrasse du Starbucks, à la tête d'un client quelconque qui ne s'y attendait pas. Merde. Merde ! Comment ce prétendu magazine osait-il la traiter de la sorte ?

Madison se força à prendre une profonde inspiration et lut le reste de l'article. Il expliquait comment la relation entre Jane et Jesse faisait monter les cotes d'écoute. *Tout le monde* s'installait pour voir le nouveau couple préféré des

Américains à la télévision… C'était vraiment écœurant. Madison se remémora la conversation qu'elle avait eue avec Veronica Bliss. Jesse n'était pas un homme d'une seule femme, comme il l'avait prouvé lors de sa fête la veille.

Jane n'était pas si innocente, elle non plus. Madison avait vu la façon dont Mademoiselle l'ingénue continuait à fixer son ancien béguin Braden quand elle pensait que personne ne la regardait. Et Braden semblait davantage désireux d'observer Jane que de distraire sa petite amie. Il s'était presque cassé le cou pour voir si Jane allait bien après avoir aperçu Jesse avec l'autre fille.

Madison se redressa dans son siège. Elle venait peut-être de trouver la meilleure façon de détrôner la princesse Jane. Car assez, c'est assez. Jane devait partir. Et Madison avait une alliée parfaite en la personne de Veronica, qui avait pratiquement l'écume au coin des lèvres à la pensée d'une exclusivité juteuse. Bien sûr, Madison possédait ces photos qu'elle avait prises avec son téléphone cellulaire au cours de la soirée ; elle pourrait les partager avec l'éditrice de *Gossip*. Mais cela pourrait être encore plus gros… beaucoup plus gros. Et à la différence des photos de son téléphone cellulaire, ceci pourrait précipiter avec certitude la chute triste et tragique de la pauvre Jane Roberts. Vedette un jour, catin le lendemain…

Gaby se pencha en faisant la moue.

— Madison, que lis-tu ? Tu n'écoutes pas le moindre mot de ce que je dis !

Fronçant les sourcils à cause du dérangement, Madison fit glisser le magazine *Talk* sur la table. Gaby prit connaissance de l'article, puis elle dit avec dédain :

— Hein ? C'est énervant. Pourquoi les gens persistent-ils à dire que c'est la vedette ? Sérieusement, elle n'est même pas vraiment jolie.

Mais Madison n'écoutait pas. Elle échafaudait un complot.

Madison observa Braden, qui pénétrait dans le bar de l'hôtel Beverly Hills, aussi connu sous le nom de Nineteen 12, relativement désert pour un vendredi soir. Elle était assise dans un canapé en cuir brun, un Blackberry dans la main et une flûte à champagne devant elle.

Elle le fixa d'un regard admiratif. Il était vraiment mignon. Pas étonnant que Jane l'aimait bien. Elle faisait semblant de ne plus penser à lui, de n'avoir plus d'yeux que pour Jesse, mais Madison savait que c'était de la foutaise, un mensonge que Jane aurait aimé être la vérité.

Braden vit Madison et lui fit un signe de la main.

— Salut, dit-il en s'approchant de la table.

— Salut, Braden, répondit Madison en posant son téléphone cellulaire. Comment vas-tu ?

— Je vais bien, répliqua Braden en prenant place sur un fauteuil en face d'elle.

Il y eut un moment de silence alors qu'il la regardait avec une expression de curiosité. Madison savait qu'il devait se demander pourquoi tout à coup elle lui avait téléphoné pour le rencontrer.

— Je sais que c'est vraiment inattendu, mais je voulais te parler de quelque chose et je trouvais bizarre de le faire au téléphone, commença Madison.

— Bien sûr. Qu'y a-t-il ?

— Je suis très inquiète au sujet de Jane. Je ne sais pas quoi faire. Elle est bouleversée par ce qui s'est passé samedi dernier à la fête d'anniversaire de Jesse, et je crois qu'ils ne se voient plus, mais elle ne veut parler à aucune de nous. Je sais que tu vis avec Jesse, et Jane et toi avez eu cette petite affaire, alors je me demandais…

— Quelle petite affaire ? l'interrompit Braden.

— Tu sais… Je ne sais pas s'il y a eu quelque chose. Mais avant Jesse, vous vous aimiez tous les deux.

— Jane et moi sommes simplement amis.

— Bon, tu étais peut-être seulement ami avec elle, mais Jane était vraiment attirée par toi. En fait, je me souviens qu'elle m'a parlé de toi la première fois que nous nous sommes vues hors champ de la caméra. Elle m'avait dit que tu lui avais donné une peluche ou quelque chose comme ça.

Braden fronça les sourcils.

— Attends, Jane m'aimait ? murmura-t-il.

Il semblait vraiment troublé.

— En tout cas, je crois simplement qu'elle a besoin de parler à quelqu'un qui, elle le sait, ne déteste pas Jesse. Elle sait que nous le détestons toutes. Sans vouloir t'offenser.

— Hum, oui, d'accord. Je vais lui parler, souffla Braden.

— Super ! s'écria Madison en faisant semblant d'être soulagée. Je crois qu'elle est chez elle en ce moment. Je vais envoyer un message à Scarlett pour lui dire que tu arrives. Sérieusement, elle a vraiment besoin de toi.

— Oh. Maintenant ? D'accord, dit Braden en se levant. J'y vais de ce pas. Peux-tu m'envoyer un message avec son adresse ?

— Bien sûr.

Madison lui adressa un sourire lorsqu'il quitta la table. Dès qu'il eut le dos tourné, elle entra l'adresse de Jane dans son téléphone, puis elle l'envoya … deux fois. L'autre personne savait déjà ce qu'elle devait faire. Avec Braden qui se rendait chez Jane, tout se déroulait précisément selon le plan.

40

POURQUOI ES-TU VENU ?

C'était le vendredi soir, tard, et Jane était seule dans sa chambre. Elle entendait Scarlett, qui regardait la télévision dans la salle de séjour, mais elle n'avait envie de parler à personne, pas même à Scarlett. Elle n'était pas d'humeur à se faire servir un « Je te l'avais dit » au sujet de Jesse.

La sonnette de la porte d'entrée retentit. Jane entendit Scarlett se rendre jusqu'à la porte et l'ouvrir. Il y eut des voix étouffées, puis un léger coup frappé à sa porte.

— Quoi ? marmonna Jane à voix basse.

— Jane ? C'est Braden.

Elle entendit la voix familière de Braden l'appeler de l'autre côté de la porte.

Braden ? Jane s'assit et tira la couverture sur ses épaules, sur son t-shirt blanc en coton à encolure en V.

— Entre, dit-elle.

Il ouvrit doucement la porte, et la lueur bleutée de l'écran de télévision se refléta sur le sol de la chambre.

— Alors, je suppose que tu es finalement venu voir mon nouvel appartement ?

La plaisanterie lui sembla totalement nulle, et elle sourit d'un air contrit.

Braden la regarda fixement sans parler. Ses yeux s'attardèrent pendant une fraction de seconde sur son t-shirt avant de croiser les siens avec une expression inquiète. Le seul maquillage sur son visage était une trace de mascara sous ses yeux légèrement gonflés. Son teint était pâle, et ses cheveux n'avaient pas été brossés. Elle savait qu'elle avait l'air épuisé. Hannah lui en avait parlé au travail ce jour-là — pas par méchanceté, mais en signe d'intérêt. Hannah avait été la seule personne avec qui elle avait pu parler au cours de la semaine. Elle avait manqué deux jours au travail. Heureusement — si l'on pouvait dire —, Anna Payne avait annulé la soirée de Nouvel An, car son mari, Noah Moody, avait piqué une crise et avait failli faire une overdose dans les toilettes du Hyde.

« Une autre fille avec une relation à problèmes », pensa Jane, amère.

— Salut, dit Braden, sur le pas de la porte. Puis-je entrer ?

— Oui, bien sûr.

Jane regarda autour d'elle. Sa chambre était plus en désordre que d'habitude, et des vêtements jonchaient le sol.

Braden ferma la porte derrière lui et se laissa tomber sur le bout du lit. Il resta assis là tranquillement pendant un moment.

— Alors, comment vas-tu ? s'informa Jane en se demandant ce qu'il faisait ici.

Elle ne voulait pas entendre « je te l'avais dit » de sa part à lui non plus.

— Moi ? Je vais bien, rétorqua-t-il en riant gentiment. Pour être honnête, je suis inquiet pour toi.

— Pourquoi ? Je vais bien, répondit Jane, légèrement sur la défensive.

— Non, ce n'est pas vrai. Tu n'as retourné aucun de mes appels ou de mes messages depuis… depuis la fin de semaine dernière.

— Je n'ai retourné les appels et les messages de personne depuis la fin de semaine dernière.

Braden se pencha et écarta une mèche de cheveux de son visage. Cette caresse lui fit tellement de bien. Tous les sentiments qu'elle avait pour lui revinrent en force. Sa gorge la brûla alors qu'elle s'efforçait de ne pas pleurer. Sa lèvre se mit à trembler, et elle sentit une larme chaude couler sur sa joue.

— Jane.

Braden s'approcha et la prit dans ses bras. Elle pleura doucement contre son épaule.

Jane secoua la tête et continua à pleurer.

Braden resserra son étreinte.

— Je suis désolé. Il fait tout le temps ça.

— Ça v-va, balbutia Jane. Ce n'est pas comme si c'était sérieux, de toute façon, mentit-elle.

— J'ai essayé de te mettre en garde à son sujet, mais je ne voulais pas que tu penses…

— Que je pense quoi ?

Braden resta silencieux. Elle s'écarta et le fixa. Il la regardait avec une expression intense dans les yeux.

— Que je pense quoi, Braden ? répéta Jane d'un ton un peu plus ferme.

— Bon sang, Jane, dit Braden d'un air soudain frustré. Tu le sais bien. Tu savais que je t'aimais.

«Quoi ?»

— Je le savais ? Donc, tu dis que c'est de ma faute, si tu ne m'as pas mise en garde ? dit-elle d'un ton furieux.

— Non, ce n'est pas que…

— Braden. Tu sors avec Willow. N'est-ce pas ?

— Je…, commença-t-il.

— Tu quoi ? Pourquoi es-tu venu ?

Elle mit la main sur ses yeux. Pourquoi faisait-il cela ? Il avait eu sa chance d'être avec elle. Il avait préféré la mener en bateau pendant qu'il voyait quelqu'un d'autre — même si cette relation n'était pas stable. Il savait qu'elle tenait à lui. Quand elle était disponible, il n'avait pas voulu d'elle. Il avait fallu qu'il la voie avec son meilleur ami pour qu'il se décide à faire quelque chose.

— Je ne sais pas, Jane. Que suis-je censé faire ?

Jane ne l'avait jamais vu ainsi.

— Je connais Willow depuis environ trois ans. C'est compliqué.

— Ça ne répond pas à ma question. Pourquoi es-tu venu ? lâcha Jane.

Avant que Jane se rende compte de ce qui arrivait, Braden se pencha et l'embrassa. Elle le regarda pendant un moment sans rien dire. Puis, il l'embrassa de nouveau, et elle lui rendit son baiser. Elle ne savait pas très bien si c'était la solitude ou le désespoir, ou quoi — mais quoi que ce soit, ni l'un ni l'autre n'y mirent fin. Elle sentit ses mains glisser le long de son corps et faire passer le t-shirt en coton pardessus sa tête.

La douce lumière de la lune éclairait faiblement la chambre de Jane. Ses rideaux en soie bruissaient sous la brise qui pénétrait par la fenêtre ouverte.

Elle ne fermait jamais les rideaux, car elle était au deuxième étage, et il n'y avait pas de voisins de ce côté de la propriété. Elle se sentait bien pour la première fois depuis la dernière fin de semaine. Alors qu'ils se laissaient tomber sur son lit, elle se sentit encore mieux que juste bien.

Jane était à peine réveillée lorsqu'elle entendit son téléphone. Sans ouvrir les yeux, elle tendit la main et tâtonna pour le trouver. Elle entendit un grognement à côté d'elle et s'assit aussitôt. Elle jeta un coup d'œil et aperçut Braden, qui était encore endormi. Une lumière chaude emplissait la pièce. C'était déjà le matin ? Elle ne se souvenait même pas s'être endormie. Son téléphone se manifesta de nouveau. Elle posa les yeux dessus et se rendit compte qu'elle avait un autre message de Jesse.

JANE. IL FAUT QUE JE TE PARLE. TU NE PRENDS PAS MES APPELS, DONC JE VIENS CHEZ TOI.

— Merde ! s'écria Jane.

Jesse n'allait pas tarder à arriver, et Braden était encore dans son lit. Il vivait seulement à une quinzaine de minutes de là. Elle jeta de nouveau un coup d'œil à Braden. Qu'avait-elle fait ? Jesse pourrait piquer une crise, s'il trouvait Braden ici.

Jane secoua Braden.

— Hé, réveille-toi !

Il ne bougea pas. Elle le secoua de nouveau, plus fort.

— Braden ! J'ai oublié que j'avais un tournage ce matin, et l'équipe va bientôt arriver, mentit-elle d'un ton surexcité.

Elle était gênée de lui mentir, mais elle devait le faire sortir de chez elle avant que Jesse fasse son apparition. Si elle lui disait la vérité, il risquait d'insister pour rester afin de la protéger de Jesse.

— Quoi ?

Braden cligna des yeux d'un air hagard et balaya la chambre du regard.

— Quand nous sommes-nous endormis ?

— Je ne sais pas, mais l'équipe est en chemin.

Jane enroula la couverture autour d'elle et se leva.

— Il ne faut pas qu'ils te voient ici.

— D'accord.

Braden s'assit et chercha son jean.

— Je dois prendre une douche avant qu'ils arrivent. Désolée.

Jane se précipita dans la salle de bain et ferma la porte derrière elle. Elle tourna vivement le robinet de la douche et l'eau jaillit en sifflant, mais au lieu de se glisser dessous, elle se laissa tomber sur le sol avec la couverture toujours enroulée autour d'elle et pressa son oreille contre la porte. Elle entendit Braden qui s'activait dans sa chambre.

— Va-t'en, murmura-t-elle.

Un moment plus tard, elle entendit la porte d'entrée s'ouvrir et se refermer. Elle s'assit sur le carrelage froid de la salle de bain en priant pour que Braden ne tombe pas sur Jesse dans le stationnement. Son cœur battait à tout rompre. Elle arrêta la douche et resta assise contre le mur pour écouter. Elle saisit son peignoir, qui était posé sur le sol près d'elle et s'en enveloppa.

Environ cinq minutes plus tard, elle entendit un coup frappé à la porte d'entrée, puis quelqu'un qui l'ouvrait. Il y eut des voix feutrées, furieuses… Scar et Jesse. Essayait-elle de s'en débarrasser ? Un moment plus tard, elle entendit frapper à la porte de sa chambre et Jesse crier son nom. Jane espéra que Braden et lui ne s'étaient pas croisés.

Elle ouvrit la porte de la salle de bain et jeta un coup d'œil dans sa chambre. Jesse se tenait sur le pas de la porte. Il avait une mine aussi affreuse qu'elle. Il pénétra dans la pièce et ferma la porte derrière lui. La pièce était silencieuse. Il se contenta de la regarder fixement.

Son cœur fondit légèrement. Il semblait tellement anéanti. Sans un mot, il s'approcha d'elle et la serra dans ses bras.

— Je suis vraiment désolé, Jane, murmura-t-il.

— Je sais, répondit-elle en le serrant à son tour.

Elle était tellement troublée. Peu de temps auparavant, elle était avec Braden et à cet instant, elle était avec Jesse. Elle avait des sentiments pour les deux. « Tu ne sais pas ce que tu veux », se réprimanda-t-elle.

Puis, le sang de Jane se glaça. En regardant par-dessus son épaule, elle vit un message accroché à la porte de sa chambre. Il était écrit :

JANE, JE NE SAIS PAS CE QUE SIGNIFIE LA NUIT DERNIÈRE, MAIS JE NE LA REGRETTE PAS. APPELLE-MOI PLUS TARD, JE T'EN PRIE.

BRADEN

Jane resserra son étreinte. Qu'allait-elle faire ? Elle ne pouvait le laisser voir ce message. Il saurait ce qu'elle avait fait.

Jesse commença à s'écarter, et elle le serra plus fort en essayant de trouver un moyen pour garder son dos vers la porte. Après un moment, il se dégagea de ses bras et alla s'asseoir sur son lit, d'où il avait une vue directe sur la porte. Jane paniqua. Elle détourna son visage et l'embrassa.

— Tu sens la cigarette, improvisa-t-elle. Je ne savais pas que tu fumais.

C'était le mieux qu'elle pouvait faire.

— Oh, je suis désolé, s'excusa Jesse. J'avais arrêté, mais j'ai repris il y a quelques jours.

— J'ai du rince-bouche, dit Jane en pointant le doigt en direction de la salle de bain.

Jesse se leva et se rua vers la salle de bain. Dès qu'il fut hors de vue, Jane ôta le morceau de papier de sa porte et le jeta précipitamment dans son panier à linge.

« Qu'est-ce que je suis en train de faire ? »

Il y eut un autre coup frappé à la porte de sa chambre.

— Janie, ça va ?

— Je vais bien, Scar, mentit Jane. Je vais très bien.

41

LA VEDETTE **INCONTESTÉE** DE LA SÉRIE *LES PLAISIRS D'HOLLYWOOD*

Madison s'enfonça dans son canapé en cuir, celui qui avait coûté plus d'une année de location de son dernier appartement et examina les photos. Malgré les contraintes que le photographe avait surmontées – il avait dû les prendre de loin, dans l'obscurité et du haut d'une branche d'arbre –, elles étaient bonnes. *Vraiment* bonnes. Dieu merci, Jane ne jugeait pas utile de fermer ses rideaux. Le gars l'avait surprise en compagnie de Braden alors qu'ils se pelotaient, elle ne portant rien d'autre que son soutien-gorge et sa culotte et lui, un caleçon. « Hum, il est vraiment sexy. » Comme un bonus, Jane avait une mine affreuse, bien qu'elle soit sans doute simplement fatiguée et stressée à cause de ce qui s'était produit à la fête d'anniversaire de Jesse. Cela allait faire une manchette géniale.

LA NOUVELLE COQUELUCHE D'HOLLYWOOD SORT AVEC LE MEILLEUR AMI DE SON AMOUREUX

« Oh, Jane, pensa Madison. On ne parlera que de toi quand ces photos seront publiées. »

Et Jane le méritait. N'est-ce pas ?

Madison saisit son verre de vin et en but une longue gorgée tout en faisant défiler le reste des photos.

Elle en avait vraiment assez d'entendre parler de Jane. Mademoiselle la plus belle. Coqueluche de l'Amérique. Vedette montante.

« Faites-moi rire. »

Elle, Madison Parker, était la véritable vedette de la série *Les plaisirs d'Hollywood*. Et lorsque tous verraient ces photos de leur précieuse princesse se comportant comme une traînée, ils lui donneraient la place qui lui revenait.

Quand Madison arriva à la dernière photo de la pile, elle hésita, puis la tint dans la lumière. Sur celle-ci, elle pouvait clairement voir le visage de Jane. Elle semblait troublée et perdue. Comme une petite fille. Pendant un instant, Madison sentit une pointe de quelque chose. Culpabilité ? Regret ?

Elle jeta un autre coup d'œil aux photos. Elle savait que si elle persévérait dans cette voie, elle allait franchir une frontière qu'elle n'était pas sûre d'être prête à traverser. Elle voulait être numéro un. Elle méritait d'être numéro un. Mais ces photos allaient détruire la réputation de Jane, sa carrière, sa vie. Voulait-elle vraiment être responsable de ce genre de dévastation ? Malheureusement, Jane considérait Madison comme son amie. Voulait-elle être le genre de personne qui pouvait trahir son amie ? C'est une chose de répandre des rumeurs inoffensives, comme le renseignement qu'elle avait donné à Veronica Bliss au sujet de Gaby, qui était sortie avec cet acteur de série C au club Goa. C'était autre chose de ruiner la vie de quelqu'un.

Elle poussa un soupir, puis se leva en bousculant accidentellement le verre de vin. Elle entendit à peine le bruit du cristal qui se brisa sur le sol. Elle ramassa les photos et les remit dans l'enveloppe brune.

« Je peux toujours les garder pour plus tard, pensa-t-elle. En cas d'urgence. »

En attendant, elle n'aurait qu'à continuer à essayer de persuader Veronica Bliss d'écrire des articles élogieux sur elle pour *Gossip* en échange de renseignements alléchants sur Jane, Gaby, Scarlett… ou elle-même. De plus, elle avait toujours ces photos qu'elle avait prises avec son téléphone cellulaire lors de la fête de Jesse. Madison sourit d'un air serein. Elle était sur la bonne voie. Plus il y aurait de publicité sur elle, mieux ce serait. Les gens finiraient peut-être par remarquer son incroyable beauté, son charme, son style, ses… qualités de vedette. Et ils demanderaient à la voir plus souvent dans la série *Les plaisirs d'Hollywood* et à voir moins souvent l'assommante petite Jane.

« Patience, Madison », se dit-elle.

42

J'AI BESOIN DE TEMPS POUR RÉFLÉCHIR

Jane était couchée dans sa chambre plongée dans l'obscurité, si ce n'est les images que diffusait son téléviseur qui fonctionnait sans le son. Pas de Braden, pas de Jesse. Elle leur avait dit, à tous les deux séparément, qu'elle ne se sentait pas bien et qu'elle avait besoin de se reposer ce soir-là.

Après que Jesse était parti le matin, elle était restée un long moment sous la douche, puis elle avait passé l'après-midi à se demander ce qu'elle devrait faire. Devrait-elle sortir avec Braden ? Ou Jesse ? Ou aucun des deux ? À quoi avait-elle pensé en batifolant avec le meilleur ami de Jesse la veille ? Ce n'était pas un jeu. Ce n'était pas de la fiction. C'était la vie — sa vie et la vie de deux garçons auxquels elle tenait beaucoup.

Elle était partie se promener dans le voisinage pour s'éclaircir les idées et était revenue une heure plus tard en ayant pris une décision. Elle avait besoin de s'éloigner quelque temps de Braden et de Jesse. Elle voulait rester toute seule pendant un moment, pour réfléchir et mettre les choses en place. Et en même temps, elle avait besoin de n'avoir aucun contact avec l'un ou l'autre. C'était la seule façon.

Une image d'un couple qui s'embrassait remplit l'écran de son téléviseur. Jane fit la grimace, puis saisit la télécommande et se mit à faire défiler les chaînes. Les nouvelles. Bien. Rien de romantique là-dedans. Tout en gardant le volume au plus bas, elle regarda un reportage sur un feu de forêt en Californie, puis un autre sur le cambriolage d'une banque, tout cela suivi par la météo… puis, elle se força à reporter son attention sur son téléphone et fit ce qui devait être fait. Son téléphone cellulaire était sur la table de nuit près de B, le chiot en peluche que Braden lui avait offert le soir de la première de la série *Les plaisirs d'Hollywood*. Elle ouvrit le tiroir de la table de nuit et glissa B à l'intérieur. Elle n'avait pas besoin de souvenirs.

Elle envoya un message à Braden en premier, en prenant soin de bien choisir ses mots.

SALUT, J'AI BESOIN DE TEMPS POUR RÉFLÉCHIR. JE TE PRIE D'ATTENDRE QUE JE T'APPELLE, D'ACCORD ? NE M'APPELLE PAS. SI TU TIENS À MOI, JE T'EN PRIE, RESPECTE CELA. TOUT EST TELLEMENT COMPLIQUÉ. AMOUR, JANE.

Avant d'appuyer sur le bouton « Envoi », elle copia le message et l'envoya à Jesse.

43

ELLE N'EST PAS CELLE QUE TU CROIS

Veronica Bliss était dans son bureau, essayant de mettre la touche finale au numéro à paraître de *Gossip*. Il devait être mis sous presse dès qu'il serait prêt. Devait-elle choisir l'article sur la jeune actrice qui était peut-être dépendante ou pas des pilules minceur, ou sur une autre actrice qui était déjà retournée en cure de désintoxication ?

« Grand Dieu, j'en suis réduite à racler le fond du tonneau », se dit-elle, juste au moment où l'interphone résonna.

– Veronica ? Madison aimerait vous voir, annonça Diego.

– Faites-la venir.

Pour une fois, Veronica n'avait pas à s'inquiéter de la petite garce qui passait la voir. Elle lui avait donné pour mission de creuser la relation entre Jane Roberts et Jesse Edwards. Elle avait entendu de la part d'autres sources que les deux amoureux avaient eu une sorte de dispute durant la fête d'anniversaire au club Goa. Ce qu'il lui fallait à présent, c'était des détails… et, plus important, des photos. Malheureusement, elle avait entendu parler de cette fête trop tard pour envoyer ses propres employés.

Madison entra dans le bureau avec un grand sourire comme si l'endroit lui appartenait. Veronica prit une profonde inspiration en réprimant l'envie de la remettre à sa place. Elle avait peut-être quelque chose. Il valait mieux être courtoise, du moins pendant les 45 prochaines secondes.

— Bonjour, Veronica, dit Madison d'un ton mielleux.

— Madison. Qu'avez-vous pour moi ?

Madison fouilla dans son sac et en sortit son téléphone cellulaire. Elle le tendit à Veronica.

— Vous allez adorer ces photos, dit-elle béatement. Cliquez sur la flèche… il y en a six au total.

Veronica prit le téléphone et se mit à passer en revue la galerie de photos de Madison. La première photo montrait un gars qui ressemblait à Jesse Edwards, assis à une table, et qui prenait la main d'une fille qui se tenait dos à la caméra. S'agissait-il de Scarlett Harp ? Difficile à dire.

La deuxième photo était presque impossible à définir également : un gars, le bras entourant les épaules d'une blonde, prise de loin. Les autres photos étaient également floues et avaient du grain… Inutiles.

Veronica secoua la tête et jeta le téléphone en direction de Madison. Il tomba près de ses pieds, et la pile sortit de son emplacement avant d'aller se fracasser sur le sol.

— Merde, que faites-vous ? s'écria Madison d'un ton furieux en se penchant pour récupérer les morceaux.

— « Que faites-*vous* ? » est une meilleure question, lâcha sèchement Veronica. Ces photos sont inutilisables. La prochaine fois, utilisez un appareil photo avec un flash.

— Mais elles sont suggestives ! Elles ont été prises lors de la fête d'anniversaire de Jesse au Goa. Il flirtait comme un fou avec Scarlett; la meilleure amie de Jane. Et les autres photos? Il était presque en train de peloter cette blonde quelconque avec une poitrine de taille 38 DD…

— Quelle blonde quelconque? Avez-vous un nom? l'interrompit Veronica.

Madison fronça les sourcils.

— Euh… non. Mais je pourrais demander à l'entourage.

Puis, son visage s'éclaira et elle ajouta :

— Oh, et j'ai quelque chose d'autre, aussi. Je suis presque sûre que Jane a un problème avec la nourriture. Elle a perdu du poids. Et à la fête de Jesse, elle a vomi dans les toilettes. Elle avait oublié de fermer son micro, et les membres de l'équipe au grand complet l'ont entendue…

Veronica leva la main pour faire taire Madison. Assez.

— Ce n'est pas un problème de nourriture, c'est un régime, lâcha-t-elle. Un de mes photographes a vu Jane dans la rue hier. Elle semblait aller mieux que jamais. Sérieusement, à moins que vous ne me donniez quelque chose de plus intéressant à imprimer, je ne perdrai pas davantage de temps ou d'espace du magazine avec votre joli petit cul. Maintenant, donnez-moi quelque chose de bon, avec des photos que je peux utiliser, ou vous serez heureuse de paraître dans la section « Les vedettes sont comme nous ! », où l'on vous verra en train d'acheter un anti-acnéique en crème à la pharmacie.

Elle jeta un regard impatient sur le cadran de sa montre.

— Votre temps est fini. Et je ne parle pas seulement de vos 15 minutes.

Les yeux de Madison étincelèrent d'une rage glaciale. Elle sembla réfléchir à quelque chose.

— Très bien, dit-elle après un long moment. Vous voulez des photos ? J'ai des photos. Libérez votre prochaine page de couverture.

— Pardon ?

— J'ai dit « Libérez votre prochaine page de couverture. » Croyez-moi, ça en vaut la peine.

Veronica regarda de nouveau sa montre. Mais en réalité, elle ne la regardait pas vraiment. C'était juste une excuse pour réfléchir. Elle devait reconnaître qu'elle était légèrement intriguée.

— Quelles photos ? Laissez-moi les voir.

— Je vous les enverrai cet après-midi ; par messager spécial. Il rendra votre article encore plus sensationnel.

— Il ? Qui est-ce ?

— Vous verrez.

Il l'attendait à une table de coin en sirotant un whisky dilué avec de l'eau et en fumant une cigarette. Il était 14 h, et le bar était presque désert. Les seuls autres clients étaient un couple qui se disputait dans une banquette d'angle. L'endroit était un peu déprimant. Mais il était à l'abri des regards.

— Salut, Jesse, lança Madison en se glissant sur la chaise en face de lui. Merci de bien vouloir me rencontrer.

Le gars avait l'air d'aller plutôt mal. Il n'était pas rasé, et ses yeux étaient injectés de sang. Il avait soit trop bu, soit pas assez dormi, ou les deux. Sa chemise à 200 $ de Thomas Pink était toute froissée et négligemment sortie de son jean.

Jesse se raidit dans son siège.

— Comment va Jane ? demanda-t-il sans même se soucier de la saluer ou de prendre de ses nouvelles, ou de satisfaire aux règles de bienséance.

Impoli.

— L'as-tu vue ? Sais-tu si elle est prête à me parler ? Elle a dit qu'elle avait besoin d'espace, et j'essaie de respecter son souhait, mais ça me rend fou, s'écria-t-il d'un ton misérable et désespéré. Je ne comprends pas ce qui se passe avec elle. Je suis allé à son appartement samedi matin, et je crois que tout était froid entre nous. Puis, j'ai reçu le message qu'elle m'a envoyé samedi soir. T'a-t-elle dit quelque chose ?

Le barman capta le regard de Madison, mais elle indiqua d'un signe de tête qu'elle ne buvait pas ce jour-là. Elle devait garder les idées claires pour mener à bien ce qu'elle allait faire. Pendant un court instant, elle songea à reculer. Après tout, ce qu'elle était sur le point de faire allait humilier Jane. Et Jane lui faisait confiance.

« Non, se dit-elle fermement. Tu dois rester forte. »

De toute façon, tout était de la faute de Veronica Bliss. Si elle ne s'était pas comportée comme une affreuse garce sûre d'elle-même ce matin, Madison n'aurait pas changé d'avis au sujet de l'utilisation des photos.

— Jesse, tu dois cesser de penser à elle. Elle n'est pas bien pour toi.

— Que veux-tu dire ? Bien sûr que si. C'est moi le salopard, pas elle.

Madison se pencha en avant et posa ses ongles parfaitement manucurés sur son bras pour le faire taire. Elle laissa ses lèvres s'incurver en un sourire méticuleusement calibré : légèrement compatissant, légèrement séduisant. Il lui lança un regard surpris, puis lui rendit son sourire. C'était un semblant de sourire, mais c'était définitivement un sourire. Bon sang. *Les hommes*. Ils étaient si faciles parfois.

— Elle n'est pas assez bien pour toi, répéta Madison en laissant sa main sur son bras. Tu as vu la série. Elle rayonne dans ce rôle de la parfaite petite princesse. Mais je la connais. C'est une bonne comédienne. Au fond d'elle-même, elle n'est pas celle que tu crois. Celle que tout le monde croit qu'elle est. Elle est tout simplement aussi perturbée que le reste d'entre nous.

Jesse prit son verre et but une longue gorgée, ses yeux ne quittant pas son visage.

— Que veux-tu dire ?

— Donc, tu voulais t'amuser un peu pour ton 21e anniversaire. Et alors ? souffla Madison. Ça se comprend très bien. Tout le monde fait ça. Pourquoi a-t-il fallu qu'elle en fasse toute une affaire ?

Jesse haussa les épaules et but une autre gorgée de sa boisson. Il semblait songeur. Bien. Il commençait à se raviser.

— D'un autre côté, Jane n'a aucune excuse pour ce qu'elle a fait, poursuivit Madison.

Jesse fronça les sourcils.

— Qu'a-t-elle fait ? De quoi tu parles ?

Madison fouilla dans son sac et en sortit l'enveloppe brune. Elle hésita un moment avant de glisser l'enveloppe sur la table.

— Je suis désolée, Jesse, dit-elle gentiment. Vraiment. Mais je ne voudrais pas que tu voies ces photos quelque part ailleurs en premier.

— Qu'est-ce que c'est ?

— Regarde à l'intérieur.

Jesse regarda fixement l'enveloppe pendant une longue seconde avant de la prendre et de l'ouvrir. Il en retira la pile de photos qu'il inclina pour les voir dans la lumière feutrée.

La première fut suffisante. Celle de Jane couchée dans son lit, vêtue de ses seuls sous-vêtements, avec un Braden presque nu près d'elle, faisant courir ses mains sur elle. Le visage de Jesse se durcit ; d'abord à cause du choc, puis de la douleur, puis de la rage pure.

— Qu'est-ce… que… c'est ? cracha-t-il.

— Je sais, je sais. Je suis désolée, murmura Madison en lui serrant le bras. C'est arrivé vendredi soir dernier.

— *Vendredi soir ?*

Jesse regarda de nouveau toutes les photos ; deux fois, trois fois, quatre fois. C'étaient toutes des variations sur le même thème sordide : sa petite amie le trompant avec son meilleur ami. Rien ne pouvait être pire (ou meilleur, du point de vue de Madison) que cela.

— Qu'est-ce… que… c'est ? cracha-t-il de nouveau.

Il semblait assez enragé pour tuer quelqu'un.

— Où as-tu eu ça ?

— D'une source fiable. Mais ce n'est pas important pour le moment, répondit Madison. L'important… c'est la vraie Jane.

Jesse resta assis là, sans rien dire, pendant un long moment. Il alluma une autre cigarette et se mit à fumer. Elle attendit un peu pour lui laisser le temps de digérer tout cela. Puis, elle passa à la phase suivante. À défaut d'autre chose, elle était la reine de la synchronisation.

— Elle ment à tout le monde. La coqueluche de l'Amérique n'est pas si gentille.

Jesse leva les yeux, et Madison s'inquiéta qu'il ait pu détecter de la colère dans sa voix.

Se remettant rapidement, elle dit :

– Je déteste ce qu'elle t'a fait. Tu es un bon gars. Tu mérites mieux.

Madison se rapprocha de lui pour qu'il puisse voir son décolleté parfait, sentir son parfum chaud, sentir à quel point elle était désolée de le voir malheureux.

– Il y a quelqu'un à qui tu dois donner ces photos. Quelqu'un qui saura quoi en faire.

– Qui ? lui demanda Jesse.

Madison le lui dit.

44

OH... MON... DIEU...

Jane se laissa aller contre les oreillers en regardant le soleil du matin filtrer à travers la fenêtre et découper des motifs flous sur les murs crème. Elle jeta un coup d'œil à son réveil. Quelques minutes après 7h. Elle se souvint que c'était vendredi. La réunion hebdomadaire des employés avait été repoussée cette semaine-là, car Fiona avait trois importantes réunions rapprochées avec des clients. Anna Payne en faisait partie : la fête de Nouvel An était toujours annulée, mais elle et Noah s'étaient réconciliés, et elle avait retenu Fiona pour organiser leur cérémonie de réengagement le jour de la Saint-Valentin. Anna était certaine que d'ici là, il aurait fini sa cure de désintoxication. Dana avait programmé que les caméras seraient présentes à deux des trois réunions. La journée allait être bien occupée.

Mais avant tout... une bonne douche. Elle sortait du lit et se dirigeait vers la salle de bain quand la sonnerie de son téléphone cellulaire l'arrêta dans son élan. Son téléphone. Où était son téléphone ? Elle l'aperçut sur le sol, caché sous une écharpe blanche en soie.

Elle s'en empara et sourit en voyant le nom apparaissant sur l'écran : Diego Neri. Elle ne l'avait pas vu depuis la nuit affreuse de la fête d'anniversaire de Jesse. À présent qu'elle s'était éloignée de Jesse (et de Braden), elle avait plus de temps libre. Elle se souvint de fixer une date pour sortir avec D, peut-être dans une boîte de nuit. Elle devrait demander à Scar de les accompagner. Elles avaient passé si peu de temps ensemble ces derniers temps. Son amie lui manquait.

Scar avait été d'une excellente humeur toute la semaine, depuis que Jane lui avait dit qu'elle avait décidé de mettre en suspens sa relation avec Jesse. Elle n'avait même pas gratifié Jane d'un «je te l'avais dit». Cependant, Jane ne lui avait pas parlé de sa nuit avec Braden. Heureusement, Scar ne l'avait pas entendu se glisser hors de l'appartement samedi matin. Elle n'en avait parlé à personne, pas même à Hannah.

— Salut, D, répondit Jane au téléphone. Tu t'es levé tôt ! Ou es-tu resté debout toute…

— Jane ! cria D d'un ton à moitié hystérique. Oh, mon Dieu ! Je suis tellement, tellement désolé.

Jane fronça les sourcils. De quoi parlait-il ?

— Désolé pour quoi ?

— Veronica m'a donné quelques jours de congé, donc je ne savais pas ce qui se tramait. Elle sait que nous sommes amis.

— D, de quoi tu parles ?

Il y eut une pause.

— Tu n'as pas vu le dernier numéro de *Gossip* ?

— Non. Pourquoi ?

— Ces photos de toi… Quelqu'un les a données au magazine. Ça fait la couverture, avec un article sur quatre pages. Oh, mon Dieu ! Jane, j'ai envie de sauter d'un pont ! J'aurais pu éviter tout ça, d'une façon ou d'une autre ! J'aurais dû voir ça arriver et te protéger et...

Le sang de Jane bouillonna dans ses veines. Quelles photos d'elle ?

— Laisse-moi te rappeler, dit-elle en raccrochant sans attendre la réponse de D.

Elle sauta hors du lit et se précipita sur son ordinateur portable. Elle avait du mal à réfléchir correctement tandis qu'elle tapait son nom dans Google. Que se passait-il ? Quelles étaient ces photos qui avaient tellement terrorisé D ?

Puis, elle les vit.

Elles n'étaient pas seulement sur le site web de *Gossip*, mais elles étaient partout sur Internet. Des photos d'elle portant seulement ses sous-vêtements, avec une mine affreuse... et dans une position très, très compromettante avec Braden. Plusieurs positions en réalité.

Elle se sentit comme si elle regardait une affreuse carcasse de voiture tandis qu'elle faisait défiler les photos... Vint ensuite l'article décrivant la façon dont elle avait prétendument passé la nuit avec le meilleur ami de son amoureux, Jesse, quelques nuits après la fête d'anniversaire de Jesse, ce qui avait brisé le cœur de Jesse. (Aucune mention du comportement terrible de Jesse au club Goa.) L'article laissait sous-entendre — utilisant le plus petit élément de prétendue preuve (Jesse avait été vu dans la bijouterie Fourteen Karats... Des employés de la firme Événements Fiona Chen avaient fait des spéculations...) — que Jesse avait été sur le point de lui offrir une bague de fiançailles pour sceller leur « romance tumultueuse » quand Jane lui avait fait cela. L'article faisait même allusion à d'autres infidélités possibles de la part de Jane – rien de concret, juste quelques vilaines rumeurs.

– Oh... mon... Dieu, murmura Jane, incapable de détourner les yeux de l'écran. Elle ne pouvait respirer. Oh, mon Dieu... Oh, mon Dieu... Oh, mon Dieu !

Jane plaça une main devant sa bouche et secoua la tête. Elle était comme anesthésiée. Elle était en état de choc. Cela n'arrivait pas réellement. Cela ne pouvait être vrai.

Mais c'était vrai. Tout le monde, incluant ses amis, ses collègues de travail, les gens de la série *Les plaisirs d'Hollywood*, ses petites sœurs, ses parents... et Jesse, allaient voir ces photos. Si ce n'était déjà fait.

Son téléphone cellulaire vibra de nouveau. Au même instant, le téléphone fixe se mit à sonner.

– Laissez-moi tranquille, murmura-t-elle.

Elle s'effondra sur son lit, se glissa sous les couvertures et se mit à sangloter sans bruit, dans ses oreillers.

45

C'EST À ÇA QUE SERVENT LES AMIES

Scarlett appuya sur la touche de recomposition pour la centième fois en rentrant dans le stationnement souterrain de l'immeuble où elle habitait avec Jane.

– Bon sang, Janie. Réponds à ton maudit téléphone ! cria-t-elle d'un air frustré.

Elle essayait de communiquer avec Jane depuis que Cammy était venue la voir à la bibliothèque et lui avait montré sur son iPhone les photos de Jane et de Braden affichées sur le site web de *Gossip*.

« Oh, mon Dieu ! Comment va-t-elle ? Elle ne semblait pas être une telle salope dans la série ! Mais je suppose que l'on ne connaît jamais les gens, n'est-ce pas ? »

Scarlett, son sac à dos frappant contre son flanc, se précipita vers les ascenseurs. Elle avait quitté l'appartement à 6 h pour se rendre à la bibliothèque, afin d'y étudier en vue de ses examens finaux. Elle aurait dû rester chez elle. Pourquoi n'était-elle pas restée chez elle ?

Vite. Il fallait qu'elle se dépêche. Et si Jane n'était pas à la maison ? Et si elle était au travail et qu'en pleine crise de larmes, elle se cachait dans les toilettes ? Mais elle ne voulait pas penser à cela pour le moment.

Elle remarqua deux paparazzis postés en surveillance près des ascenseurs.

Elle cacha son désarroi. Elle ne les avait jamais vus auparavant rôder près de l'immeuble où se trouvait leur appartement.

Dès qu'ils l'aperçurent, ils se ruèrent vers elle. L'un d'entre eux se mit à prendre des photos d'elle, et l'autre tenta de courir tout en tenant un caméscope en équilibre. Leurs voix s'entrechoquèrent :

– Scarlett !

– Hé, Scarlett !

– Quelques commentaires au sujet de l'article paru aujourd'hui ?

– Était-ce la première fois que Jane trompait Jesse ?

– Que pensez-vous des photos de Jane ?

– Allez-vous-en ! leur cria Scarlett d'un ton hargneux.

Elle se dirigea vers l'ascenseur, y pénétra et appuya sur le bouton de leur étage. Des parasites. Ces paparazzis étaient vraiment les gens les plus horribles. Ils étaient responsables de tout cela. Ils avaient dû trafiquer des photos de Jane avec le logiciel Photoshop pour la montrer à moitié nue et faire comme si elle venait de coucher avec Braden. Mais Jane et Braden n'avaient certainement rien fait du tout. Jane le lui aurait dit, si c'était le cas. Et à cet instant, Jane était probablement en pleine dépression. Scarlett savait que sa meilleure amie ne supportait pas très bien les crises.

Juste au moment où les portes de l'ascenseur s'ouvrirent, Scarlett aperçut quelqu'un qui montait les escaliers en venant vers elle et la porte de l'appartement de Jane. C'était Madison. Que faisait-elle là ?

Scarlett se dirigea vers la porte de l'appartement en allongeant le pas et en fouillant dans ses poches pour trouver les clefs.

– Madison ? Jane n'est pas vraiment dans de bonnes dispositions pour recevoir de la compagnie. Pourrais-tu revenir plus tard ? Peut-être la semaine prochaine ?

Madison se retourna et le soulagement éclaira son visage.

– Scarlett ! Je suis bien contente que tu sois ici ! Je suis entrée par la porte arrière et j'ai ainsi pu semer les photographes. Nous devons rentrer nous assurer que Jane va bien.

– Oh, je m'en occupe, merci.

Scarlett passa devant Madison et poussa la clé dans la serrure.

– Salut !

– Scar ? C'est toi ?

C'était la voix de Jane, venant de l'intérieur. Elle semblait fluette et rauque, comme si elle avait pleuré. Scarlett poussa la porte et se rua à l'intérieur. Madison était sur ses talons. Bien, si elle ne pouvait pas se libérer de cette garce tout de suite, elle s'en débarrasserait dès qu'elle aurait pu veiller sur Jane.

Jane était lovée dans le canapé du salon, toujours en pyjama et son ordinateur portable posé sur ses genoux. Ses cheveux étaient ramenés en arrière en un chignon négligé, et son visage était noyé de larmes. Elle ne leva pas les yeux sur Scarlett et Madison, mais les garda rivés sur l'écran de son ordinateur. Elle passait d'un site à un autre, et ses doigts tapaient mollement sur les touches.

– Janie ?

Scarlett se pencha et posa les mains sur les épaules de Jane. Elle jeta un coup d'œil rapide à l'écran, où apparaissait une des photos de Jane avec la légende enflammée :

LA VEDETTE DE LA SÉRIE *LES PLAISIRS D'HOLLYWOOD* EST UNE FILLE FACILE.

– Janie, est-ce que ça va ?

– C'est partout.

Les yeux bleus de Jane débordèrent de larmes.

– Je n'y crois pas… As-tu vu ?

Elle avait même de la difficulté à parler.

Scarlett serra Jane dans ses bras en une étreinte intense et protectrice.

– Tout ça, c'est de la merde, Jane, et tu le sais. Ça va passer. Par contre, j'aimerais savoir qui a truqué ces photos et…

– Scarlett, elles ne sont pas truquées, l'interrompit Jane en se remettant à pleurer.

– Que veux-tu dire ? Elles sont réelles ? Tu n'as pas fait ça avec Braden…

– Oui. Juste une fois. Je n'avais pas prévu que ça arriverait. Mais quand il est venu l'autre soir…

Jane couvrit son visage de ses mains et se mit à sangloter plus fort.

Scarlett était abasourdie. Jane et Braden avaient couché ensemble ? Pourquoi Jane ne lui avait-elle pas dit avant ? Elles s'étaient toujours tout dit, même si Scarlett gardait quelques secrets ces jours-ci. Elle fit le serment de tout mettre au clair avec Jane bientôt… pour redevenir aussi proches qu'elles l'étaient avant l'aventure de la série *Les plaisirs d'Hollywood.*

Puis, quelque chose d'autre – quelque chose de plus perturbant – lui vint à l'esprit.

– Si ces photos ne sont pas truquées, qui les a prises ? demanda-t-elle à Jane d'un ton sec.

Scarlett sentit une main sur son épaule. Madison se pencha et fit de grands gestes, signifiant qu'elle voulait lui parler en privé. Scarlett recula et entraîna Madison loin de Jane.

– Qu'y a-t-il ? lâcha Scarlett. Ça ne peut pas attendre ?

– Écoute, c'est important, souffla Madison en baissant la voix pour que Jane ne puisse pas l'entendre. Je n'ai rien voulu dire avant, mais j'ai des amis aux magazines *Star* et *In Touch*. Ils m'ont tous dit que Jesse a fait le tour des tabloïds pour vendre ces photos. Je ne sais pas comment il les a obtenues, mais je suppose qu'il est plutôt furieux de savoir que Jane l'a trompé avec son meilleur ami. Il a dû se sentir humilié et il a voulu l'humilier à son tour.

Madison posa sur Jane un regard compatissant.

– Je pense que ça a bien fonctionné.

Scarlett regarda fixement Madison en essayant d'assimiler ce qu'elle venait de dire.

– Jesse ? C'est lui qui a fait ça ?

– C'est ce que je viens de te dire.

Scarlett prit une profonde inspiration, puis elle se tourna vers Madison.

– Peux-tu rester un peu avec Jane ? Ne réponds pas au téléphone et ne laisse entrer personne. Essaie de l'éloigner de ce foutu ordinateur et pas de télévision. Je dois aller m'occuper de quelque chose.

— Pas de problème, promit Madison. Je resterai ici jour et nuit, si tu veux. C'est à ça que servent les amies.

Scarlett retourna auprès de Jane et la serra de nouveau dans ses bras. Elle sentit qu'elle tremblait.

— Je reviens, d'accord ? Madison va rester avec toi. Je te promets que tout va s'arranger. Ça va passer.

Jane lui rendit son étreinte et hocha la tête sans rien dire.

Scarlett récupéra ses clés et quitta précipitamment l'appartement.

★ ★ ★

— Ouvre la porte, Jesse ! cria Scarlett.

Pas de réponse. Scarlett faisait retentir la sonnette, criait et frappait les poings contre la porte d'entrée depuis au moins cinq minutes, sans succès. Elle avait la ferme intuition que Jesse était là. Sa Range Rover était garée dans l'allée, et il y avait de la lumière à l'intérieur. Elle n'était pas sûre que Braden soit présent, car elle n'avait pas vu sa voiture, mais elle supposait qu'il était probablement au café le plus proche en train de chercher un appartement à louer dans le journal.

— Ouvre ! cria Scarlett.

La porte s'ouvrit brusquement, et elle vit Jesse, qui se tenait dans l'embrasure.

Il avait très mauvaise mine, comme s'il avait bu et avait passé plusieurs nuits blanches. Il n'avait pour tout vêtement qu'un pantalon de pyjama en coton bleu marine. Scarlett le bouscula pour entrer dans la pièce et sentit son haleine chargée de vodka en s'approchant de son visage couvert d'une barbe de plusieurs jours.

— Écoute, petit salopard, dit-elle sans aucun mot de salutation. Tu es une belle merde. Sais-tu à quel point tu es minable ?

Jesse se frotta les yeux et la regarda d'un air triste et fatigué.

— Je crois que tu parles au mauvais gars, Scarlett. Braden est sorti.

— Ouais, je m'occuperai de lui plus tard. Comment as-tu osé ? Jane te laisse tomber et au lieu de ronger ton frein comme un homme, tu fais le tour des tabloïds pour vendre ces photos louches d'elle et de Braden ? Qu'est-ce qui t'a fait penser que…

— Holà ! Holà ! s'écria Jesse en levant les mains. Attends un peu. Tu crois que c'est moi qui ai donné ces photos aux magazines ?

— Ouais, et tu peux le nier et jouer les innocents tant que tu veux. Je connais la vérité.

— Non, tu ne connais pas la vérité. C'est Madison.

— Madison ? lança Scarlett d'un air surpris. Attends. Qu'as-tu dit ?

— Elle m'a demandé de la rencontrer, il y a quelques jours dans un bar. J'ai accepté, parce que j'ai pensé que Jane l'avait peut-être envoyée pour me parler, expliqua Jesse. C'est alors qu'elle m'a montré les photos. Je ne sais vraiment pas où elle les a eues. Elle m'a dit que je pourrais me venger de Jane en les donnant à Veronica Bliss de *Gossip*.

— Elle… a fait… quoi ? lâcha Scarlett d'une voix soudainement plus forte.

Jesse lui prit le bras.

— Écoute-moi. Ces photos m'ont rendu malade. Je voulais les tuer, tous les deux. Pour être honnête, c'est encore le cas. Mais je ne pouvais pas faire ça à Jane. Je tiens toujours à elle. Je ne pouvais pas lui faire ça.

Puis, il ajouta :

— Je crois que j'aurais dû prévenir Jane de ce que tramait Madison. Je n'y ai pas pensé, jusqu'à ce qu'il soit trop tard.

Scarlett dévisagea Jesse pendant un long moment. Il disait la vérité. Elle le voyait dans ses yeux. Il était toujours le même foutu salopard arrogant qui n'était pas assez bien pour Jane, mais à cet instant précis, il disait la vérité.

Ce qui signifiait que Madison — cette garce psychotique — avait tout orchestré.

Et Scarlett avait laissé Jane seule avec elle.

***

Scarlett était tout essoufflée quand elle fit irruption dans l'appartement qu'elle partageait avec Jane. Elle regarda autour d'elle. Madison et Jane étaient parties.

— Mais où sont-elles ? marmonna Scarlett en faisant le tour de l'appartement.

Il n'y avait aucun signe d'elles nulle part.

— Qu'as-tu fait avec elle, petite garce ?

Sa poitrine se gonfla sous l'effet de l'anxiété et de l'inquiétude.

Puis, elle le remarqua. Un message était collé sur le réfrigérateur. Jane l'avait gribouillé à la hâte à l'arrière d'une facture d'un restaurant chinois. Il disait :

Scarlett, je suis désolée, je dois partir d'ici. Madison va m'aider à sortir sans être vue, et nous irons passer quelques jours dans le condo de ses parents à Mexico. J'ai besoin de m'éloigner de tous et de tout. Madison dit que les téléphones cellulaires ne fonctionnent pas à cet endroit, ce qui est probablement une bonne chose. Je t'aime! Je te verrai à mon retour.

XoXo, Jane

REMERCIEMENTS

À Max Stubblefield, qui m'a aidée à atteindre tous les buts que je m'étais fixés et qui est devenu un très bon ami. À Nicole Perez, qui a tant fait pour moi et s'est toujours assurée que j'avais une belle posture. À Kristin Puttkamer, pour tout ce qu'elle a fait, y compris sauvegarder les épreuves de mon livre quand j'avais oublié de faire une copie de sauvegarde de mon disque dur avant de télécharger accidentellement un virus.

À P.J. Shapiro, qui a toujours veillé sur mes intérêts. À Dave Del Sesto, qui m'a aidée à conserver une vie équilibrée. À Adam DiVello, qui m'a trouvée dans une aire de stationnement à l'école secondaire Laguna Beach et est resté à mes côtés depuis lors. À Sophia Rossi, qui est la grande sœur que je n'ai jamais eue. À Tony DiSanto et Liz Gateley, sans qui ce livre n'aurait pas pu voir le jour.

À HarperCollins, qui m'a donné cette occasion, et plus précisément Zareen Jaffery et Farrin Jacobs, qui m'ont aidée à faire mes premiers pas dans le monde de l'édition. À Matthew Elblonk, qui m'a aidée à obtenir cette chance et m'a assistée pour faire en sorte que mes rêves se réalisent. À Nancy Ohlin, ma collaboratrice, qui m'a aidée à chaque étape du processus d'écriture – je n'aurais pas pu réussir sans toi.

J'aimerais également remercier Maura, Lo, Jillian, Natania et Britton, car ce sont les personnes les plus extraordinaires que je connaisse, et j'ai beaucoup de chance de pouvoir les compter parmi mes amis. Et bien sûr, ma famille, dont le soutien a été essentiel pour m'aider à atteindre mes objectifs.

Extrait du prochain tome de la série
Les plaisirs d'Hollywood

EST-CE VRAIMENT LA FILLE
DE CETTE ÉMISSION ?

Désireuse de quitter l'aéroport de Los Angeles le plus vite possible, Jane se dépêcha d'aller récupérer ses bagages. Noël était seulement dans deux jours, et l'endroit était bondé. Parfait, elle pourrait entrer et sortir sans que personne ne vienne l'embêter. Avec sa casquette de baseball et ses lunettes de soleil Chanel surdimensionnées, elle pourrait passer incognito, ou crier « Je suis une célébrité qui ne veut pas être reconnue». Jane n'aurait jamais cru qu'elle désirerait ardemment passer inaperçue, mais c'était le cas. À ce moment plus que jamais.

Elle sentit le bas de son maillot de bain frotter contre ses hanches. Dans sa précipitation à quitter le condo des Parker, elle avait enfilé son jean sur son maillot de bain. Elle était presque sortie en courant avec sa valise, faite à la hâte, avant de sauter dans le taxi qui l'attendait. Elle jeta un coup d'œil à l'horloge du panneau d'affichage des départs et des arrivées : 16 h 15. Si elle était restée à Cabo, Madison et elle seraient allées admirer le coucher du soleil sur la plage... ou elles auraient préparé des margaritas dans la cuisine... ou elles auraient fait des plans pour la soirée. Jane s'était habituée au rythme lent et indolent de leurs journées, leur routine pleine d'insouciance.

La façon dont Madison préparait tous les matins le déjeuner de Jane (café, yogourt et fruits frais disposés pour former un visage souriant) et le fait qu'elle lui parlait d'un air compatissant lorsqu'elle avait le cafard la distrayaient et la réconfortaient. Madison avait été une amie parfaite.

Jane passa devant un kiosque à journaux de l'aéroport et tourna la tête pour éviter de jeter un coup d'œil aux tabloïds. Elle espérait que son visage ne figurait plus sur la couverture d'aucun d'entre eux, mais elle ne voulait pas prendre le risque de regarder. Pendant un court instant, elle eut l'envie soudaine de faire demi-tour et de prendre le prochain avion pour Cabo. Mais elle savait qu'elle ne le pouvait pas; de plus, Madison avait certainement décollé pour aller retrouver ses parents pendant les vacances à... Où avait-elle dit qu'elle allait? Jane lui avait demandé à plusieurs reprises, et Madison était toujours restée vague à ce sujet. New York ? Boston ? London ? Une île quelque part ? Mais c'était bien Madison : toujours avec des plans distrayants, fabuleux et à moitié structurés.

En ce qui concernait Jane, il était temps d'aller de l'avant. Avec un peu de chance, pas tout de suite. Son objectif immédiat était de se rendre à l'appartement, défaire les valises, refaire les valises, prendre les cadeaux de Noël qu'elle avait achetés pour sa famille, puis sauter dans sa voiture et suivre la côte jusqu'à Santa Barbara. Et à un moment donné, elle devrait écouter les –31 messages qui l'attendaient à son téléphone. Elle supposa qu'il n'avait pas fallu bien longtemps pour que sa boîte vocale soit pleine.

Si elle avait de la chance, Scar serait peut-être encore présente dans l'appartement, et elles pourraient se parler en personne. Elle savait que les Harp devaient se rendre à Haspen, mais elle ne savait pas exactement quand.

Après le coin, Jane passa devant un autre kiosque de magazines… et s'arrêta net. Son visage s'étalait, en haut et en bas des présentoirs, sur la couverture du magazine *Talk*. Elle présentait une photo d'elle avec la légende :

LA VEDETTE DE LA SÉRIE *LES PLAISIRS D'HOLLYWOOD* AU CŒUR D'UN TRIANGLE AMOUREUX

Jane se mordit les lèvres en essayant de ne pas paniquer.

Quelques jours plus tôt, elle était encore une vedette montante, « la bien-aimée de l'Amérique », une fille normale avec des problèmes normaux à qui tout le monde pouvait s'identifier et voulait voir à la télévision semaine après semaine. Quelques numéros plus tôt, *Talk* l'avait surnommée sa « Coqueluche d'Hollywood ». Et à ce jour, qui était-elle ? Une salope qui avait trompé son amoureux en sortant avec son meilleur ami ? Cela ne pouvait pas être pire.

Comment son image avait-elle pu passer de bonne à horrible en si peu de temps ?

Il fallait qu'elle sorte de l'aéroport le plus rapidement possible. Elle vit le panneau indiquant l'endroit où étaient livrés les bagages et se précipita dans cette direction. Une fois sur place, elle scruta les carrousels surchargés en se demandant sur lequel elle trouverait sa valise. À peine quelques minutes plus tard, elle aperçut sa valise à roulettes bleu clair qui tournait sur le carrousel le plus près d'elle. Elle la prit et se retourna pour partir.

« Facile », se dit-elle.

Elle les entendit avant de les voir.

– Jane !

– Par ici, Jane !

Jane se retourna brusquement en donnant un coup à sa valise.

Ils étaient quatre : trois photographes et un quatrième type avec un caméscope à la main. Ils n'avaient pas dû la remarquer au premier abord.

– Jane, avez-vous parlé à Jesse ?

– Que pensez-vous du fait que les photos aient été dévoilées ?

– Est-il vrai que vous avez laissé filtrer vos propres photos ?

– Jane, pourquoi avez-vous trompé Jesse ?

Ils criaient autour d'elle avec des voix beaucoup plus fortes que le bruit ambiant des messages annonçant les vols et les pleurs des enfants. Tous les gens autour d'eux se retournèrent pour la dévisager. Elle entendit des murmures proches – « Qui est-ce ? » « Oh, mon Dieu ! Est-ce vraiment la fille de cette émission ? » « Janie ! N'est-ce pas cette actrice ? » – et elle les vit sortir leurs téléphones cellulaires et prendre des photos d'elle. Piégée, Jane se figea sur place.

Puis, elle prit une profonde inspiration et se rappela ce qu'elle devait faire. Elle prit sa valise, passa devant les photographes qui criaient et la foule qui la dévisageait, franchit d'un pas décidé les portes en verre coulissantes et se dirigea vers l'arrêt de taxi. Avec son chapeau sur les yeux, ses lunettes de soleil bien en place et la tête bien droite.

GOSSIP

VOTRE RÉFÉRENCE N° 1 POUR TOUTES LES RUMEURS QU'IL CONVIENT DE RÉPANDRE.

Jane Roberts est peut-être la vedette de la nouvelle téléréalité de PopTV, *Les plaisirs d'Hollywood,* mais elle commence à comprendre que la popularité n'est pas aussi douce qu'elle n'y paraît. Dans cette ville, une simple photo peut lancer ou détruire votre carrière et Jane vient de l'apprendre à la dure, à cause d'un cliché rapide.